ハヤカワ・ミステリ文庫
〈HM104-32〉

コールド・リバー

〔上〕

サラ・パレツキー
山本やよい訳

早川書房
9034

OVERBOARD
by
Sara Paretsky

Translated by
Yayoi Yamamoto
First published 2024 in Japan by
HAYAKAWA PUBLISHING, INC.
This book is published in Japan by
arrangement with
SARA AND TWO C-DOGS INC.
c/o DOMINICK ABEL LITERARY AGENCY, INC.
through THE ENGLISH AGENCY (JAPAN) LTD.

パンデミックという災いの時期に、わたしを、そしてお互いを支えあった読者や作家仲間のために。

「では、地獄とはどういうところですか？　教えてもらえますか？」

「地獄とは冷たく無慈悲な落とし穴で、そこに病院から来た悪魔たちと、保険会社が集まり、医療を必要とする人々を苦しめています」

「あなたはその穴に落ちて永遠に苦しみたいですか？」

「いいえ」

「それを避けるには何をしなければなりませんか？」

わたしはしばらく考えました。ようやく口にした答えは相手をムッとさせそうなものだった。

「健康を維持しなければなりません」

——『ジェーン・エア』21世紀用に編集

目次

コールド・リバー〔上〕

登場人物

V・I・ウォーショースキー……私立探偵
ミスタ・コントレーラス…………V・Iの隣人
ミッチとペピー……………………愛犬
ロティ・ハーシェル………………V・Iの友人。医師
ヤン・カーダール…………………ベス・イスラエル病院の清掃員
エミリオ・パリエンテ……………シナゴーグの信者
イローナ・パリエンテ……………エミリオの妻
イシュトヴァン・レイト…………同信者。弁護士
エステッラ・カラブロ……………同信者。イローナの友人
ロバート・カラブロ………………エステッラの息子
ブレンダン
　・〝コーキー〟・ラナガン……〈クロンダイク〉代表取締役
ドニー・リトヴァク………………V・Iのかつての隣人
アシュリー・ブレスラウ…………ドニーの妻
ブランウェル
　（ブラッド）・リトヴァク……ドニーとアシュリーの息子
ソニア・ギアリー…………………ドニーの姉
レジナルド（レジー）
グレゴリー
　……………ドニーの弟
フィンチレー………………………シカゴ市警警部補
レノーラ・ピッツェッロ…………同部長刑事
スコット・コーニー………………シカゴ市警ホーマン・スクエア署警部補
ヴァレンタイン・トンマーゾ……サウス・シカゴのマフィアのボス
タデウシュ
　（タッド）・デューダ…………ドニーの幼なじみ
シルヴィア・ジグラー……………グース島にある屋敷の所有者
ガス（オーガスタス三世）
　・ジグラー………………………シルヴィアの息子
レイシー……………………………ガスの妻

1　岩場の少女

少女を見つけたのはミッチだった。ミッチとペピーを少し運動させてやろうと思い、シカゴとエヴァンストンの境界線近くにある墓地で車を止めたところ、ミッチが逃げてしまった。走って追いかけたが、二匹の犬を車に閉じこめておいた時間が長すぎた。ミッチは自分のほうが偉いことをわたしに思い知らせる気だったのだ。シェリダン・ロードを走る車があわててハンドルを切り、クラクションを鳴らし、急ブレーキをかけるなかで、ミッチは道路を渡って湖へ続く岩だらけの斜面を下り、姿を消した。

ミッチを追いかけるペピーのリードに、わたしはどうにかしがみついた。車に轢かれずに道路を渡ったが、反対車線を走ってきたサイクリストに危うくぶつかるところだった。

岩がゴロゴロする斜面を不安な思いで見渡してミッチを見つけようとしたが、犬はすでにどこかへ消えていた。リードをつけたままなので、露出した岩にそれがひっかかりでもしたら、脚を骨折したり、もっとひどい怪我になりかねない。岩場にも、市が投棄したコンクリートブロックにも、割れ目がずいぶんある。ミッチの名前を呼び、吠える声やキャンという悲鳴が聞こえないかと耳を澄ましたが、目の前の岩場に湖の波が打ち寄せ、シェリダン・ロードを走る車が背後で絶えず騒音を上げているだけだった。

ペピーがミッチを追いかけようとして、いまもリードをひっぱっていた。ミッチ捜しはペピーにまかせようと思い、リードをはずしてやった。ペピーは足をすべらせたり、岩に爪を立てたりしながら、水に濡れた岩場を下りていき、二十フィートほど下で立ち止まった。

春の強風にあおられて波が湖岸にぶつかり、高く舞い上がったしぶきが脚にかかるなかで、わたしは泡立つ波間にすべり落ちないよう岩にしがみつき、カニみたいに横向きで下りていった。

やっとの思いでペピーのところにたどり着いたとき、ペピーはミッチのお尻に向かって吠えていた。ミッチの頭と肩がふたつのコンクリートブロックにはさまっている。わたしはペピーを押しのけてミッチをひきずりだした。強引にミッチの前に割りこんで、狭い隙間に頭を突っこんだ。ミッチがキューンと鳴きながら隙間に戻ろうと必死にもがき、なんと、わたしの足首に咬みついた。

電話のライトをつけて隙間を照らした。動物の腐乱した死骸でもあるのかと思ったら、見つかったのは一人の少女だった。ずいぶん若くて、薄いTシャツが小さな乳房の形をあらわにしている。隙間に潜りこんで少女の首に指をあてると、微弱な脈が感じられた。

あとずさって隙間から出た。たちまちミッチが隙間に駆けこみ、ペピーも足をすべらせながらあとに続いた。わたしは九一一に電話しようとしたが、このあたりは電波圏外になっていた。犬二匹を追い立てて岩場をのぼらせるのは無理だろう。犬は使命感に燃えているし、わたしの靴はすべりやすい。二匹から離れ、岩場をよじのぼって道路の端にたどり着いてから、九一一に通報した。

ほぼ同時にパトカーがやってきた。運転席の警官が降りてきて身分証の提示を求めた。

「女の子が一人、下の岩場で動けなくなってるの。助けが必要だけど……わたし一人ではどうにもできなくて……」

「女性と犬のことで通報があった。犬のリードをはずして勝手に走らせるのはやめてほしい。身分証を見せてもらおう」

「お願い！　見て！　少女がコンクリートブロックの下で動けなくなってるのよ。わたしは助けを求めてここまでのぼってきたの。ロープと担架を持った救急救命士が必要だわ！」

警官は唇をキッと結ぶと、ラペルマイクに向かって、緊急事態と思われる件を捜査中だと告げた。道路と岩場を隔てるフェンスのところまで来て、わたしの腕をつかんだが、下を見てミッチの尻尾に気づいた。ペピーのほうが小柄だ。ミッチを押しのけて前に出たに違いない。

「あんたの犬か？」

「女の子が死にかけてるのよ」わたしは必死に訴えた。「お願い！　下りていけば、その目で確認できるわ」

警官は岩場に渋い顔を向けたが、タイミングよく彼の電話が鳴りだした。二言三言、話をしてから、わたしのほうを向いた。

「あそこの高層コンドミニアムから誰かが文句を言ってきたそうだ」道路の向かいにそびえる建物を頭で示した。「どっかの女がここの岩場に犬を放したというんだ。たぶん、あんたのことだな。犬をこっちに呼び戻してくれないか？」

「二匹とも少女のそばを離れようとしないし、わたしの力じゃ、犬を抱えてこの岩場をのぼるのは無理だわ」

警官はふたたび横を向き、ふたたびラペルマイクで交信した。「レスキュー隊の出動を要請した。だが、悪ふざけで通報したのなら、第四級の重罪だぞ」

「ふざけてなんかいないわよ」わたしは口を尖らせた。「レスキュー隊の到着までどれぐらいかかりそう？」

「十五分か二十分ぐらい。あんたは下まで行って犬にリードをつけてくれ。岩場を好き勝手に走りまわられては困る」

わたしはふたたび苦労して岩のあいだを下りていった。二匹のリードをそれぞれのハーネスにつなぎ、そばの岩の割れ目にリードの先端を巻きつけてから、少女の様子を見に行った。少女の首の血管がかすかに脈打っていた。

その顔にはいまも子供時代の柔らかさが残っていた。頬に生傷があるような気がしたが、顔の汚れがひどすぎてよくわからなかった。わたしは新品のジャケットを着ていた。赤の斜子（ななこ）織りで、けっして安い品ではなかったが、それを少女の胸にかけ、袖を肩のうしろにたくしこんだ。

「もう大丈夫よ」優しく声をかけた。「いますぐ助けが来るわ。がんばるのよ。温かくして、安全なところへ運んであげる」

写真を何枚か撮った。少女の顔をフラッシュの光が照らすと、まぶたが震えて目が開いた。「ナギー？」少女は問いかけ、次に「ナギー」とくりかえして小さく息を吐き――安堵の吐息のように聞こえた――ふたたび目を閉じた。

電話のライトのなかに、少女のジーンズにあいた複数の穴が浮かび上がった。縁が焦げている。ハサミではなく、火であいた穴だ。傷口から膿が滲んでいる。極端な自傷行為か、もしくは、残忍な拷問の跡だろう。いずれにしろ、医者に診せる必要がある。

ミッチとペピーがわたしの脚をひっかき、少女のところに戻りたいと必死に訴えた。わたしは隙間から這いでて二匹を入れてやった。衛生的とは言えないが、わたしより二匹のほうが少女を温めるのに役に立つ。

レスキュー隊が到着するのに三十分近くかかった。隊員たちはロープを垂らすと、ジャンプしながら下りてきた。二匹の犬をひきずりだし、わたしにリードをよこした。わたしは二匹をレスキュー隊から遠ざけておくために最後の力を使い果たした。

「その子、脚を火傷してるわ」わたしはレスキュー隊員に注意した。「たぶん、顔も」

隊員たちは機敏に行動に移った。ロープで担架をこしらえて少女を岩の隙間から慎重に運びだし、毛布でくるみ、少女の肩と腰を担架に固定した。

「まだ息をしてるわよね？」わたしは尋ねた。

「かろうじて」答えた女性隊員は担架から顔を上げようとしなかった。「あなたとワンちゃんたちが間に合ってくれてよかった」彼女とパートナーの隊員がロープをひき、上で待機しているチームのほうへ、岩場をのぼって戻るという合図を送った。

隊員たちが少女を運び去るのを見て、二匹はもう大パニックだった。なんとしても少女のところへ行こうとして吠え、力いっぱいリードをひっぱった。わたしは手と膝を突いたが、リードだけは放さなかった——ミッチとペピーなら、岩場と道路を隔てるフェンスを楽々と飛び越えられる。少女のそばへ行きたい一心で、走ってくる車の前に飛びだすかもしれない。救急車が走りだしたことを示すサイレンの音が上から聞こえてくるまで、わたしはリードを握りしめたままだった。

上に戻ったときには、脚がガクガク震え、てのひらの皮がすりむけていた。呼吸を整えるために木にもたれた。救助が無事に終わったいま、寒気に襲われていた。波しぶきで服が濡れている。レスキュー隊員が少女を毛布でくるむ前に、ジャケットをとりもどしておけばよかった。

最初に現場にやってきた警官が、何台もの中継車を相手に交通整理をしていた。やっぱりね。テレビ局の報道部は警察無線を傍受していて、血なまぐさい事件があれば飛んでくる。

〈グローバル・エンターテインメント〉のベス・ブラックシンも来ていた。「ヴィク！フェンスから下を見たとき、犬を連れた人が岩場にいるのを見て、ぜったいあなただと思った。何があったの？　レスキュー隊が運び上げた女の子について何か話してもらえない？　その子が洞穴にいたってほんと？　うちの局でグローバルカムを使おうとしたんだけど、岩に衝突してしまったの」

「グローバルカム？」わたしは訊きかえした。

「うちのカメラ付きドローンよ。ものすごく高価なやつ。いまから捜してもらわなきゃ」

「えっ、シカゴ市警のレスキュー隊がテレビ局のために岩場を下降するわけ？」

「ないない。うちの局にダイバーがいるの」

「迷子のドローン救出用にダイバーを雇ってるの？」

「もうっ、ヴィクってば、まったく想像力に欠ける人ね。趣味でスキューバをやってるスタッフがうちの制作現場に二人いるから、ドローン捜しはそっちにおまかせ。見つけてくれるといいけど……じつは、わたし、ドローンを飛ばす許可をとってなかったの。でも、ほんとだったら、すごい映像が撮れてたはずよ」

わたしはまたしても辛辣に言い返したいのを我慢した。びしょ濡れだし、服は泥だらけで、岩にくっついていたぬるぬるに覆われているし、右の靴のかかとがとれそうだし、わたしの車は少なくとも一マイル離れたところに止めてある。〈グローバル〉の中継車でそこまで送ってもらいたいから、とりあえず愛想よくしておこう。

特ダネをくれればという条件つきで、ベスは承知した。話をするあいだ、風にあおられたわたしたちの髪が顔を叩き、カメラが波と水しぶきのすてきな映像をとらえていた。大声で悲しげに吠えつづける犬たちの姿もとらえていた。

「シカゴ市民ならたいてい、苛酷な人生や法律に縛られて身動きできなくなったときに頼りになる探偵として、V・I・ウォーショースキーのことを知っています。彼女は今日、岩場で文字どおり身動きできなくなっていた少女を見つけました。V・I、シカゴ市警のレスキュー隊が十代の少女を担架にのせて運び上げる様子を、わたしたちは見守りました。おそらく、きわどいタイミングでの救助だったと思われます。あなたのお手柄ですね。どういう経緯で少女を見つけるに至ったのか、聞かせてください——面白半分であの岩場を下りる人なんて、ふつうはいませんから」

わたしはミッチとペピーの英雄的な活躍を、順を追ってベスに話した。ただし、ミッチがヒーローになったのはわたしがミッチに逃げられたからだという事実は伏せておいた。

「で、あなたの知りあいの少女ですか？」

「見たこともない子だったわ。レスキュー隊の説明だと、かろうじて息があるそうよ。ご両親が死ぬほど心配してるに違いないわ。〈グローバル〉のサイトに出すための顔写真は撮ってくれた？」

この質問に対して、カメラマンが親指を上げた。ベスが彼に合図を送って、ミッチとペピーの映像を追加させ、サブ映像用に湖と岩場を撮影させた。それがすむと、ヒーローの犬たちは、中継車——サイドに〈グローバル・モーバル〉と書いてある車——にわたしと一緒に乗せられ、わたしの車が置いてあるエヴァンストンまでスタッフに送ってもらった。

少女のジーンズに焼け焦げた穴があったことも、少女が口にした奇妙な言葉のことも、ベスには言わなかった。食料や水が見当たらなかったことも言わなかった。そして、いちばん気になる疑問をつけくわえるのもやめておいた——少女は隠れ場所を求めていたのか？　それとも、死のうとして岩場を這いおりたのか？

2 善行必罰

わたしは前日の夜、ウェスト・ロジャーズ・パークにある小さなシナゴーグの外に止めた車のなかで明け方まで見張りをしていた。今日は過越しの祭に関連した特別な礼拝があるため、〈シャール・ハショマイム〉というこのシナゴーグに通うひと握りの高齢者は、身の安全を危惧していた。この人たちがわたしを頼ってきたのは、ロティ・ハーシェルの紹介によるものだった——シナゴーグの信者のなかにロティの患者が何人かいる。シナゴーグの壁が何者かに傷つけられる事件がしばしば起きているし、ユダヤ教の大事な祝日には世界じゅうのシナゴーグが大きな危険にさらされる。

〈シャール・ハショマイム〉は周囲の環境のせいで、とくに被害を受けやすそうに見える。片側が空き地で、建物の土台がいくつも残っているため、荒っぽい連中が身を潜めようとするなら、隠れ場所には不自由しない。しかし、わたし自身はシナゴーグの西側にあるあばら屋のほうが気がかりだった。家のなかで誰かが覚醒剤を密造したり、フェンタニルに混ぜ物をしたりしているのはほぼ確実だ。わたしは犬二匹を連れてきていた。犬と一緒に何度か見まわりをしたが、犬が追い立てたのはネズミだけだった。大型の種類で、シカゴっ子が通りや公園にご親切にも捨ててくれる生ゴミのおかげで、みんな丸々と太っている。

パンデミックが最悪の状況にあった時期でも、地元の高齢者たちは連れ立って礼拝に来ていた。ごく少人数だったため、狭いシナゴーグのなかでも充分に間隔を空けてすわることができた。ワクチン接種が進んだおかげで、この日の朝は信者全員が顔を出していた――冬のあいだ参加していた六、七人ではなく、十八人もいた。

九時半、通りを走る車が多くなってきたので、そろそろひきあげてもいいころだと判断した。気前よく料金を払ってくれそうな依頼人候補と正午にダウンタウンで会う約束になっているが、その前にイローナ・パリエンテのアパートメントに寄って、夫の無事を彼女に伝えておきたかった。

ミセス・パリエンテはロティの患者で、わたしをシナゴーグの件にひっぱりこんだ人だ。礼拝には来ていなかった。〈シャール・ハショマイム〉は正統派ユダヤ教の会堂なので、女性は階段をのぼって女性専用のバルコニー席へ行かなくてはならないが、このところ、ミセス・パリエンテの足の具合が思わしくない。夫と二人で暮らしているみすぼらしい建物の三階から通りに下りるだけでもひと苦労だ。彼女が階段を上り下りせずにすむよう、わたしはしばしば食料品を届けている。

ミセス・パリエンテがコーヒーを出してくれた。わたしの母がよく淹れていたイタリア式の濃いタイプだ。イタリア語で雑談した。どちらにとっても楽しい時間だった。コーヒーだけでなく、イタリア語のおしゃべりのおかげで、わたしは母を身近に感じることができた。ミセス・パリエンテはローマの出身だが、ガブリエラの故郷であるピティリアーノのこともよく知っている。

「夕方、エミリオを迎えに行ってくれる？」

わたしは夕方六時にシナゴーグの外で待つと約束した。

「そのあと、うちで食事してってくれるでしょ？」

わたしは喜んでと答えたが、二杯目のコーヒーを飲むかわりに、言い訳をして帰ることにした。依頼人候補と会う前に二匹の犬を走らせなくてはならない。二匹はシナゴーグの周囲の見まわりをするため、何度か短時間だけ外に出たが、あとは六時間も車に閉じこめられっぱなしだったのでむくれていた。車を走らせて湖畔まで行った。シナゴーグのすぐ近くにある公園はよちよち歩きの幼児でいっぱいだった。シカゴとエヴァンストンの境界線の近くに広大な墓地がある、市内にいくつもある公園より広い感じだ。墓地の東側がシェリダン・ロード。その向こうにミシガン湖が広がっている。墓地の西門のところに車を止めた。ミッチに逃げられたのはそのときだった。

犬を墓地で走らせようと思った結果、少女の命を救うことができたのだから、とりあえずはよしとしよう。でも、新しい依頼人をつかまえそこねた。この日の午後遅く先方に電話を入れ、約束の時間に顔を出せなかった理由を説明したが、別の日時を設定する気は、先方にはもうなかった。おまけに、わたしは高価な服をなくしてしまった。少女に着せかけたあのジャケット。胸に突き刺さる苛立ちを抑えこんだ。急を要する請求書の支払いさえ済ませれば、ジャケットぐらいいつでも買える。でも、ティーンエイジャーの命を救う機会に出会うことが果たして何回ぐらいあるだろう？

〈グローバル〉の中継車で犬と一緒に車まで送ってもらい、わたしの運転で家に帰り着いたときには、時刻は正午をとっくに過ぎていた。わたしと共同で犬を飼い、わたしの人生を監視している高齢の隣人、ミスタ・コントレーラスは、早くもTVニュースでわたしたちの姿を見ていた。

「偉いもんだ。あんな岩場を下りてくとは。あの女の子がフェンスを乗り越えるのを見たのかね？」

「ミッチのお手柄なの」わたしは老人に一部始終を話した。

ミッチの大活躍の話を聞いて老人はもう大喜び。すぐさま、ご褒美にとステーキ肉の解凍を始めた。わたしは破れて汚れた服を着替えるために階段をのぼり、自宅のノートパソコンでニュースを見た。〈グローバル〉はわたしたちのニュースを三分も流し――TVの世界では永遠に等しい時間だ――救出された少女の写真を画面に出して、この顔に見覚えのある人は連絡してほしいと視聴者に訴えていた。

アップになった少女の顔は泥だらけで、皮膚がところどころすりむけていた。少女をよく知っていて、しかも姿を消したことを知っている人でないかぎり、この顔に気づくことはまずないだろう。

〈グローバル〉のニュースの最後に、ベス・イスラエル病院の総務部長のコメントが流れた。インタビューの場所は、救急車が少女を搬送した病院の外で、新型コロナ感染の危険性の低い場所が選ばれていた。少女はまだ意識が戻っていない、身元は依然として確認できていない、少女の顔に見覚えのある人は警察かベス・イスラエルの総務部に連絡してほしい――総務部長はそうくりかえすだけだった。

ベス・イスラエルはまた、わたしの友人で、世界でも指折りの外科医であるロティ・ハーシェルが外科医療をおこなう特権を個人的に持っている病院でもある。彼女のパートナーのマックス・ラーヴェンタールが病院の理事長だ。二人のどちらかに尋ねれば、少女がどんな容態か、もしくは、入院手続きを担当する部署のほうで少女の身元を示すものを何か見つけたかどうか、わかるに違いない。

夜間の見張りに加えてハラハラドキドキの冒険をしたせいで、わたしはもう疲労困憊だった。二十分ほど横になるつもりだったが、目がさめたときは夕方の五時を過ぎていた。あわてて着替えて、ミスタ・パリエンテを迎えに行くため、ふたたび〈シャール・ハショマイム〉へ急いだ。ミスタ・パリエンテほか何人かの男性が歩道に集まってしばらく立ち話をしたり、過越しの祭を祝う言葉をかけあったりしていた。全員がマスクをしている。わたしもしている。このところワクチン接種が進んでいるが、人々はやはり神経質だ。パンデミックもずいぶん長くなった現在、誰の身辺でも新型コロナの感染者が出ている。

パリエンテ夫妻の住まいはシナゴーグからわずか半マイルの距離だが、空が暗くなりはじめていた。夕方一人で歩いて帰ろうとするひ弱な老人は、高齢者を狙う悪党連中にとって絶好の餌食だ。夫妻が住んでいる建物に着くと、ミスタ・パリエンテは息を切らしながら三階分の階段をゆっくりのぼったが、わたしの腕を借りるのは拒んだ。

みんなで台所のテーブルを囲んで食事をした。ドンナ・イローナとわたしは食卓の祝祭気分を盛り上げようとがんばった。甘口ワインを飲み、オリーブとトマトを添えてオーブンで焼いた魚と、わたしが持参したホウレン草とレーズンのサラダを食べ、蜂蜜とアーモンドとベリー類を添えたマスカルポーネで食事を締めくくった。しかし、食卓には重苦しい雰囲気がのしかかっていた。シナゴーグの信者の減少と、パンデミックの重圧と、進むいっぽうのパリエンテ夫妻の衰弱から生じたものだ。

わたしが買物をひきうけているのに加えて、ロティも、診療所の管理運営を担当している女性も、ときどき夫妻に食料品を届けている。医療に関しては、ロティか上級専門看護師のジュウェル・キムが往診に来ているが、老夫婦の将来への不安は消えないままだ。

「よそへ越すつもりはない」ミスタ・パリエンテが言った。「それだけははっきり言っておく。イローナもそう言っとる。わしらはここで死ぬ。何十年も暮らしてきたこの家で。介護ホームなんかに入ったらどうなることやら。コロナに感染せずにすんだとしても、孤独と床ずれが原因で死んでいくことになる」

イタリア語では〝床ずれ〟を〝横たえられた姿勢から生じるただれ〟と表現する。まるで埋葬のために横たえられたようなイメージだ。

ドンナ・イローナが同意のうなずきを見せた。「エステッラ・カラブロもそうだったわ。夫が先に亡くなったの。夫婦そろってシナゴーグの信者だったけど、夫の死後、息子に説得されて介護ホームに入ることになってね、でも、虐待ホームって呼んだほうがいいぐらいだった。ホームの人に説得されて、エステッラはアパートメントを手放すことになったの。通りの少し先に立ち並ぶ立派なビルのひとつにエステッラの所有するコンドミニアムがあったのよ。うちは賃貸だけど、彼女の夫は毛皮会社のオーナーで、昔からいい暮らしをしてたわ。ホームに入居後しばらくして、エステッラの健康状態が悪化し、ひきつづき介護を受けるために自宅の権利書をホームに渡すしかなくなった。でも、じっさいはろくな介護も受けられず、新型コロナが始まる少し前に亡くなってしまったの」

「そのへんにしておこう、イローナ」エミリオが言った。「ユダヤ人の出エジプトを祝う日に悲しい話はやめにしよう」

彼は台所の調理台に置いてある小さなテレビのほうを向き、〈グローバル〉のケーブルニュースをつけた。政治関連の空虚なニュースが五分ほど続いたあとで、わたしの冒険が画面に登場した。

「ヴィクトリア！　あなたよ！」ドンナ・イローナが叫んだ。「見て、エミリオ！　まるで野生のヤギだわ。あんな岩場を敏捷に上り下りするなんて」

台所の雰囲気が明るくなった。わたしは皿洗いをしながら、二人の気分を軽くすることができたときと同じように、二人のために今日の出来事を再現し、ミスタ・コントレーラスのときた。湖で少女を救助できたわたしなら、〈シャール・ハショマイム〉会堂を守る力もあるはず。

帰ろうとしたとき、エミリオがわたしの頭に両手を置き、いつものように「神の祝福を、一番大切な人（カリッシマ）」と言ってくれた。わたしも軽やかな気分になって車で家路についた。

　翌朝目をさますと、ピーター・サンセンから興奮した携帯メールが届いていた。彼もあのニュースを見ていて、わたしが着替えている最中に電話をよこし、手放しで褒めてくれた。

　ピーターは考古学者で、目下、発掘チームの一員としてスペイン沿岸でフェニキアの遺跡の調査にあたっている。パンデミックがヨーロッパで下火になり、アメリカで勢いを増してきたため、スペインにとどまったほうが安全だということで、ピーターとわたしの意見は一致していた。ところが、コロナと暴動のきびしい冬が過ぎると、今度はアメリカの感染状況が改善され、逆にヨーロッパのほうがひどくなった。わたしたちも多くの人々と同じく、相反する検疫規制と渡航制限の狭間にとらえられていた。

　ピーターは一時帰国も考えたが、この一年のあいだ、ロックダウンのなかで過ごした時間があまりにも長かった。発掘現場への立入り制限が解除されたので、スペインに残ることに決めた。

　わたしの救護活動について、ピーターはさらに詳しい話を聞きたがった。「おかげで、きみに会ったときのことをなつかしく思いだした。きみが壁に貼りついてバットウーマンごっこをするあいだ、わたしが窓から身を乗りだして、逆さになったきみを支えたんだったね。わたしの支えなしできみが壁面を這いまわれるなんて思いたくない——不要な人間になった気がするから。わたしがそばにいて足首を握ってあげられないときは、岩棚から身を乗りだしすぎちゃだめだぞ」

「わたしも三千マイル離れたところで同じ思いを抱いてるわ。穴に深く潜りすぎて戻ってこられなくなったりしちゃだめよ」

キスと抱擁のまねをし、二日後にまた電話で話そうと約束して、わたしたちは電話を切ったが、話をするだけでは半分しか満足できない。じかに顔を合わせることも、手を触れることもできず、画面の姿を見つめるしかないときに、親密な感覚を持ちつづけるのはむずかしいものだ。

「今日この瞬間の自分の人生にわたしは満足している」声に出して宣言した。「全身がこわばってて、打撲傷があって、恋人と三千マイルも離れてるのは事実だけど、わたしはこの世界で善行を積んでいて、肉体や精神の健康よりそっちのほうがずっと重要だ」

わたしの部屋に泊まったペピーは嘲笑的な鼻息に似た音を出し、眠りに戻っていった。

わたしはフルコースのワークアウト——ストレッチ、ウェイトトレーニング、スクワット——をこなし、全身のこわばりも、鬱々とした気分も、汗で吹き飛ばした。事務所へ出かける前に、ベス・イスラエル病院のマックス・ラーヴェンタールの個人秘書に電話をした。

わたしの電話に、シンシア・ダイクストラは大喜びだった。「オフィスのみんながあなたを見たのよ、ヴィク！ 感激したわ。女の子を救助したときのあなたの姿に」

わたしは昔のマールボロ・マンのセリフ――〝いやいや、自分の仕事をやっただけさ〟――を口にし、少女の身元は判明したのかと尋ねた。シンシアの話だと、救急救命室のスタッフが少女のポケットを調べても何も見つからなかったし、少女自身も沈黙したままだという。

「搬送時はショック状態で反応なし――カルテにそう書いてあるわ。水分補給が必要で、脚の火傷が痛むようだけど、頭部の外傷は見あたらない。沈黙の原因としては、ショックしか考えられないわね。あなたがそばについていたとき、何か言わなかった？」

「ひとことだけ。わたしのカメラのフラッシュが光った瞬間、一時的に意識をとりもどしたの。〝ナギー〟というような響きの言葉を口にしたわ。人の名前じゃないかしら。わたしのことを身近な誰かだと思いこんだのかもしれない」

シンシアとわたしはどんな綴りだろうと考えた。担当医に伝え、病院から警察に渡す報告書に書き添えておく、とシンシアが言ってくれた。

「年齢の推測はついた？」

シンシアはカルテにさらに目を通した。「十代半ば、たぶん十五歳ぐらい」

「少女はなぜこの病院に運ばれてきたの？」わたしは尋ねた。「エヴァンストンにも病院はあるでしょ。わたしが少女を見つけた場所からわずか二、三ブロックのところに」

「ベス・イスラエルが経営破綻の危機に瀕してる原因がそこにあるのよ」シンシアは言った。「エヴァンストンの病院も、発見現場に近いシカゴ市内の二カ所の病院も、そういうたぐいの問題を回避するために、救急患者をよその病院へまわそうとするの。うちまでそういう方針をとってたら、哀れな少女は救急車で市内の病院をたらいまわしにされた挙句、搬送中に死亡してたでしょうね。それで問題解決ってわけよ。でも、ベス・イスラエルまでそんなやり方をするのは、マックスが許さない——マックスに感謝だわ。そして、高額の寄付をしてくれる人たちに甘い言葉を並べて病院経営を続けているマックスの手腕にも感謝」

「ブリティッシュ・アクセントのおかげね」わたしは言った。マックスは十代のときにナチスの迫害を逃れてロンドンに渡り、そこで英語を身につけた。「みんな、リチャード・バートンと話してるような気になって、つい小切手を書いてしまうんだわ」

シンシアが笑いだし、わたしたちは電話を切った。二匹の犬も、わたしも、運動は昨日の分だけで充分だろう。けさは犬を走らせてやらなくても大丈夫。車で事務所へ出かけると、建物を共同で借りている彫刻家のテッサ・レナルズもちょうど着いたところだった。彼女が主に手がけているのは巨大な金属彫刻で、企業の依頼によりインスタレーションを制作することもあれば、彫刻公園から作品の注文を請けることもある。

テッサは黒人女性だ。この一年間の混迷から善なるものがわずかでも生まれたとすれば、そのひとつが黒人アーティストたちに向けられるスポットライトだった。テッサは国際的に評価されているが、アメリカ国内での知名度はいまひとつだ。しかし、制作依頼がもっとも多い環太平洋地域へ出かけられなくなったため、国内で新たに認められるようになり、このところ忙しくしている。

テッサも十五秒間のわたしの名声をテレビで見ていて、少女のその後の様子を訊いてきた。

わたしはシンシアからの最新情報を彼女に伝えた。「この手で救出した以上、少女のことが気にかかるけど、わたしにできることは何もないわ。あの子を大切にしてくれる家族がいるよう願うしかないけど……」

「何か気になることでも?」

「両脚に火傷を負っていたの。可能性はいくつか考えられるわ。家族がみんな火事で死んでしまって、あの子はショック状態にあるのかもしれない——それなら、家族だと名乗りでる人がいないのも納得できる。でも——子供が両脚を火傷してて、もしかしたら顔にも火傷があるとしたら——健全な家庭で育ったとは思えない」

テッサは真剣な顔でうなずいた。彼女の母親は家庭法が専門の弁護士だ。親が子供を虐待する話はテッサもさんざん耳にしている。「その子は家出娘で、心配してる親は何百マイルも遠くにいるのかもしれないわ」

テッサは片手を伸ばしてわたしの肩を抱こうとしたが、その手をひっこめた。コロナがもたらした多くの弊害のひとつだ。いつまで待てば、人間どうしの肌の触れあいがふたたび安全とみなされるようになるのだろう？

3　燃えよ、筋肉

いちばん大切な依頼人から請けた仕事が予定より遅れていた。依頼人のピオリア工場に潜んだ麻薬密売グループを見つけだす仕事だった。そのための調査計画を立てはじめ、同時に別のいくつかの依頼にも応じることにしたのだが、ひどくグズになった気分だった。ロバのイメージが頭に浮かんだ。石臼（いしうす）につながれ、延々とまわりつづけてトウモロコシか何かの粉をひくロバ。それがわたし？　同じ依頼人たちのために、同じ仕事をくりかえしてるの？

いつもならエクササイズで気分転換をするところだが、疲れがたまっているため、長時間のランニングは無理だった。歌うのが第二の選択肢。家に帰って発声練習をしよう。もう何カ月もさぼっている。

バックアップ用のＵＳＢメモリを抜いて事務所の照明を消し、警報装置のスイッチを入れようとしたとき、通りに面したドアの呼鈴が鳴った。モニター画面で防犯カメラの映像をチェックした。警官が二人。具体的に言うと、顔見知りの部長刑事レノーラ・ピッツェッロと、サポート役の制服巡査。巡査を連れているのは、わたしが訴訟を起こされても仕方のない暴言を吐き、その証拠が必要になった場合のためだ。わたしはマスクをかけ、ブザーを押して、二人を招き入れた。

「部長刑事さん！　信じられないほどわくわくするわ。ここに来てくれたのは初めてね。で、そちらのお友達は――？」

「ハワード巡査よ。ルディ・ハワード」

「入って、おまわりさん、部長刑事さん。コーヒーでも、紅茶でも、ジンでも――この時間にお二人が飲むものをなんでもお出しするわ」

「社交上の訪問じゃないのよ、ウォーショースキー。あなたの供述をとるために来たの」

わたしは二人を廊下の奥の事務所へ案内するつもりだったが、通りに面したドアを半分あけたままにして足を止めた。

「わたしが何を供述できるとお思いなのか知らないけど、部長刑事さん、なんのことかさっぱりわからないわ。半マイルほどあともどりしてから用件を言ってちょうだい」

「昨日あなたが岩場で見つけた身元不明の少女の件よ。誰もあなたの話を聞く暇がないうちに、あなた、現場から立ち去ったでしょ」

「とんでもない誤解だわ。わたしはベス・ブラックシンに長々と話をして、全国の人がその話を聞いてるわよ。スペインの人たちだって。それから、オーストラリアや日本の人たちもテレビを見てたと思うわ」

ピッツェッロはハワードのほうを向いた。「あなたがわたしと一緒に送りだされた理由はここにあるのよ。警官をうんざりさせるのが生き甲斐の一般人に対して、自制心を身につけてほしいからなの。ウォーショースキー、少女の家族捜しに協力するため、詳しいことを話してちょうだい」

「あのね、部長刑事さん、警察をうんざりさせる件は脇へどけて、詳しいことだったら、わたしなんかより、少女の治療にあたったベス・イスラエルの医師たちのほうがよく知ってると思うわ。わたしが少女のそばにいたのは二分ほどで、少女はそのあいだほとんど意識がなかったんだから」

ピッツェッロはわたしの背後の廊下に目をやった。「この建物のどこかに椅子がないかしら。ハワード巡査が立ったままでメモをとるのは大変だから」

わたしはわざとらしくため息をついてみせたが、二人の先に立って廊下の奥の事務所まで行った。テッサ・レナルズが帰り支度をしていた。警察の人間を目にして、問いかけるように眉を上げた。「何をしたのか知らないけど、わたしは味方だからね、ヴィク。保釈手続きにうちの母が必要だったら携帯メールで連絡して」

わたしはテッサに親指を上げてみせたが、ピッツェッロは渋い顔になった。「ハワード巡査は六週間前にポリス・アカデミーを出たばかりなの。奉仕し、保護するのがどんなに楽しいことかを、早くも学んでいるところよ」

これに対する答え方は幾通りもあるが、何も言わないことにした。最近は誰もがストレスをためこみ、いまにも爆発しそうになっている。相手をさらに怒らせたところでなんの益もない。

わたしの事務所に腰を落ち着けたところで、ピッツェッロは少女が見つかった洞穴の様子を詳しく話してほしいと言った。

「洞穴じゃないわ。下の岩場に大きめのコンクリートブロックが二個あって、そのあいだに隙間ができてたの。湖岸に防波堤が造ってあるのは知ってるでしょ。ビルの解体現場で出たコンクリートブロックが運ばれてきて、湖岸に打ち寄せられた大きな石のあいだに投棄されるの。あの少女は二個のブロックのあいだに倒れていた。二個ともしっかり固定された形になり、幅二フィートの隙間ができてたの。少女は自力でそこに潜りこんだあと、意識を失ったのね」

「誰かに遺棄されたとは考えられない？」ピッツェッロが訊いた。

「ないとは言いきれないけど、可能性は低いと思う。腕力のある者なら簡単にできるだろうけど、場所が問題だわ——あの岩場はすべりやすいし、水中の岩に激突するのを避けようと思ったらロープやビレイピンが必要だし、たぶん協力者も必要よ。付近の高層コンドミニアムから岩場を眺めてる人たちもいるでしょうし。わたしなんか、レスキュー隊が到着する前に警察へひっぱられそうになったのよ。誰かがわたしと犬のことを通報したから。少女を遺棄するなら、暗闇のなかで岩場を下りてかなきゃいけない。海軍の特殊部隊並みのスキルが必要だわ」

「じゃ、特殊部隊並みのスキルを持つ者なら、水中から近づくこともできたわけね」

わたしは目を丸くしてピッツェッロを見た。「何を考えてるの、部長刑事さん？　あの少女が密売組織の首謀者だとでも？　大胆不敵なカルテルの連中が船でミシシッピ川とシカゴ川をさかのぼり、川の途中の楽な場所で積荷を降ろすかわりに湖へ出て、両脚に火傷を負ったティーンエイジャーのダイバーをブツと一緒に降ろし——」

「はいはい」ピッツェッロがピシッと言った。「言いたいことはわかりました。洞穴の——

——いえ、隙間のなかで、あなたは何を目にしたの？」

「ぬるぬるしたもの。泥。火はおこしてなかった。少女がブロックの隙間にどうやって入りこんだかはわからないけど、火傷を負った身であそこまで来たみたい」

「ＵＳＢメモリとか、携帯電話とか、そういうものはなかった？」

「ピッツェッロ、いったい何事なの？　その少女に関して、あなたは何を知ってて隠そうとしてるの？　回収の必要のある電子機器を少女が持ってたはずだというのなら、その子は明らかにシカゴ市警から注目されてるわけね」

ピッツェッロは椅子の上で落ち着かなげに身じろぎをして、髪を耳にかけた。神経質になったときに彼女がよくやる癖だが、今日は細い髪がマスクの紐にからまったため、もつれをほどくために眼鏡をはずさなくてはならなかった。ピッツェッロは最後に、調べておくと小声で言った。それだけだった。

メモをとっていたルディ・ハワードはまっすぐ前方を見つめたままで、どこかよその場所にいるかのようだった。まあ、少なくともそう願っていることだろう。

「アンバー・アラートを通じて少女の写真を全国に流しておいたわ。情報が入ればいいけど。それから、ウォーショースキー」ピッツェッロの声がきびしくなった。「誰かから何か知らせがあったら、わたしに報告なさい」

「真っ先に知らせる相手の一人があなたよ」わたしは約束した。「もちろん、いの一番にミッチに知らせなきゃいけないけど」

「ミッチ？」ピッツェッロはすわりなおし、警戒の表情になった。

「うちの犬。少女を見つけたのがその犬だったの」

　ピッツェッロがマスクをしていなかったら、わたしに唾を吐きかけていたかもしれない。でも、マスクのせいで唾は無理だったため、ピッツェッロは椅子から立った。背中がひどくこわばっていて、横にすればアイロン台として使えそうなほどだった。

「最後にもうひとつ、ウォーショースキー」ドアのところで、ピッツェッロは足を止めた。「あなたの話だと、少女はそのあいだほとんど意識がなかったそうね。ナノ秒ほど意識が戻ったとき、その子は何をしたの？」

　わたしはマスクの陰で笑みを漏らした。もっとも、ピッツェッロには見えなかったが。

「鋭い質問ね。言葉をひとつだけ口にしたわ。わたしには〝ナギー〟って聞こえた。口調からすると、知りあいの誰かを呼んでるような感じだった。それも、信頼する誰かを。わたしの顔を見た瞬間、怯えるかわりにホッとしたみたい」

「その子はシカゴ大都市圏の六つの郡における稀有な存在ね」

「あら、部長刑事さん、あなたがこれまでに会ったのは、わたしがかき集めてきてあなたに逮捕させてあげた悪党連中だけでしょ。わたし、すごく親しい相手にはいつも安らぎを届けてるのよ」

「その子もすごく親しい相手の一人なの？　あなたに見覚えがあったようだけど、あなたのほうもその子に見覚えがあった?」

「無駄な質問はやめなさい、ピッツェッロ。わたしをひっかけて何か白状させようとしても無駄よ。白状することなんてないもの。会ったこともない子だわ。ネットとテレビのニュースに少女の顔がバンバン出ても、家族が飛んでくることはなかったようね。家族が来たのなら、誰かがすでにリークしてるはずだし」

ハワード巡査が咳払いをして、窮地に追いこまれたピッツェッロを助けようとした。

「遠くから家出してきた子なんじゃないですか、部長刑事。だから、シカゴには少女に見覚えのある人がいないのかもしれません」

ピッツェッロはうなずいた。「まあね。それに、シカゴで見つかったティーンエイジャーは姿を消したうちの子かもしれないって、全国の人が考えはじめるまでには、時間がかかるだろうし。じゃ、またね、ウォーショースキー」

わたしはピッツェッロと一緒に廊下の先まで行った。彼女がちゃんと建物を出ていくことを確認するためだった。いきなり押しかけてこられて、発声練習にあてるつもりだった時間を奪われてしまった。けさは二匹の犬の散歩を省略したから、今夜散歩させてやらなくてはならない。そう思いつつ、デスクの前にすわってパソコンの電源を入れた。

岩場で見つかった少女の何かがシカゴ市警に警戒態勢をとらせたのだ。昨日の午前中に岩場の隙間で撮った写真のファイルを開いた。

シカゴ市警も含めて多くの警察が顔認証ソフトを使っている。ソフトウェア企業がSNSを探索し、無断でわたしたちの顔を集めてデータベースを作成すると、法執行機関がそれを使って要注意人物と思われる人々――たいてい、デモ参加者や移民――の身元確認をおこなうわけだ。

わたしが撮った写真は〈グローバル〉のベス・ブラックシンには渡していないが、少女が岩場からひきあげられて救急車に乗せられたとき、テレビ局の取材クルーやその他のメディアの連中が少女の姿をカメラに収めていた。

写真から少女の年齢と出身地を推測するのは困難だった。泥と乾いた血に覆われた肌は黒っぽく見え、髪は豊かでカールしている。アフリカ系アメリカ人かもしれないし、ラテン系かもしれないし、中東あたりから来たのかもしれない。

異常な犯罪に巻きこまれて生き延びた被害者だとしたら、どこかに記録があるはずだ。今年は全国的に知られたものも、地元以外には知られなかったものも含めて、暴力事件が多発したから、すべてを記憶している者は誰もいない。また、家庭内暴力の犠牲となったティーンエイジャーが警察に駆けこむケースはあまりない。

それでも、少女の脚の火傷が気になり、ここ一、二週間に起きた火事の記事に目を通して、娘の行方を捜している家族はいないか調べてみた。遠くから家出してきたのではないかというハワード巡査の意見を思いだし、シカゴを中心とする半径百マイルの記事を探してみた。アパートメントの建物や住宅が多数全焼しているが、身元不明の少女を捜している人はどこにもいないようだった。調べるのをあきらめ、犬が待つわが家へ車を走らせた。

4　いやがらせの手紙

翌日の午前中、依頼人とのオンライン・ミーティングの最中にミセス・パリエンテから電話があった。電話がかかってきたのはわかっていたが、応答は留守電にまかせた。十分後にミセス・パリエンテからふたたび電話があり、次にロティ・ハーシェルがかけてきた。ミーティングが終わるとすぐ、二人に折り返し電話をした。まず、ミセス・パリエンテから。「ドンナ・イローナ──何があったの？」

「シナゴーグ（スコラ）の──窓が──ローマのときみたいに！」

ミセス・パリエンテがひどく動揺していたため、話を聞きだすのに五分ほどかかった。夫のエミリオがほかの男性たちと日々の礼拝のため、朝の八時に徒歩でシナゴーグへ出かけた。到着すると、ドアに落書きがされ、窓が割られていた。

かつて、ムッソリーニの人種宣言のせいでユダヤ人とユダヤ人経営の店舗が街なかで襲撃されるようになったころ、ドンナ・イローナはローマで暮らす幼い少女だった。祖父母の靴屋の外に散乱していたガラスの破片や、両親やおじやおばから立ちのぼっていた恐怖の臭いが、いまも記憶に残っている。理路整然と説明することなど、いまの彼女にできるはずがない。

わたしは次のミーティングをキャンセルして、車で〈シャール・ハショマイム〉に駆けつけた。歩道のへりに置かれたベンチに、エミリオ・パリエンテと動転した様子の男性三人がすわっていた。わたしに気づいて、エミリオが苦労しながら立ち上がった。何も言わずにシナゴーグを指さしただけだった。小さな箱のような建物で、カリュメット湖の泥土から生まれたレンガで造られ、歳月を経て柔らかなローズピンクに変わっている。いま、その壁面が醜悪な言葉とシンボルマークに汚されていた。両開き扉の上の丸窓は叩き割られていた。

わたしは男たちにそっと声をかけた。警察に電話しました？　まだだった。彼らが不安な目で見守るあいだに、わたしが警察に通報した。シナゴーグの保険代理店の名前を男性の一人から聞きだし、そちらへも電話をかけた。

ブルーと白の車が二台、ライトを明滅させながら通りの向こうからやってくると、男性の大半は暗がりに身を隠してしまった。イローナやエミリオと同じく、〈シャール・ハショマイム〉の信者の多くは、ヨーロッパで送った子供時代に法執行機関から恐怖の記憶を植えつけられている。高齢の男性の一人がわたしのそばに残った。イシュトヴァン・レイトと名乗った。弁護士で、いまはほぼリタイアの身だが、〈シャール・ハショマイム〉の簡単な法律業務をひきうけているとのこと。

三人の警官が車から降りてきた。一台目からは運転していた警官が一人だけ。二台目からは二人。その一人がルディ・ハワード、昨日の午後、ピッツェッロ部長刑事にくっついていた巡査だ。今日は市民の苦情にどう対処するかを学ぼうというのだろう。

レイトが自分たちの知っていることを伝えた。といっても、建物が受けた被害のことしかわからない。ショックが大きすぎて、誰もまだシナゴーグのなかに入っていないのだ。ドン・エミリオが鍵をとりだし、みんなでぞろぞろと入っていった。

悲嘆のさなかにあっても、男性たちは女が聖域に入りこむことを危惧していた。わたしは入口ホールで足を止め、そのあいだに、警官たち——幸い、全員男性——があたりを調べてまわった。彼らがなかにいるあいだに、わたしは割れた窓ガラスの破片を拾いはじめた。弾丸が見つかった。なかにいる年配の警官に声をかけると、警官は疲れた様子で首をふりながら、弾丸を証拠品袋に入れた。

「犯人どもを見つけ、これを発射した銃を見つけられるかもしれん——だが、殺人や武装強盗の捜査に警察も首まで浸かってるからなあ。言いたかないが——」警官はあとの言葉を濁した。建物の損傷程度の事件に警察が捜査員を注ぎこむことはなさそうだ。たとえそこが礼拝の場所であっても。わたしは反論を控え、見張りを怠らないようにして何か情報が入ったら警察に知らせる、と言うにとどめておいた。

「あんた、娘さんかい？」警官の一人が尋ねた。わたしがエミリオとイタリア語で話すのを耳にしたのだ。

「家族の古い友人よ。ここは前も何回か被害にあってるけど、窓に弾丸を撃ちこまれるなんて——暴力のエスカレートにはぞっとするわ。ヘイトクライムとして報告してくれるんでしょうね？」

「それは州検事が判断することだ。おれじゃない」警官は言った。

「でも、ヘイトクライムであることは説明してくれるでしょ？」

警官は鼻を掻いた。「まあな。ラブクライムでないことだけはたしかだ」

「この界隈ではかにもこういう事件が起きてない？」

年配の警官二人が話しあった。数週間前に韓国人経営の家具店と日本人経営のレストランの両方が襲われている。二軒の店は二ブロックしか離れておらず、襲撃の原因はコロナで、自分の脚で歩けるうちにアメリカから出ていけと脅しをかけられた。

「殺害の脅迫ね？　警察が真剣に受けとってくれるといいけど。ピッツバーグのスクワレル・ヒルのシナゴーグや、サウスカロライナ州チャールストンの黒人教会で起きたような銃乱射事件がシカゴで起きたら大変だわ。だから、今回の事件には、真剣に対処したほうが賢明よ」

年配の警官が顔をしかめた。「おれたちに超勤手当を出すよう、うちのシフト責任者に言ってくれ。そしたら、徹夜で見張ってやるからさ」

「あなたからピッツェッロ部長刑事に話してくれるわね、もちろん」わたしは新米警官に言ったが、彼は早くも、めんどくさい私立探偵には関わらないほうがいいことを学んでいた。年配の警官の陰に隠れた。

警察が帰ったところで、わたしの車で家まで送ろうとシナゴーグの信者たちに言ったが、みんなは歩きたがっていた。両開き扉を施錠し、取っ手が動かないことを確認してから、おたがいに支えあいながら通りをのろのろと去っていった。

わたしは被害状況をさらに何十枚か写真に撮った。早急に板で窓をふさいでほしかったからだ。散乱したガラスの片づけと窓ガラスの交換は保険会社の損害査定担当者がやってくれるだろう。

エミリオが帰宅途中で体調を崩していないか心配になり、パリエンテ夫妻の住まいまで歩くことにした。写真を撮るのに手間どったにもかかわらず、エミリオが住む建物の入口の一ブロック手前で彼に追いついた。彼が仲間に別れの挨拶をするあいだ、わたしはそばで待ち、それから二人で階段をゆっくりのぼった。

家に入ると、ドンナ・イローナが惨めな様子で泣いていた。シナゴーグの保険契約の更新を一度もしていなかったことを、涙ながらに告白した。

「パンデミックの状況が最悪だった時期に期限が切れてしまったのに、わたし、そのことをすっかり忘れてたの。どうしてそんなに不注意で愚かだったのかしら」

わたしは彼女を落ち着かせようと精一杯努め、シナゴーグの清掃と修理についてはロティとわたしでなんとかすると約束した。

わたしがパリエンテ家にいるあいだにロティから電話があった。何があったかを知ると、診療所の管理運営にあたっているミセス・コルトレーンに頼んでシナゴーグの保険をかけ直してもらう、とドンナ・イローナに約束してくれた。また、わたしと同じく、建物の修理に協力が必要ならどんなことでもすると言ってくれた。

ロティはドンナ・イローナとの話を終えると、ふたたびわたしを電話口に呼び、自宅へ今夜のディナーに招待してくれた――それとも、命令？

そのあと、わたしはわが身を石臼に縛りつけて周囲を延々とまわりつづけ、得意先の依頼人二人のために、新規採用候補者たちに関する報告書を作成した。二匹の犬を走らせてから、ニットのトップスとドレッシーなパンツに着替えて、わが家からロティの住まいまでの二マイルを歩いた。

ドアマンが陽気に挨拶してくれた。「お元気でしたか、ミズ・ウォーショースキー?」

「まあまあよ、ミスタ・ギャレットソン。いい一日というのは、小さな惨事だけですんだ日のことなの——台所にネズミが出るかわりに、地下室にゴキブリが出るだけとか」

ドアマンは無理して笑い、上階のロティに連絡を入れて、わたしのためにエレベーターを呼んでくれた。「エレベーターのなかに除菌スプレーが置いてあります。ボタンを押す前に使ってください、ミズ・ウォーショースキー」

わたしは除菌スプレーを手に軽くかけながら、荒れ狂う自分の脳にふりかけるか、外の世界に向かってまき散らすことができればいいのにと思った。

ワクチン接種によってもたらされた歓迎すべき変化のおかげで、マックスもわたしもロティと同じテーブルにつけるようになった。パンデミックが最悪の状況だったころは、わたしがロティを訪ねることがあっても、ロティの居間の外でバルコニーに立つだけだった。冬の大気のなかでわたしだけが凍えつつ、マスク越しに二人でわめきあった。

ロティはお酒を飲まない人で、ときたま薬がわりにブランデーを飲む程度だが、マックスのところにはみごとなワインセラーがある。今夜はブルネッロを持ってきてくれた。わたしの大好きなイタリアの赤だが、高いのでめったに買えない。

ロティはシナゴーグ襲撃でパリエンテ夫妻がどれほど大きなショックを受けたかを心配していた。犯人をぜひとも見つけだすよう、わたしに迫った。

「ロティ、それは無理よ。警察だってたぶん無理だから、わたしにできるわけないわ」

「あら、警察が扱えない、もしくは扱う気のない事件をけっこうひきうけてるでしょ」

「もちろん、聞き込みにはまわるつもりよ。通りにいた誰かが犯人を特定できるかもしれないから。ただ、わたしにはそういう調査を進めるだけの資金も時間もないの」

「ベス・イスラエルに謎めいた患者を送りこんだときも、きみは只働きだったしな」ロティとわたしの口論がひどくなる前に、マックスがあわてて言った。

「謎めいた患者と、病院の経理部長からまわってきた謎めいてないメモのおかげで」ロティは言った。「病院が大赤字であることと、クック郡の福祉分野のゴミ捨て場になる余裕はないことに気づかされたわ」

マックスがたじろいだ。「経理部長はそういう書き方はしていなかったと思うが、ロットヒェン」

「毎月、ラドウィグ・カヴァノーからまわってくるのよ——わたしが担当する被保険患者と無保険患者の比率に関するメモが。患者のケアは二の次という主義の人物を雇うことを、あなたはどうして理事会に許可したの？」

「ロティ、頼むよ。赤字が膨らんでることはきみも知ってるだろう？　黒字に方向転換できないと、ベス・イスラエルを閉鎖するか、患者にもっと過酷な方針をとろうとする病院グループの傘下に入るしかなくなってしまう。カヴァノーは聖ヘレナ病院の財政立て直しに手腕を発揮した人物だ。それはともかくとして、きみが病院の名声を高めていることをカヴァノーは承知している。つまり、きみのおかげで金払いのいい患者を獲得できるわけだ。やつはきみのファンの一人なんだぞ。敵ではない」

「わたしが送りこんだ患者について、ほかに何かわかったことはない？」ロティがバトルを再開する暇のないうちに、わたしは尋ねた。この種の口論は何度もそばで見ているが、バトルはつねに、患者より利益を優先させると言ってロティがマックスを非難する場面で終わる。するとマックスが立ち上がり、わざとらしく堅苦しいお辞儀をして、いきりたつロティのそばにわたし一人を残して出ていくのだ。

「身元不明の患者はその子だけじゃないぞ」マックスは言った。「だが、もう一人は重篤な肝疾患のホームレス女性だから、メディアはあまり興味を持たない。きみの身元不明患者のことを話してくれないか」

「あの少女のことで法執行機関がやきもきしてるみたいなの。もしかすると、警察はすでに身元を特定してるんじゃないかしら」ピッツェッロ部長刑事が押しかけてきたことをマックスとロティに話した。「警察がICUのあたりをうろついてなかった?」

マックスが彼の電話をひっぱりだしてメッセージを送信した。一分後に誰かから返信があった。マックスはその誰かと二人で話をするために、電話を持ってキッチンへ行った。

「意識が戻ったそうだ」部屋に戻ってきて、マックスは言った。「ICUから一般病棟へ移した。自力で水が飲めるようになったし、脚の火傷も最初の印象ほどひどくはなかったようだ。食事も少しとっているが、ひとことも話そうとしない。国籍を推測しようとして、スタッフがスペイン語とアラビア語で話しかけてみた。英語には反応がなかったから」

わたしは少女がこちらの顔を見たときに口にした言葉を伝えた。「人の名前じゃないかと思ったんだけど」

マックスが彼のワイングラスを置いた。「ナギー? そう言ったのか? 人名の可能性もあるが、わたしの母方の祖母は、かつてハンガリーに帰属していたノヴェー・ザームキという街の出身だった。母は戦前あの地域に住んでいた人々の大半と同じくドイツ語を話していたが、祖母は自分のことをわたしに〝ナギー〟と呼ばせたがった。〝おばあちゃん〟という意味のハンガリー語だ」

「あの少女がハンガリーから来た難民だとは思えないわ」ロティが言った。「アメリカへの入国が可能だとしても、中央ヨーロッパからこの国に来る人は、このところ誰もいなくなっている。よりよい暮らしを望むなら、ドイツへ行くのがふつうよ」

「ドイツに関するメモを受けとらなかったハンガリー人がひと家族だけ、こっちに来たのかもしれん」マックスが冗談を言った。「とにかく、このままでは何もわからん。わたし自身はハンガリー語を話したことがなく、祖母を喜ばせるためにわずかな言葉を覚えたに過ぎないが、病院にはハンガリー語のできる人間が誰かいるに違いない。明日の朝、スタッフに伝えておこう。とはいえ、アフリカか中央アジアの人名という可能性もある——結局のところ、少女に関しては何ひとつわからんわけだ」

「さっき電話してきた人から、警察が来たかどうかに関して何か聞いてない？」わたしは尋ねた。

「通常とは違う形で警察が来なかったかという意味かね？　ERには警官のユニットが常駐している。今回のケースでは、少女が未成年者ということで、家族もしくは後見人を見つける手助けをしようとしている。だが、これまでのところ、なんの成果もない」

「健康状態は回復したけど、口を利こうとせず、家族も見つからないという場合、少女はどうなるの？」

「子供家庭支援センターに連絡すれば、そちらで受け入れ先を見つけてくれる。どこかの治療施設に入れられる場合もある。心的外傷(トラウマ)によって奪い去られた記憶と言語をとりもどすために。だが、わたしのところは病院だ。医療支援なしで生きていけるようになったら、うちの病院で面倒をみることはできん。すでに自力で食べていることを考えると、支援が不要になるまであと一日、長くて二日だな」

ロティはすでに平静さをとりもどし、会話を無難な分野へ向けようとしていた。彼女とマックスは最近、ベルリンの実験劇場からやってきた劇団のバーチャル・パフォーマンスに足を運ぶようになっている。ドイツ語のセリフを聞く機会だけでなく、舞台そのものも予想以上に楽しんでいるようだ。

暇を告げようとしたとき、マックスが言っていたもう一人の身元不明者のことを思いだした。重篤な状態だという女性。「その人はどうなるの？」

マックスは顔をしかめた。「あまりいい方法はない。介護ホームに入るしかなさそうだが、そういうところの介護の質ときたら——考えただけでも耐えられん。だが、やはり——入院させておける日数にはかぎりがある。誰が入院費を負担するか、その費用でどこまでカバーできるかという規定がいろいろあるため——われわれには発言権があまりない。もっとも、多少はあるから、それを行使して——」

「その言葉、カヴァノーに聞かれないようになさい」ロティがつっけんどんに言った。

「でないと、あなた、職探しをすることになるわよ」

マックスは彼女の手をとって唇をつけた。「この年になれば、退職に追いこまれたところで最悪の事態ではない。わたしは外科医ではないから、自分が有能な人間であるとか、重要人物であると感じるのに病院は必要ない」

ロティが返事をする前に、わたしは一直線にエレベーターへ向かった。この二人、最近は毎晩のように喧嘩をしている。コロナと破滅的な政治状況に誰もが疲れ果てている。マックスとロティまでが。

5　逃走中

翌朝、ミセス・パリエンテから怯えた声で電話があった。夫がシナゴーグへ出かけたため、心配でたまらないのだ。「あの怪物どもがまたやってきて、もっとひどいことをしたら、どうすればいいの？　夜のあいだ、わたしたちの会堂を見張ってもらうことはできない？　大切な祝日に、あなたにお願いしてるように」

「ドンナ・イローナ、そうできればいいけど、ちょっと無理だわ」彼女の声に滲む苦悩に、わたしは胸をえぐられる思いだった。「防犯カメラを何台か設置することにするわ。誰かがシナゴーグの建物を襲撃したら、アラームがわたしを起こし、わたしが警察に通報してシナゴーグに駆けつけてもらうの」

ミセス・パリエンテはしばらく無言だったが、やがて、威厳に満ちた声で答えた。「それがいいわね。わたしとエミリオのためにいろいろやってもらって、わたしが感謝してることだけはわかってちょうだい」

わたしは仕事に戻った。ミセス・パリエンテの電話の前に税理士から連絡が入り、顧問弁護士への未払金の件を指摘された。最近は六桁あたりをさまよっているという。ついに、わたしが利用している法医学研究所に未払金があることも指摘された。こちらは僅差で二番手につけている。

探偵というのは一種のエッセンシャル・ワーカーだ。ロックダウンのあいだも、わたしは仕事を続けてきた。でも、経済活動の停滞のせいで、以前ほど多くの調査依頼が入ることはなくなった。仕事の期限を踏み倒す余裕はない。大事な収入源である依頼人の工場を悩ませているドラッグ問題に対し、巧妙な解決策を考える仕事に戻ったが、ミセス・パリエンテの苦悩を頭から払いのけることはできなかった。

とりあえず、防犯カメラの設置ならわたしの力でどうにかできる。カメラがわたしの携帯にメッセージを送ってくるように設定すればいい。ミルウォーキー・アヴェニューにある〈ラペレック〉のアウトレット店にいたとき、マックスの個人秘書のシンシア・ダイクストラから電話があった。

「ヴィク、あなたが湖で助けた女の子なんだけど。消えてしまった」

「消えた？」わたしは恐怖に襲われた。

「シフトが入れ替わる午前七時にはベッドにいたのに、熱傷担当ユニットの看護師がガーゼ交換のために病室に入ったら、いなくなってたの。それが午前九時のことよ。たぶんトイレだろうと思って、看護師はあとで出直したんだけど、少女は消えてしまってた」

時刻は現在、十一時三十分。わが身元不明の少女が姿を消して二時間以上になる。「面会者はいなかった？ 熱傷担当ユニットの看護師が病室に来る前に、誰かが連れて出たんじゃない？」

「日中の病棟がどんな状態かわかるでしょ――人手不足だけど、同時に、人の出入りはかなり多い。面会者は病棟に入れないことになってるから、誰かが少女を連れに来たのかもしれないわね。ただ、部屋番号を知っておく必要があるはずよ。案内デスクのほうでは、誰がどの患者さんの部屋番号を尋ねたかなんて、もちろん、いちいち覚えてないけど、身元不明の少女のことはみんなの頭にはっきり刻みつけられてるわ。

病棟の主任看護師の話だと、警官が少女に会いに来たそうよ。うちの清掃員の一人を連れて。少女はハンガリー人かもしれないってマックスが言うから、わたしがその男性を見つけてきたの。もうじき定年だけど、子供のころにハンガリーからこちらに来た人。とにかく、警官は少女と話をしようとし、清掃員のヤン・カーダールが警官の質問を精一杯通訳したけど、少女は英語にもハンガリー語にも反応しなかったんですって。病棟の誰とも口を利いてなかったんじゃないかしら。ヴィク、知ってのとおり、あの子は衰弱してる。

一人で出ていったのなら、遠くへは行ってないはずよ。少女が姿を消したことは、もちろん警察に届けてあるけど——あなたはあの子の外見を知ってるでしょ——捜してもらえない？」

「この界隈を調べてみる。でも、いちばん頼りになるのはシカゴ市警よ。行方不明者として公開捜査をしてくれれば、十中八九見つかるはずだわ」

「あなたをひっぱりだしたほうが、わたしは安心なの」

はいはい、それがわたしです。一時から二時まで行方不明者たちを捜し、三時前にシナゴーグを襲撃した連中の追跡に移り、夕食の時間までに通常の殺人事件を解決する。わたしが来るのを目にすれば、ワンダーウーマンはすぐにケープを折りたたんで、故郷のセミッシラへ逃げ帰るだろう。

防犯カメラの購入をすませてから、〈ラペレック〉のビジネスセンターを利用して、わたしが撮った身元不明少女の写真のなかでいちばん鮮明なのを二十枚ほどプリントアウトした。家に立ち寄り、ミスタ・コントレーラスのところにいたミッチを連れだした。少女はとても華奢だし、衰弱しているので、どこかの路地で倒れていてもわたしの目には入らないかもしれないが、ミッチなら匂いで気づくはずだ。

ミスタ・コントレーラスが捜索に加わりたがって大変だった。一日じゅう歩きつづけて大型ゴミ容器や路地をのぞいてまわるのは、九十代の老人向きのエクササイズとは言えない。たとえ、わが隣人のように元気な老人であっても。わたしはむくれている隣人を置いて出かけることにした。世のため人のためになるのが好きな人だから、わたしの手で彼専用のゴミ容器に捨てられたとでも思っているのだろう。

病院に顔を出すと、シンシア・ダイクストラがハンガリー語のできる清掃員を理事長室に呼んでくれた。清掃員は呼びだされて不安そうだった。叱られると思いこんでいるに違いない。シンシアがわたしたちを紹介した。

「あのう、シンシア、少女を怯えさせるようなことなんて、わたしは何も言ってません」小さいときにどんな言語を話していたにせよ、カーダールの英語のアクセントと文法は典型的なシカゴのものだった。

「あなたを非難しようなんて誰も思ってないわ、ヤン。ただ、病院がミズ・ウォーショースキーを雇って少女を捜してもらうことにしたの。なんでもいいから話してくれれば、少女を見つける役に立つかもしれない」

病院がわたしを雇った？　それは喜ばしい――てっきり無料奉仕だと思っていた。長年にわたって無料でわたしを診てくれたベス・イスラエルへの感謝のしるしとして。

「迅速な展開だったわね」わたしはシンシアに言った。「ハンガリー語ができる人を求める掲示をあなたが出したら——ええと、三十分後には——警官がミスタ・カーダールを少女のところへ連れていったわけね？　あなたが二人をひきあわせたの？」

シンシアは首を横にふった。「あなたを連れに来たのは誰だったの、ヤン？」

「休憩室にたむろしてるいつもの警官たちの一人ではなかったです」カーダールは横目でシンシアをちらっと見た。清掃員と警官が自分の担当エリアで仕事をするかわりに、休憩室でぶらぶらしているということだが、それに対するシンシアの反応はなかった。「呼ばれたんです。ERの受付まで来るようにって。ほら、シンシア、受付の裏に警官用の小さなオフィスがあるじゃないですか。でね、一人の警官に言われたんです。〝あんたがハンガリー語をしゃべれる人か？　身元不明の少女の病室まで一緒に来てくれないか〟って」

「警官の名前は覚えてない？」わたしは尋ねた。

「さっきも言ったように、知らない人でした。とくに注意を払う必要があるとは思いませんでした。掲示を見たとき、わたしからうちのボスに頼んだんです——わたしの名前をシンシアに伝えてほしいって」

「そこで、その警官と一緒に少女の病室へ行ったわけね。少女は目をさましてた？」

「軽く起こしたベッドで横になってました。テレビがついてたけど、見てはいなかったと思います。警官がそばへ行って少女の肩を揺すりました。乱暴にではなく、少女の注意を惹くために。まず英語で話しかけたけど、少女は天井を見ているだけでした。次に、警官がわたしに通訳しろと言いました。わたしもそれほど流暢にしゃべれるわけじゃなくて、ハンガリー語は話すよりも相手の言葉を理解するほうが楽ですけど、警官の質問は簡単なものばかりでした——名前は？　どこで火傷した？　住所を突き止めるのに使えそうな書類か、携帯電話か、パソコンのようなものは持っていないか？　ところが、少女は天井を見つめるだけでした」

「聴力検査はしたの？」わたしはシンシアに尋ねた。

シンシアはメールで誰かに質問を送った。返事を持つあいだに、わたしはカーダールに警官と二人でどれぐらいのあいだ病室にいたのかと尋ねた。

「そんなに長くはかからなかった。だって英語で、次にハンガリー語で五つか六つ質問しただけです。五分か、もしかしたら十分ぐらいだったかも。とにかく、それ以上ではなかったです。ボスからメールが届いて、誰かが嘔吐したっていうから、わたしは国連通訳から清掃員に人格を切り替えなきゃなりませんでした」カーダールは一緒に笑ってもらおうと期待して、おどおどしながら笑みを浮かべた。

わたしは気の毒に思って微笑した。「病室にはほかに誰かいなかった？　看護師の一人とか、熱傷担当ユニットから来た人とか」

「ま、待ってください。わたし、厄介なことになってるんですか？　組合の代表者に来てもらったほうがいいかもしれない」

シンシアが驚きの表情で彼を見た。「どうしたの、ヤン？　あなたにはもちろん、組合の人を呼ぶ権利はあるけど、ヴィクはあなたを咎めてるわけじゃないのよ」

「あなたは病室を出たけど、警官はあとに残った。それで合ってます？」わたしは尋ねた。「警官が身元不明の少女と二人だけになってから、何を言ったか、何をしたかがわかればいいんだけど」

カーダールは腕を掻いていた。まるで、いまの会話で蕁麻疹が起きたかのように。「もうひとつのベッドにも女の子がいましたが、警官が部屋から追いだしました。手術を受けたばかりで、点滴や何かのせいで時間はかかったものの、女の子は廊下を歩いていきました。お話しできるのはこれぐらいです、ほんとに。さて、もう行かないと。掃除の仕事が遅れてるんで」

カーダールは大あわてで部屋を出ようとしたため、シンシアのくずかごをひっくり返してしまった。「すみません」小声で謝ってくずかごを起こし、ゴミを戻した。

「いまの、どういうこと？」カーダールの背後でドアが閉まってから、シンシアが言った。

「あの部屋で誰かが不審なことを言ったか、不審な行動をとったんじゃないかしら」わたしは言った。「カーダールのボスに連絡して、彼が病室の掃除を命じられてるかどうか確認してくれない？　わたしはERに詰めてる警官に会って、身元不明少女の病室を訪ねた警官の名前を聞きだしてくる。わたしが病院の依頼を受けて調査中であることを示すものを、何かプリントアウトしてもらえない？　でないと、誰も話をしてくれそうにないから」

シンシアが書類を作成しているあいだに、わたしの頭に別のことが浮かんだ。「少女は何を着てたの？　自力で出ていったのなら、病院支給の病衣のままだったとは思えないけど」

「病棟の主任看護師に訊いておくわ。でも、わたしがこれを作成するあいだ、静かにしてくれない？　あなたもロティに負けないぐらい困った人ね。いくつもの命令をいちどきに下すんだから」

わたしはニッと笑った。「命令というのはいつだって、受けるより下すほうが楽なのよ。ロティの場合はとくに。ねえ、病院がわたしを雇ってくれるの？　お金を払ってくれるってこと？」

シンシアは渋い顔になった。「マックスに訊いてみる。さっき、ヤン・カーダールにそう言ったのは事実だけど、わたしにその権限はないのよ。だから、経費として何千ドルも勝手に使うのは遠慮してね。わたしの一存では精算できないから。それと、お願い、ヴィク。あなたのためにこれを打ちこんでしまいたいから、黙ってて」

6　必死に捜索

いまの時代、大都会の病院には警官が常駐している。患者が病院に来るなりドラッグのせいで暴れだすことがあり、警官は病院のスタッフを守ろうとする。銃傷や刺傷を負った患者が運ばれてくると、警官は誰にやられたのかをその場で聞きだそうとする。ベス・イスラエルのような病院はたいてい、勤務が三交代制になっていて、どのシフトにも警官が四人ずつ配置されている。ベス・イスラエルの警官ユニットは第二十管区から派遣されていて、偶然ながら、ピッツェッロ部長刑事が最近そちらへ異動になったばかりだ。

救急救命室は午前中の半ばが忙しい。かかりつけの小児科医を持たない母親たちが具合の悪い子供を連れてくるからだ。しかしながら、警察の手を煩わせるたぐいの人々ではない。警官たちは別にいやな顔もせずにわたしの相手をしてくれた。そう熱心なわけではなかったが、退屈な日常業務のなかの気分転換といったところだろう。

身元不明の少女が姿を消したことは、警官たちもすでに知っていた——シンシアがわたし用の正式な契約書を作成するあいだに、ヤン・カーダールが警官たちに報告したのだ。少女の話を聞きに行った警官の名前は誰も知らなかった。

「二十管区のやつじゃないな。SIUの人間が未成年者を捜してるんだろうと、おれたちは思ってた」四人組のなかでいちばん年上の警官が言った。メタボ腹で、ガラガラ声をしている。SIUというのは特別捜査ユニット（スペシャル・インベスティゲーションズ）の略。失踪者と未成年犯罪者の捜査を担当する部署だ。

「その警官は少女が指名手配されてるとでも思ったのかしら？」

四人そろって意味ありげに肩をすくめた——おれたちゃ、隠しごとはしていない。SIUが人を送りこんできたが、ベス・イスラエルの法の守り手であるおれたちにはなんの相談もなかったから、ムッとしてたんだ。

「その警官、帰るときに少女を連れてったの？」わたしは尋ねた。

「ここに寄らずに帰っちまった」四人の代弁者が言った。「さっきカーダールから話を聞くまで、おれたちは少女が消えたことも知らなかった」

わたしは少女がいた病棟まで行って、看護師たちからさらに何か聞きだせないかやってみた。もちろん、わたしもほかの一般人と同じく、患者が入院しているフロアに立ち入ることはできないが、ERで拝借してきたマスクと保護キャップのおかげで、誰にも呼び止められずにすんだ。

ヤン・カーダールを従えてやってきた男性にとくに注意を向けた者は、少女がいたフロアの看護師のなかには誰もいなかった。

「シフトの交代時間だったんです、ミズ・ウォーショースキー」病棟の主任看護師が言った。「わたしたちは患者さんのバイタル測定に追われていますし、栄養士が病棟に立ち寄ったり、放射線科や物理療法科から患者さんが運ばれてきたりします。ひとつだけ申し上げられるのは、身元不明の少女が同室の患者さんの服を勝手に着ていったということです。搬送されてきたときのジーンズは焼け焦げがひどくて二度とはけない状態だったので、病院の判断で捨てました。少女はジーンズと、ザ・リンダ・リンダズのTシャツを盗んでいきました」

「あの子を見つけたとき、わたしのジャケットを身体にかけておいたんだけど。色は赤、斜子織りで、大きな黒いボタンがついてるの。それも着ていったの？」

「わたしは超満員の病棟を管理する身であって、ファッションショーの担当ではありません」主任看護師は言った。「でも、少女が出ていくのを誰も目にしていないのなら、そういう目立つ服装ではなかったと思います」

「誰の助けも借りずに着替えて病院から抜けだしたとしたら、ずいぶん迅速な回復だったわけね」

「けっして危機を脱したわけではありません」主任看護師は手にしたタブレットの画面で少女のカルテを見ていた。「右腿と右前腕をひどく火傷していて、まるで火の横にうずくまっていたかのようでした。熱傷のレベルはII度、抗生剤入りの軟膏を丹念に塗布する必要がありました。現在、一人で路上にいるとしたら、感染症にかかる危険がかなり高いです。搬送されてきた時点でのもうひとつの問題は、脱水症と栄養不良でした。点滴による水分補給を三十六時間続けたおかげで、逃げだす体力はあったと思いますが、そう遠くまで行けたとは思えません」

「ヤン・カーダールの話だと、警官に質問されるあいだ、少女は天井を見つめるだけだったそうね。聴力検査はしました？」

「返事をしようとしない患者さんに対して聴力の臨床検査をおこなうことはできませんが、今日の午前中の担当だった研修医がホイッスルを鳴らしたところ、その音で少女が飛び上がったという報告がありました」

「すると、少女は誰も知らない言語を話すか、沈黙を続けようと決めているか、もしくは、いまもショック状態にあるということね」

主任看護師はためらいを見せ、やがて言った。「少女のそばに長時間いたわけではありませんが、わたしが診断を下すとしたら恐怖です。カーダールと一緒に来た警官から質問を受けるあいだ、少女は天井を見つめていたとのことですが、視野の端で警官を見ていたに違いありません。わたしに対してもそうでした。わたしのことを信用できないと判断し、身を守ろうとして沈黙のなかに逃げこんでいるという印象でした」

看護師というのは観察力に長けていて、患者の行動を目にする機会が医者よりも多い。警官が帰ったとたん少女が逃げだしたことを考えると、主任看護師の診断は信頼してよさそうだ。少女は何かの犯行を目撃したのか？　彼女自身が犯行に及んだのか？　いずれにしろ、警察につかまってはならないと思ったのだろう。

少女が着ていた病衣が手に入らないか尋ねてみた。どこにも見あたらなかった。しかし、ベッドのシーツ交換はまだすんでいなかった。ミッチの追跡を手助けするため、シーツを貸してほしいと頼んだ。看護師は用が済んだら返却するよう強く言った。「うちの病院は財政が逼迫していて、新しいリネン類を購入する余裕がないんです」

シーツをとりに病室に入ると、同室の患者がテレビを見ていた。わたしは自己紹介をした。その子が画面から目を離そうとしないため、何かのリアリティー番組の出演者たちが感情をむきだしにするあいだ、こちらはおとなしくすわったまま、コマーシャルになるのを待つしかなかった。

待つあいだにロッカーを調べてみたが、わたしのジャケットは消えていた。少女が着ていったに違いない。でも、シフトの交代時間で、看護スタッフは各自のタブレットを見たり、申し送りをしたりするのに忙しく、何も気づいていなかった。無力な少女が姿を消したのよ、ウォーショースキー——自分をたしなめた——自分の服のことを真っ先に心配するのはやめなさい。

ロッカーを調べるわたしを同室の女の子が見ていた。女の子はテレビの音を消して、さっそく言った。「あの子、あたしの服を盗ってったんだよ。病院に弁償させてやる。ぜったいに。けど、あの子が誰かに何か言うのは一度も聞かなかった。まるでデパートの、ええと、なんだっけ……服を宣伝するためにショーウィンドーに置く人形みたいなやつ」

「マネキン？」

「うん、それ。マネキンじゃなくて、マネガール？」女の子が駄洒落を言って自分で笑ったので、わたしもおつきあいで微笑した。

「警官が来たときにどんな質問をしたか、あなた、耳にしてない？」

「うん。廊下の先の患者用ラウンジへ行く気はないかって、警官があたしに訊いてきた。マネガールと二人だけになるつもりだったんだろうね。あたし、見たい番組があるって答えたけど、向こうがしつこいから、ラウンジへ行くことにした」

その警官の外見を説明できないか訊いてみた。彼女は肩をすくめた。大柄な男。白人。ウォームアップ・ジャケットを着ていた。ブラックホークスのロゴがついていたような気がするが、もしかしたらベアーズだったかもしれない。

「そいつと一緒にいた男は、病院で働いてる人だと思う。スタッフが着るようなユニホームだったから。その男が病室から出てくるのが見えたんで、あたしは廊下をひきかえした。昨日手術したばっかりだから、あんまり早く歩けなくて、病室まで行く前に、病院の男が、ええと、清掃員のユニホームみたいなのを着た男がまた部屋に入ってった。てゆうか、その男がドアを一歩入ったとこに立ったから、あたしは二人ともいなくなるまで廊下の先で待つことにした」

「二人は一緒に立ち去った？」

「ううん。病院の男のほうが先に出てった。すごく急いでて、それから、大きな男のほうは出てくると廊下を見まわした。こっちを見て手をふったから、あたしはベッドに戻った。あの頭のおかしな子が何か言わなかったかって男が訊くから、あの子がしゃべるのは一回も聞いてないって答えた。そしたら男は帰っていった」

コマーシャルが終わろうとしていた。女の子が音量を戻した。わたしはシーツを袋に押しこみ、ミッチを連れてくるため車に戻った。ミッチは臭跡を追う訓練こそ受けていないが、天性の才能がある。病院の出入口のひとつへミッチを連れていき、何分かシーツの匂いを嗅がせてから、少女を〝見つける〟よう頼んだ。ドアを通った人々の数はかなりのものだ。ミッチは少女の匂いを嗅ぎ分けることができず、不安な表情を浮かべて歩道を行ったり来たりしはじめた。

「かまわないのよ、ぼく。だめもとでやってるだけだから。ゆっくりね。焦らないで」すべての出入口を調べるつもりでいたが、ここと同じくミッチに挫折感を味わわせることになりそうだ。

病院があるのはローレンス・アヴェニュー、湖から二マイルほどのところだ。湖のそばには新築の高層コンドミニアムが何棟もそびえ、賃貸料もそれにふさわしい高さだが、病院の周囲は高級な雰囲気の平屋や、フラット二戸からなるくたびれた二階家などが入り交じっている。商店の多くは空き家になっている。人々——ほとんど男性——が戸口のところにたむろしていたが、汚れた窓から内部をのぞくと、建物のいくつかに無断居住者（スクワッター）の姿があった。景気回復の波もアップタウンにはまだ届いていないようだ。

ミッチとわたしは病院から半径六ブロックのエリアをまわって、路地やバス停やコインランドリーをチェックした。いまも営業を続けている店舗に片っ端から入って少女の写真を見せてまわったが、一軒のコンビニの店長に言われた。「この通りの連中はみんなこういう感じだ。クスリをやってるか、酒でベロベロか。疲れた顔をして、腹を空かせてる。ここはそういう通りなんだ」

わたしは少女が黒いボタンのついた真っ赤なジャケットを着ていることを強調したが、成果はなかった。

ミッチを連れて、スクワッターに占領されている建物のいくつかに強引に入りこんだ。そのひとつがにわか仕立ての女性用シェルターになっていて、乳児や幼児や母親や姉が何人も住みついていた。部屋にいた全員に身元不明の少女の写真を見せたが、その顔に注意を向けた者は一人もいなかった。ミッチを見て子供たちの一部が怯えた。わたしはミッチに芸をいくつか披露させた。例えば、わたしがくわえたおやつをパクッと食べるとか。これを見た子供の一部が勇気を出して、おそるおそるミッチをなでたが、姿を消した少女の手がかりは得られなかった。

午後が終わるころには、犬もわたしもぐったり疲れていた。どこへ逃げたか知らないが、少女は完全に消えてしまった。シンシアに電話して、だめだったという報告をした。シンシアは同情してくれたが、そのいっぽうで、長時間分の調査費を請求されずにすんでホッとした様子だった。わたしを雇ったことをマックスに告げたところ、あまりいい顔をされなかったそうだ。

「こういう言い方はしたくないけど、経費節約の点からすれば、あの子が出てってくれたほうが病院は助かるのよね。見つかったらそのあとが大変だってマックスに言われたわ」

申し訳なさそうな口調だったが、これがいまのアメリカにおける医療の現実だ。

ランチを食べそこねていた。ダイナーに寄ってスープを飲み、ミッチにはハンバーガーを買ってやった。お利口な犬にご褒美を。バーガーにポテトがついていた。ポテトはわたしがもらい、気の滅入る一日を終えたいま、油脂で元気を出すことにした。

ミッチを連れて帰宅したときは五時を過ぎていた。ミッチと一緒に家でくつろぎたい、ミスタ・コントレーラスのところでホワイトソックスの試合を見たい、ワインを飲みたいと切実に思ったが、良心に恥じない生き方をするために、シナゴーグに防犯カメラを設置しなくてはならなかった。

パリエンテ夫妻の家まで車を走らせて、いまからカメラをとりつけようと思うが、それには脚立が必要だと説明した。エミリオはシナゴーグの鍵をわたしに預けるわけにはいかないと言った。一緒に行くと言う彼を、最初のうち、ドンナ・イローナとわたしの説得で思いとどまらせようとしたが、わたしはやがて、建物を守るのに自分もひと役買っているとエミリオが思ってくれたら、そのほうがよさそうだと気がついた。エミリオがシナゴーグに入ってユーティリティ・ルームへ行き、脚立をとりだし、それを運ぶのをわたしにしぶしぶ手伝わせるうちに、彼も少しずつ意欲的になってきたようで、弱々しさが消えていった。

ベス・イスラエルの周囲の地区と同じく、シナゴーグの近くの通りにもフラット二戸からなる二階家や小さな店舗が並び、そのあいだに空地や無人の建物が点在している。野次馬が集まってきた。商店主の多くがエミリオとその仲間を知っている。何年ものあいだ、朝の礼拝を終えたエミリオたちがコーヒーを飲みに寄ったり、クリーニング店へ行ったりしているからだ。防犯カメラの台をボルトで固定し、デバイスの設定をするあいだに、わたしからみんなに質問してみたが、襲撃犯の姿を見た者は一人もいなかった。というか、少なくとも、見たことを認めた者はいなかった。週の後半に入ってもわたしに時間とエネルギーが残っていたら、もう一度こちらに来てアパートメントで聞き込みをやってもいいが、いまは疲れてくたくただった。もう七時を過ぎていた。ワインをグラスに一杯——いや、二杯——飲んでも罰はあたるまい。もっとも、わたしが飲むワインはマックスのブルネッロの足元にも及ばないが。

7　彼らは奉仕し、保護する——でも、なぜ？

翌朝、事務所へ行く前にシナゴーグへ車を走らせた。防犯カメラの映像を見たかぎりでは襲撃はなかったようだが、カメラが何か重要なものを見落としていないか、念のために確認しておきたかった。

建物の正面はいまも下劣な落書きに覆われたままだ。一刻も早く消さなくては。防犯カメラをあらためて確認していたら、エミリオ・パリエンテが四人の仲間と連れ立ってやってきた。不安な顔で通りの左右に目をやってからシナゴーグの扉を閉めたが、わたしに気づいて表情をゆるめた。破壊行為がこの人たちの心の平安を乱した様子を目にするのは辛いことだが、家で縮こまっているかわりに外へ出る気になってくれてホッとした。

「窓も修理しないとな」エミリオが言った。「板を打ちつけたままにしておくのはみっともない。それから、あのぞっとする落書きも消さなきゃいかん。祈りに心を集中させようとしても、ついそっちが気になってな」

すべてわたしのほうで手配しておくとエミリオに約束した。彼はわたしの手を両手で握りしめ、いい友達でいてくれて感謝すると言った。わたしは眉を曇らせた。この人たちを守りたいのに、ろくなことができない。それでも、エミリオたちは安心したようで、通りの先のパン屋へ向かった。朝の礼拝のあと、ペストリーとコーヒーを楽しむために、みんなでよくそこに寄るのだ。

わたしはそれから一時間かけて、シナゴーグを見渡せる場所にあるアパートメントや商店で聞き込みをしてまわったが、誰も何も見ていなかった。通りの向かいでクリーニング店をやっている女性の話では、六時に店に来たときはすでに被害が出ていたという。聞き込みの最大の収穫がそれだった。

事務所に戻ったわたしはシナゴーグの問題をいったん脇へどけ、いちばん大切な依頼人のために、ドラッグの問題に集中しなくてはならなかった。輸送ルートと発送日時の記録を調べるのに没頭していたとき、固定電話が鳴りだした。ナンバーディスプレーに表示されたのは〈クロンダイク・フィナンシャル・サービス〉という社名だった。

電話に出ると、力強いバリトンの声が大きく響いた。「ヴィク・ウォーショースキー？こちら、コーキー・ラナガンという者だ」

わたしが〈クロンダイク〉の仕事を請けたことは一度もないが、社名はいつもニュースで見ている。代表取締役のブレンダン・〝ゴーキー〟・ラナガンは名前の通った慈善団体に寄付をおこなうよその理事会のメンバーにもなっている。ヘルメット姿で起工式に出ている写真をよく見かけるし、セント・パトリックス・デイのパレードの先頭に立つことも多い。

「ミスタ・ラナガン。どのようなご用件でしょう」わたしはクールな、そっけないとも言える口調を心がけた。〈クロンダイク〉の代表取締役から電話をもらうのは日常茶飯事であるかのように。

「あちこちのニュースに出ていたね、ヴィク。本物のヒロインだ。きみが歩いたあの岩場はわたしも知っている。自分の船から見たこともある。わたしにはとうていできないだろう。だが、きみを知る者たちの話だと、きみはリスクをものともしない人だそうだね」

「必要に迫られたときだけです、ミスタ・ラナガン」向こうは称賛の口調だったが、言外の含みがあるのはたしかだった。「わたしに肩代わりさせようとお考えのリスクでもあるのでしょうか？」

ラナガンはこちらの鼓膜が破れそうな勢いで笑った。「いやいや、とんでもない。きみはたしかにビジネスの基本をよく心得た人だ。ズバッと要点に入る。遠まわしに探りを入れるようなことはしない。時は金なりだからね」

「おっしゃるとおりです」わたしは熱をこめて言った。「わたしの時間を買おうと考えてらしたのでしょうか？」

「ダロウ・グレアムがきみの判断を信頼していることは、わたしも知っているが、〈クロンダイク〉には専属の調査スタッフがいる。いや、わたしが頼みたいのは小さなことだ。きみはウェスト・ラント・アヴェニューにあるユダヤ人の教会に通う老人たちを知っているそうだね」

わたしは何も言わなかった。なぜ知っているのかと彼に問いただすことも、あの建物は正式にはシナゴーグ、もしくは会堂と呼ばれているのだと彼に指摘することもしなかった。

「小さな美しい建物だ。少なくとも、外から見たかぎりでは。カリュメット湖の泥土から生まれたレンガ。いまではあまり使われなくなっている。あのような被害にあうとは残念なことだ」

「ええ、たしかに」

「街の噂だと、破壊者どもはあの界隈の人々をターゲットにしているとか。アジア系の店の一部でも何かトラブルがあったそうだね」

ラナガンは言葉を切ったが、わたしが沈黙したままだったので、さらに続けた。「その老人たちにはきっと支援が必要だろう」

「ボランティアの一団を連れてきて建物の汚れ落としをさせようとお考えですか？　大いに歓迎します」

ラナガンは吠えるような声を上げた。たぶん、笑ったつもりだろう。「いや、そういう直接的なことではない。だが、わたしは老人たちのために一流のプロフェッショナルの協力を仰ぐことができる」

「でも、なぜそこまでしてくださるんです、ミスタ・ラナガン？　〈シャール・ハショマイム〉の信者のなかに身内の方がいらっしゃるとか？」

「いやいや、わたしはシカゴの古い建物と、まじめな信仰心を持つ人々が好きでね。それだけのことさ。また、〈クロンダイク〉はシカゴ市内の困窮している界隈に投資をおこなう必要がある。噂によると、シナゴーグの保険の期限が切れてしまったそうだね。高齢者がやりがちなミスだが、いざ修繕となったら、資金を工面するのは大変かもしれない。わたしがサイレント・パートナーになってもいい。みんながきみを信頼していることはよくわかっている。きみからその件を提案してはどうだろう？」

「サイレント・パートナー？」わたしは彼の言葉をくりかえした。「建物の所有権を手に入れるおつもりですか？」

ラナガンはふたたび吠えた。「単刀直入。直球。ダロウが噂していたとおりの人だ。所有権がほしいのではなく、シナゴーグの運営に協力したいんだ。となりの廃屋にチンピラやクスリの常用者が住みついてるかもしれん。わたしならあの界隈を安全な地区にする手伝いができる。老人たちと話しあってくれ」

「わたしの見たところ、みなさん、売る気はないと思います。あの建物には家族の歴史がたくさん刻まれていますから。カリュメット湖の泥土から生まれたレンガだけじゃなくて。ただ、わたしがみなさんにかわって意見を言うわけにはいきません」

「何ができるか考えてみてくれ。取引をまとめる手伝いをしてくれたら、手数料をはずむつもりだ」

電話が切れ、残されたわたしはわけがわからないまま電話機を見つめるだけだった。市のために尽くしたいというご立派な言葉にもかかわらず、ラナガンはシナゴーグをほしがっている。手数料を餌にしてわたしを釣ろうとするぐらい熱烈に。

〈クロンダイク〉は暗黒街にコネを持つ企業のひとつだ。誰かがシカゴ大都市圏でビジネスをおこなう場合、〈クロンダイク〉と提携すれば、契約をものにする確率が高くなる。市もしくは郡の大規模プロジェクトのおこぼれに与りたいときは？　例えば、森林保護区の道路すべての再舗装とか？　あるいは、高層ビルを新たに建設するさいの履行保証保険や、自分の美術館用の特別な駐車許可とか？　そんなときは〈クロンダイク〉から保険を購入すればいい。〈クロンダイク〉は保険を売るだけでなく、市庁舎やシカゴ大都市圏の六つの郡委員会との関係がスムーズに運ぶように手をまわしてくれる。

わたしはラナガンの電話の内容を事細かに記録した。〈シャール・ハショマイム〉のとなりの廃屋に関する彼のコメント。脅迫的な響きだった。〝シナゴーグをこっちに渡してもらおう。いやだと言うなら、となりのチンピラ連中を使って、よぼよぼの年寄りどもを叩きのめしてやる〟

シカゴの場合、建設工事に対して最終的な発言権を持つのは、工事現場がある区で選出された市会議員だ。議員はそうやって自分のふところを潤す。開発業者は市会議員に選挙資金を提供する。すべてオープンで公明正大。その額が充分なら、プロジェクトを認可してもらえる。〝試合に出たきゃ金を払え〟——イリノイ州で人気の掟。

〈シャール・ハショマイム〉は五十区にある。市庁舎の議事録のどこか隅のほうにでも開発計画案が記載されていないかどうか、調べてみた。しかし、市が〈シャール・ハショマイム〉周辺の開発計画にゴーサインを出していたとしても、公式の記録——市の記録も五十区の記録も含めて——を見るかぎりでは、そうした記載はいっさいなかった。

もしかしたら、ラナガンはカリュメット湖の泥土から生まれたレンガを狙っているだけかもしれない。このレンガはシカゴの建設業者のあいだで高く評価されているので、解体中のガレージの横にレンガが積まれていたりすれば、ガレージの所有者が街を留守にしたときを狙って真夜中に盗みに来る者がいるほどだ。

イローナ・パリエンテに電話をして、シナゴーグの権利書は誰が預かっているのかと尋ねてみた。「すべてうちに置いてあるわ」ミセス・パリエンテは言った。「エステッラがあのぞっとする介護ホームに入る前に、わたしに渡してくれたの」

「わたしでも、ロティの診療所のミセス・コルトレーンでもいいから、預からせてくれない？　安全な金庫にしまっておきたいから」

「そんなこと言われたら不安になるわ、ヴィクトリア。権利書に何か問題でも？」

「安全に保管しておきたいだけよ」

「わたしが保険の更新手続きを忘れたから、それ以外の書類も預けておけないっていうの？」

「そうじゃないのよ、ドンナ・イローナ」わたしはミセス・パリエンテをなだめようとしたが、年寄りにシナゴーグの事務処理はもう無理だとわたしに思われているのだと、彼女は思いこんでいた。ついにイローナに打ち明けるしかなくなった。何者かが過激な手段に出てシナゴーグを傷つけたり、破壊したりしそうな危険があることを。

「書類をわたしの金庫に入れてくれれば、盗みだすことや、あなたたちに嫌がらせをすることは、もう誰にもできなくなるから」

ミセス・パリエンテはため息をついた。「イシュトヴァンに相談してみるわ。わたしたちの弁護士さんよ。あなたも会ってると思う。イシュトヴァンがシナゴーグでエミリオと一緒にいたときに。たぶん、そちらで預かってくれるわ。それなら、大至急書類が必要になっても、あなたやミセス・コルトレーンを煩わせずにすむでしょ」

それで妥協するしかなかった。ラナガンの妙な電話のことを頭から払いのけるのがひと苦労だったが、午後が終わるころには、ダロウ・グレアムのために綿密な計画を仕上げていた。それをメール添付で彼に送り、請求書を作っていたとき、ピッツェッロ部長刑事が事務所の呼鈴を鳴らした。わたしはマスクをかけてから廊下の先のドアをあけにいった。そうすれば、彼女を通す前にお供の人数をチェックできる。ピッツェッロは一人だった。

「部長刑事さんったら、一週間に二回も。おかげで、わたし、クラスの人気者になった気分だわ」

「そうカッカしないで」彼女にたしなめられた。「ここに来るだけでも、わたしは危険を覚悟してるんだから。それを後悔するようなことにはしたくない」

依頼人のために用意してある奥のコーナーへ彼女を案内するまで、二人とも無言だった。飲みものを勧めたが、向こうは断った。

「例の身元不明の少女のことで話があるの」

「不思議ね——わたしも二十管区へ出かけてあなたと話をしようと思ってたところよ。少女のことというより、少女に質問をしに来た謎の警官のことで。少女が姿を消したのはご存じね？」

ピッツェッロはうなずいた。「昨日の午後、シフトの交代時間に、病院へ派遣されてるうちのユニットから報告があったわ。病院の警備員たちと一緒に建物のなかを捜したけど、少女は見つからなかった。もちろん、ベス・イスラエルはウサギの巣穴みたいなところだしね。古い廊下や階段がいくつもあるから、追いかけてる相手が反対側にひょっこり姿を現し、次にどこかのいまいましい抜け道を通ってこちらに戻ってくることも考えられる」

「あの身元不明少女はマラソンができる状態じゃないわ。ベス・イスラエルのなかを駆けまわったりしたら、最初の抜け道で倒れてしまうでしょうね」

「かもしれない」ピッツェッロは言った。「病院に詰めてるうちの警官から聞いたんだけど、あなた、少女捜しをベス・イスラエルから正式に依頼されたそうね。見つかった？」

「それって、何かの犯罪行為か妨害行為でわたしを逮捕するための前奏曲なの？」

「いいえ、少女が消えていないよう願ってるだけ。あなたが少女を匿ってるなら、わたしに知らせてほしい。非公式に、オフレコで——そう願ってるの」

「あの子は消えてしまった。四日前にあの子を救出したうちの犬に匂いを追わせてみたけど、半径六ブロック以内を捜しても匂いはまったく残っていなかった。ただし、路地や廃屋のどこにもいない、という意味ではないのよ。捜索救助隊に頼んだわけじゃないんだから。とにかく、病院に派遣されてるおたくの警官は、少女の病室へ行ったのはSIUの誰かだろうと言ってたわ」

ピッツェッロは自分の髪とマスクの紐をいじりはじめた。「そこが問題なの。うちのシフト責任者がSIUへ電話したところ、まったく関与していないという返事だった」

「爆弾・放火班だったのかも」わたしは言った。「少女はII度の熱傷を負ってたから」

「うちのシフト責任者もそう言ったけど、爆弾・放火班のほうもまったく関与していないというの。じゃあ――いったいどこの誰なの?」

「わたしはその男を目にしていないし、病院の防犯カメラ映像を見る権限もない。ベス・イスラエルへ派遣されてるおたくのユニットだったら、見ることができるでしょ。誰なのかわかるんじゃないかしら」

ピッツェッロはうんざりというしぐさを見せた。「ふつうはそう思うでしょ。ところが、故障してるカメラがすごく多いの。その男が使った階段にもカメラが設置されてるけど、男とカメラのレンズのあいだに、つねに清掃員――ハンガリー語ができるスタッフ――がいるのよ」

「あなたは問題にすべきは、警察が少女のために人手を割いてるのはなぜかということね。この街で起きる凶悪犯罪は、年間に——ええと、一万二千から五千件ぐらい？　そして、殺人事件の解決件数はわずか四割程度だし、それ以外の事件についてはさらに低い。たった一人のティーンエイジャーを捜しだすよう、あなたに圧力をかけてるのは誰なの？」

「そこが困った点なの。わたしたちにもわからない。わたしはフィンチレー警部補の指示であなたに会いに来たんだけど、うちの上司からわたしへという指揮系統を無視した指示だったため、いまのわたしは人生最悪の孤立無援状態に陥ってるのよ」

フィンチとわたしは何年も前からのつきあいだが、つねに和気藹々というわけではなかった。かつてのわが交際相手が銃撃されたのはわたしのせいだと、フィンチは思っている。でも、わたしへの怒りゆえに判断力に歪みが生じていないときなら、彼は善良な警官だ。いずれトップに立つはずの警官の例に漏れず、フィンチもあちこちの管区へ頻繁に異動させられている。現在はエリア２の刑事課長という地位にあり、ピッツェッロが所属する管区もその指揮下に置かれている。

「映像を見ただけじゃ、なんとも言えない」

「計算の上だと思う？」

「フィンチはお宅のシフト責任者を信用してないわけ？」

ピッツェッロは椅子にすわったまま、気まずそうに身じろぎをした。「わたしには何も言ってくれないの。ほんとよ、ウォーショースキー、ヤバいのよね。まず、わたしは自分の上司を裏切っている。それに加えて、あなたを信頼するよう求められている。わたしが人生の指針としてきた規範に背くことだわ。だから――お願い――わたしのことは、あなたに泣きついてくる面倒な依頼人の一人だと思ってちょうだい。あなたは依頼人のためなら自分の命を危険にさらすことも厭わない人でしょ。あの少女に関して知ってることを教えて」

「少女のことは何も知らない。ただ、あの子が逃げたあとで、同じ病室にいた女の子に話を聞いてみたの」カーダールはいったん出ていったが、戻ってきて病室に入り、それを同室の子が見たという話をピッツェッロに伝えた。

「カーダールが何かを盗み聞きして、それをネタに謎の男を脅迫しようとしたんじゃないかっていうの？　それもありだけど、ちょっと弱いわね」ピッツェッロは言葉を切った。

「同じ病室にいた子の名前は聞いてる？」

アリアドネ・ブランチャード。病室を出るとき、カルテの名前を書き写してきた。

「わたしのほうでブランチャードと話をしてみるけど、身元不明少女に関してわかってることはほんとに何もないの？　あの〝ナギー〟という言葉のほかに何か聞いてない？」

「部長刑事さん、三日前は何も信じてくれなかったんだから、今日になってあなたの心が変わるとは思えない。でも、身元不明少女のことは、ほんとに、神に誓って、何も知らないのよ。あの子を見つけたのはまったくの偶然なの。わたしの犬が逃げださなかったら、あの子は死んでたはず――それはわかるでしょ？」

「偶然か……。わたしは偶然なんて信じない。あなたの身辺で起きる偶然はとくに」ピッツェッロは椅子のアームをピシッと叩いた。「いい話ね――感動的だわ――でも、V・I・ウォーショースキーの犬が山中に逃げこんだ場合、雪崩に巻きこまれた誰かがそこで動けなくなっているのを、犬の飼い主はすでに知っていたはずだとしか、わたしには思えないの」

「あなたがそんな詩的な想像力の持ち主だとは知らなかった」わたしは言った。「おかげで以前より美しい会話ができるけど、あなたに信じてもらえないわたしの苛立ちが軽くなることはないわ」

ピッツェッロは微笑した。少なくとも、わたしにはそう思えた――マスクのせいで判断がつかない。「さっきも言ったように、この任務ってヤバい気がする。おかげで、情報を共有するようあなたを説得したくても、いつものようにすらすらとはいかないのよね」

「わたしは情報なんか持ってません。だから、共有もできない。雪のなかをフンフン嗅ぎまわって空っぽの洞窟を見つけたセントバーナード犬を想像してちょうだい。それがわたしよ。ところで、シナゴーグの〈シャール・ハショマイム〉のことなんだけど——あそこに防犯カメラを設置しといたわ。それから、近所の何人かに話を聞いてまわったけど、誰も何も見ていなかった。朝の六時にはもう、シナゴーグに被害が出てたそうよ」

ラナガンの妙な電話のこともピッツェッロに話したが、わたしと同じく、彼女にもわけがわからなかった。〈クロンダイク〉が関わるような大規模建設工事がラント・アヴェニューの界隈で計画中などという話は、聞いたこともないという。

ピッツェッロは立ち上がった。「パトロールを強化しておくけど、あなたのカメラが何かとらえたら、こっちにも知らせてちょうだい」

「わがセントバーナード犬はブランデーの小さな樽に情報を入れて、二十管区へ駆けていきます」

ピッツェッロはドアのところで躊躇し、わたしのデスクに戻ってきて、名刺に何かを走り書きした。「わたしの個人的な電話番号よ。何かわかったらメールちょうだい。署には連絡しないで」

わたしはピッツェッロと一緒に廊下の先まで行き、車に乗りこむ彼女を見送った。彼女自身の車だった。カローラのハイブリッドカー。警察が使っているセダンではない。

しばらくドアのところに立ったまま、とくに何を見るでもなく、あの少女の何がそんなに重要なのかと考えた。フィンチは二十管区のシフト責任者を信用していない。それが気にかかる。ついにデスクに戻り、彼に電話をした。

「ベス・イスラエルの身元不明少女に関して何か訊きたいことがあれば、いつでもどうぞ、警部補さん。密偵をよこす必要はないのよ」

「本当か？　真実を話してくれるんだな？」

「嘘をつくつもりはないと言っておくわ。おたがいにそうありたいものね。いま、話しても大丈夫？」

「いつだって喜んで拝聴するよ」フィンチは言った。さっきから甲高い声のままだ。声の届く範囲に誰かがいるのだろう。

「じゃ、わたしの知らないことを並べていくわね。少女の名前。脚に火傷を負った場所。昨日の午前中、少女に質問をしに来た人物の正体。少女はどこへ逃げたのか。どうやって逃げたのか。少女自身の意思だったのか。無理やり連れ去られたのか。これでいい？」

「では、知ってることは？」

「何もなくて、疑問ばかり。少女が巻きこまれたと思われるような注目度の高い放火事件はないかしら」

「可能性のありそうなものはけっこうあるが、おれの口からは言えない」

「あの子じゃないかと思われるような注目度の高い行方不明者はいない？」

フィンチはしばらく黙りこんだ。「興味深い思いつきだ。そんな意見は初めて聞いた。誰か心あたりでもあるのか？」

「誰も名前を知らない少女のために警察が貴重な人材を割いてるのはなぜなのかを、突き止めようとしてるだけよ。ところで——未成年者の補導記録に少女の指紋かＤＮＡがないか、チェックしてみた？」

「それもまた興味深い思いつきだ。また連絡する、探偵さん」

フィンチのほうで電話を切った。わたしはリーガルパッドにメモをした。速記ではなくふつうの文字で。ときにこれが思考を助けてくれる。時刻は五時を過ぎていた。帰ってランニングに出かけ、うんざりする一日のあとで頭をすっきりさせる必要があったが、少女がどこであんな火傷をしたのか、子供が行方不明になっている有力者の家庭がないかどうか、いまも気にかかっていた。

この半年間のアンバー・アラートをすべて調べてみた。シカゴ大都市圏はもちろんのこと、シカゴっ子が別荘を持っているミシガン州とインディアナ州の湖畔の小さな町の分までも。驚くほど多くの子供が行方不明になっている。少年と十二歳以下の子を除外してもなお、百近い名前があった。写真に注意を集中した。一時間が過ぎたとき、一致しそうな子が五人残ったが、それぞれの家族に連絡をとって、身元不明少女の顔のクローズアップ写真を送ったところ、五人とも違うことが判明した。

面倒なやりとりだった——希望が膨らみ、希望が砕かれる。わずか五分のうちに。

8　幼なじみ

パソコンの電源を切り、アラームをセットし、ミスタ・コントレーラスにメールを送って、夕食がまだなら〈ファリネッリ〉に寄ってパスタを買っていくと連絡を入れた。

車に乗りこもうとしたとき、ミルウォーキー・アヴェニューの屋根つきのバス停からティーンエイジャーが現れ、おずおずと近づいてきた。ぽっちゃりしているが、背が高く、ごわごわの髪がカールし、服装は黒のボマージャケットにすりきれたジーンズというだらしのないものだった。あと何年かすれば、ジャケットの肩はぶかぶかでなくなるだろうが、いまのところはだらしなく垂れている。ランニングシューズのサイド部分が型崩れしていて、この年ごろの少年の例に漏れず、靴紐を結ばずに歩いている。太陽は沈んでいたが、日の光がまだ充分に残っているので、その子の髪が赤いのが見てとれた――赤褐色ではなく、めったにないニンジンのように鮮やかな色だ。

「探偵さん――ですか？――ですよね？」少年は口ごもりながら言った。

「探偵よ、ええ」

「ニュースに出てたあの女の人ですね？　よくわかんないけど――マスクで――」

わたしは少年から二、三フィートほど離れてマスクをはずした。「V・I・ウォーショースキーよ。なんのご用？」

「あ――あの、個人的なことなんです」

「わたしの脳細胞はすべて、個人的な事柄で満たされてて、人にはぜったい口外しないことにしてるの」少年を安心させた。「ご用件は何かしら」

少年は目をぎゅっと閉じた。水は怖いが、高飛び込みの台からジャンプしなくてはならない。「ぼくがここに来たことは誰にも言わないって約束してほしいんです」

「ぜったい言わない」わたしは約束した。「だって、きみが誰なのかわからないし――」

不意に言葉を切った。昔知っていた誰かに似ていることに気がついた。疲労のせいで口がすべった。「でも、ドニーは黒髪だったわ。それに背が低かった」

「ここに来たことは言わないで」少年は叫んだ。「ぼく、殺されてしまう」

「どうして？」

「あなたのことを、おまわりよりたちが悪い、自分が製鋼所の聖ヴィクトリアだってことを証明するためなら、自分の身内だって警察に突きだすような女だって言ってるから」

その名称を耳にして、わたしは思わず笑いだした。「いかにもドニー・リトヴァクの言いそうなことね。いえ、ひょっとするとソニアかしら」

「じゃ、ほんと？　子供のころの知りあいなんですね？」

「わたしがサウス・シカゴにいたころ、リトヴァク一家が通りの少し先に住んでたのは事実よ。大人になってから連絡がとだえてしまったけど。きみ、ドニーの息子さん？　それとも、ソニアの？」

「ドニーがぼくの父さん。ソニーおばさんは子供ができなかった。ぼく――あなたに――」少年は急に黙りこみ、握りこぶしの尖ったところを噛んだ。

「リトヴァク坊や、わたしは長くうんざりする一日を送ったところなの。きみがなぜここに来たのか、話してくれない？」

人々が徒歩でそばを通りすぎ、不審そうな視線をよこしたが、足を止める者はいなかった。母親と息子の口喧嘩だとでも思ったのだろう。

少年は気の毒なほど顔を赤らめ、髪とほぼ同じ色になった。「馬鹿みたいに見えるのはわかってる。たぶん、ここに来たのが馬鹿だったんだ」

わたしは十六歳のころの自分を思いだした。その年に母を亡くして、さんざん無茶なことをしでかした。わたしの人生にはお母さんが必要なんだから、冷たい土のなかに横たわるのはやめて、と母に訴えたくて。

「マスクをかけてくれたら、わたしの事務所に入って、二人だけで話ができるわ。こういう会話をするのに通りは向いてないでしょ」

少年はリュックに手を入れてマスクを探し、わたしのあとについて事務所に入った。わたしもマスクをかけてから、依頼人用のコーナーに少年をすわらせた。フロアスタンドと布張りの間仕切りは居心地のよさを演出するためのもの。天井が頭上十四フィートもの高さであることには気づかないでほしいものだ。照明をつけ、パンデミック対策のために購入した空気清浄機のスイッチを入れてから、心から相手を気遣っていることを示そうとした。

「あなたのこと、調べたんです。そしたら、すごい事件をいくつも解決した人だって書いてあった。詐欺事件とか、そういうのを」

「少しはほんとのことかもね」

「ぼく——ぼく、助けてほしいんです。詐欺事件じゃなくて、もっとややこしいことで、ただ——ああ、ぼくってほんとにダメ人間だ！」

「人殺しでもしたの？」

少年はあわてて顔を上げた。「違う！」

「誰かに大怪我をさせて、相手が病院に入ってるとか？」

「そんなんじゃない！」

「武装強盗をやったとか？　大富豪のコーク兄弟のアカウントに侵入し、兄弟のお金で誰かの入院費を払ったとか？」

「犯罪行為なんかしてない！」少年は憤慨した。

「だったら、わたしの力の及ぶ範囲であれば、全力であなたを助けてあげる。もっとも、わたし、コーク兄弟には失望してるけどね。最初から順を追って話してくれない？　まず、きみの名前から」

答えをひきだすのにさらに一分ほどかかったが、少年はようやく、ブラッド・リトヴァクという名前を口にした。「少なくとも、二年後にはこの名前になるんだ」

二年のあいだにどんな魔法が働くのかと尋ねようとして、わたしは口を開きかけたが、そこで思いだした。イリノイ州では十八歳にならないと改名できない。十六歳ぐらいかというわたしの推測が正しかったわけだ。ひょっとすると、わたしって名探偵かもしれない。

「ブラッドと呼ぶことにするわ」わたしは約束した。「本名はネット検索できるけど、ここで正直に言ったらどう？」

「ブランウェル・リトヴァク」少年はつぶやいた。ひどく小さな声だったので、耳をそばだてなくてはならなかった。

「ブランウェル？　シャーロット・ブロンテの弟と同じ名前？」

「うちの母さんが、えっと、『嵐が丘』の大ファンだから」苦々しい声だった。「ビデオを全部持ってて、気が滅入ったときはいつも見てる。つまり、毎日ってことだね。母さんはぼくの名前をヒースクリフにしたかったけど、父さんが断固反対した。でも、ブランウェルにするのは阻止できなかった。

中学のときは〝ブランフレーク〟って呼ばれて、次は〝ウンコフレーク〟になった。なぜなら、ブランフレークを食べると、ほら――だから、ぼく、母さんに頼んで転校したんだ。そっちではブラッドって名前で通すことにした。そしたら、先生の一人が〝このクラスで偽名を使うのは許可しない〟って言ったから、また同じことのくりかえし。コロナでひとつだけよかったのは、授業がリモートになったことかな。ランチルームや廊下でからかわれずにすむから。父さんはいつも、喧嘩のやり方をぼくに教えようとするけど……」

ブラッドの声が細くなって消えた。パンチを見舞う方法も知らない息子に苛立つドニー・リトヴァクの姿が目に見えるようだ。

「さてと、助けてほしいって、いったい何があったの？」

ブラッドはさらに何分かもじもじしていたが、わたしはようやく一部始終を聞きだすことができた。

「うちの親って、なんか、喧嘩ばっかしてるんだ。なんで結婚したのかわかんない。なんで離婚しないのかもわかんない。ただ、離婚したら、ぼくはどっちかの親と暮らさなきゃならないし、だったら二人一緒にいてくれたほうがまだましだ。母さんのほうがめんどくさいかも。だって、ぼくを味方につけようとするから。ただ、図々しい人ではないと思う。とにかく、うちはお金がなくて、たぶんそれがいけないんだね。だから、一時的に別居を決めたとき、父さんは地下で寝起きすることになった」

「ボイラーの横で？」

ブラッドは驚きのあまり少しだけ笑った。「ぼくが小さかったときに、父さんがファミリールームをこしらえたんだ。ビリヤード台もあるよ。父さん、めちゃうまいから。ぼくも少しできる。親子でやるのはビリヤードだけかな。ソファベッドとトイレと冷蔵庫がある。父さん、晩ごはんはときどき母さんとぼくと一緒に食べるけど、あとは地下室にこもったままなんだ。出かけてるとき以外はね――ほとんど出かけてるかな。父さんが独りぼっちで地下にいるのを考えると辛いから、ぼくも下りてって、くそゲームに、あ、玉を突くのにつきあったりして……」

要領を得ない彼の話に、わたしは根気よく耳を傾けようとした。

「うちの母さん、たぶん浮気してると思う。夜になるとしょっちゅう出かけてるから。おしゃれして、メークもばっちりで。どこ行くのって訊くと、夜の案内の仕事があるから、帰りが遅くなったら先に寝てて、って言うんだ。ぼくのこと、えっと、五つぐらいの子で、〝わあ、マミー、すごくきれい〟って言って、母さんが吐きだす嘘をそのまま信じこむと思ってんだ」

「それがここに来た理由なの？　人の私生活に立ち入ることは、わたしにはできないわ。きみのお父さんさんの生活にはとくに——喉にビリヤードのキューを突っこまれかねないし、そうされても仕方ないわ」

「違う、違う。えっと——母さんは出かける支度をしてた。家を見せに行くって言った。夜の八時だよ。ぼくが信じるとでも思ってるのかな。母さん、舞台装置（ステージャー）の担当なんだ」

「劇場の仕事をしてるの？」思わず訊いてしまった。

「違う、違う。〈トライコーン＆ベック〉の社員だよ。大手不動産会社の。お客さんに見せるために家のインテリアを整えるのが仕事。例えば、適当なところに本を置くとか——誰かが『戦争と平和』を途中まで読んで、ページを開いたままアームチェアの横に置いてから、ロシアの歴史について奥さんと真剣に議論するため部屋を出てったみたいな雰囲気にする。あるいは、脈のありそうな購入希望者に合わせてアート作品を選ぶとか。そういう感じの仕事だよ」

「ヒースクリフに恋してる人にとっては、気の毒な仕事ね」わたしは言った。

「かも」ブラッドは興味がなさそうだった。「母さんが冷蔵庫に絵なんか貼るときは、ぼくが幼稚園のときに描いたやつまで使うんだよ。子供がいる家族へのさりげないメッセージって感じかな――この家を買って、キュートな絵を描く幸せな子を持ちなさい！ ぼく、そんなの大嫌い。家を売るのにぼくを利用する母さんなんか大嫌い」

わが子に人を殴らせようとする父親、キュートな幼子のままにしておこうとする母親。ブラッドもかわいそうに。相反する期待がどれほど大きなストレスになっていることか。

「つまり、お母さんが出かけたあとで、きみはお父さんの相手をしようと思って地下に下りたわけね？」

ブラッドはうなずいた。「ただ、父さんは電話中で、誰かにわめき散らしてた。〝わからんのか。おれのケツがジョリエットの刑務所かサニタリー運河に放りこまれるかもしれんのに〟って。そしたら、向こうは――そっちも大声だったから聞こえてきた。言葉は聞きとれなくて、ほら、声だけね。そしたら、父さん、〝やったのはおれじゃない。おれに罪を着せようったって無理だ〟って言った。それから部屋のなかをうろうろしだして階段のそばまで来たから、電話の向こうの男が言ってることが聞こえてきた。〝昔はソニアがあんたを助けだしてくれたが、今度はもう無理だな。ボール遊びでもするか、それとも、倒れて死んだふりをするかい？〟」

ブラッドの喉仏が動いていた。言葉がなかなか出てこないようだ。

「それで、ぼく、めちゃ怖かったから何か音を立てたみたいで、父さんがハッとふりむいてわざとらしい笑い声を上げた。〝もう切らないと。息子が来た。ピッツァを食ってビリヤードをやる約束なんだ〟と言った」

父親の言葉をくりかえしたことで、そのときの怖さがよみがえったようだ。ブラッドは震えはじめ、両腕で自分の身体を抱くと、依頼人用の椅子にすわったまま前後に揺れはじめた。

「たしかに物騒な感じね」わたしは事務的な声を保った――物騒かもしれないけど、わたしはうろたえたりしない。「それっていつのこと？　ゆうべ？」

「えっと、二週間前」ブラッドは自分の足に向かって言っていた。マスク越しにかろうじて聞きとれるぐらいのつぶやきだった。「心配で心配でたまんなかったけど、質問できる人が誰もいなかった。例えば、ソニーおばさんに相談したらカンカンになるだろうし。〝あんたの父さんなんだよ。親のことをよくもまあ非難できるもんだね〟とか、そんな感じで。だから、ニュースであなたを見たとき……」ブラッドはふたたび黙りこみ、自分の足を見つめた。

「お父さんの電話の相手に心当たりはないの?」

「訊いてみたけど、父さん、笑い飛ばして、職場の仲間がおれに活を入れようとしてるんだって言っただけだった。ソニーおばさんは父さんをどんなトラブルから救いだしてくれたのって訊いたら、あらゆる種類のクソからだと父さんは答えた。聖ヴィクトリアと聖なる一家がおれになすりつけようとしたあらゆる種類のクソから」ブラッドは横目でわたしを見た。「それ、ほんと?」

「うちの父は警官だったの。あなたのお父さんは不良グループに入ってて、わたしがお父さんのことを父に告げ口したと思いこんだ。そんなこと一度もしてないのに。お父さんはこそこそ行動するタイプじゃなかったから、近所の噂の的になってたわ。お父さんのことは街の誰からでもうちの父の耳に入ったはずよ。

お父さんや下の弟たちが何をしてたか、おたくのおじいちゃんもおばあちゃんもあまり気にしてなかったみたい。ソニアがみんなの面倒をみなきゃならなかった。おまけに赤ちゃんまでいて、その子の世話もさせられてたのよ」

「グレゴリーおじさんのことだね。いまは酒の卸売店で働いてる。ボトルを棚に並べる仕事。ぼく、ああいう人間にはなるなって言われてる」

ドニー・リトヴァクのことなど調べたくもなかったが、彼の息子の不安そうな目を見ているうちに、リトヴァクの家で起きていたすさまじい喧嘩のことを思いだした。ミセス・リトヴァクの声がヒューストン・アヴェニューの全員に聞こえそうなほどだった。一週間のうち八日はへべれけという人で、夫と子供たちに向かって暴言を吐きまくり、夫が珍しくも家にいるときは、夫のほうもどなり返していたものだ。

ミスタ・リトヴァクはエクスチェンジ・アヴェニューで衣料品店をやっていて、女物の服と子供服が商いの中心だった。噂によると、サイズ直し担当の女性の一人とイースト・サイドでもうひとつ家庭を持っていたらしいが、そのくせ、うちの子はみんなおれの子ではないとわめくのをやめようとしない人だった。安定していたわが家のことと、敬意を寄せあっていた両親のことを思うとき、わたしは自分が信じられないほど幸運だったのだとつくづく思う。

「何を探りだしてほしいの？」

「もし――もし、父さんが何かやってて――」ブラッドは言葉を探した。父親の犯罪行為をあからさまに非難する気になれないのだ。

「何か清浄（コーシャ）でないことを？」

ブラッドはたちまち真っ赤になったが、うなずいた。婉曲的な表現にホッとした様子だった。「父さんを刑務所へ行かせたくないんだ。母さんがいい気味だって言いそうだから」

「わたしには何も約束できないわ。まず、知らない相手からかかってきた電話を調べるのはかなり大変なの。おまけに、二週間も前のことだしね。それに、お金を払ってくれる依頼人たちがいるから、わたしはそちらの仕事をしなきゃいけない。家賃を稼いだり、電話代とかそういう経費を払ったりするために」

「ぼく、少しぐらいなら払える」ブラッドはぶっきらぼうに言った。「請求される額にはたぶん足りないと思うけど、パンデミックの前にバイトしてたんだ。五千ドルためたよ。それに、おばあちゃんにねだれば――」

「そのお金は置いときなさい。パンデミックが終息しはじめてるのよ。グローバルな状況が改善されれば、きみも大学へ行きたいとか、海外をまわりたいって思うようになるわ。契約金として一ドルちょうだい。それから、きみの電話番号も教えてね。ついでに、お父さんがつきあってる人たちの名前をきみが少しでも知ってれば、助かるんだけどな」

ブラッドは一人も知らなかった。「いちばん親しいのはソニーおばさん。それも母さんが頭に来る理由のひとつなんだ。父さんが母さんよりおばさんのほうを大事にしてるって言うんだ。たしかにそうだと思うよ」

ブラッドはリュックの奥から汚れた一ドル紙幣を見つけだした。わたしは領収証を渡し、彼の電話番号と住所をメモした。

「お父さんは昼間の仕事なの？」椅子から立ちながら尋ねた。

「うん。大きな開発業者か、保険会社か、そんなようなとこで働いてる。倉庫の仕事。母さんと出会ったときみたいにね。ただ、そのときはイリノイ大学の書店だったんだって。ブローカーの試験とか受けようとしないから、家族のことをもっと考えれば挑戦できるはずなのにって母さんに言われてる。ただ、パンデミックのせいでそこも一度クビになっちゃった。会社に誰も出てこないから、備品を注文する係がいらなくなったんだ」

「なんていう会社？」

「〈クロンダイク〉」

わたしは少年と一緒にドアまで行き、車で家まで送ろうと言ったが、向こうは恐怖の表情で拒んだ——家の前でわたしの車から降りたりしたら、わたしに会いに行ったことが両親にばれてしまう。

9　ボーイズン・ザ・フッド

ドニーと双子の弟たちは、わたしが子供だったころから札つきのワルだった。わたしは一度だけ、父が人を殴ったのを見たことがある。いとこのブーム＝ブームがドニーと双子の仲間になっていることを父が知った夜だった。

ソニアがいなければ、リトヴァク家の息子たちは全員刑務所に放りこまれていただろう――父はよくそう言っていた。ソニアがみんなを真人間にしたという意味ではなく、警察と渡りあってみんなを守ったからだ。ドニーなど、中学に入ったころにはもう、配送トラックから酒や煙草をかっぱらい、リトヴァク家のガレージで売りさばくようになっていた。儲けの一部を地元のマフィアのボスに納め、その見返りに、製鋼所のゲートの外でナンバーズ賭博の券を売る許可をもらうことができた。それは製鋼所の景気がよかったころの話で、州が宝くじの販売を始めたためにナンバーズ賭博が衰退する前のことだった。

リトヴァク家の兄弟はサウス・シカゴで最高にクールなバイクを乗りまわしていた。ドニーが初めてバイクを手に入れたのは十五歳のときで、ブーム＝ブームなど羨ましさのあまり死んでしまいそうだった。正直に言うと、わたしも同じだった。

夜勤の巡査部長が父に電話をよこし、ブーム＝ブームと、ドニーと、〈クラウン・ロイヤル〉のメンバー十人あまりを逮捕したと言ってきた夜、父は寝ていたわたしを起こして署へひっぱっていった。午前一時を過ぎていたが、母は反対しなかった。心配そうな顔で玄関の前に立っていた。あなた、お母さんの胸が張り裂けそうなことを何かやったの？

署に着くと、ブーム＝ブームの父親のバーニーおじさんが待っていた。おじさんも、内勤の巡査部長も、父がブーム＝ブームのみぞおちに強烈なパンチを見舞ってグエッと言わせるのを見守った。

「次にまたこういう馬鹿なことをしでかしたら、わが家の前とヴィクトリアの前に線をひいて、二人が行き来できないようにしてやるからな。ナショナル・ホッケーリーグに入るチャンスをふいにするなど愚か者のやることだ、と説教したいところだが、やめておこう。おまえが自分で選べばいいことだ。だが、リトヴァクの息子どもはいずれ刑務所に放りこまれるだろうし、おまえも連中と一緒に行きたいなら、いとこを道連れにするのだけはやめてくれ。おまえとヴィクトリアが週に百ぐらいの規則を破ってることぐらい、わたしも承知している。気に食わんが、大目に見てきた。だが、おまえが犯罪に走ったら、いとこには二度と会えんものと覚悟しておけ。それから、ヴィクトリア、もしおまえが仲間に入ったら、ワルシャワ行きの最初の飛行機に乗せるからな。おばあちゃんの妹のヴェロニカのところで暮らすがいい」

ブーム＝ブームもわたしも震え上がった。父が怒るのを見たのは二人とも初めてだった。少なくとも、ここまで激怒するのを見たのは。わたしをヴィクトリアと呼んだのも、あとにも先にもこのときだけだった。

その夜以来、わたしはリトヴァク家の兄弟を避けるようになった。ブーム＝ブームは避けていなかったようだが、わたしにも、わたしたち二人に目を光らせるパトロール警官たちにもうまく隠していた。ソニアとドニーは外の通りや学校の廊下でわたしを嘲笑した――おまわりの子、チクリ屋、自分のいとこを密告しやがって。でも、わたしはじっと我慢した。ワルシャワで大おばさんのヴェロニカと暮らすのはいやだったから。

やがて、誰もが驚いたことに、双子はまっとうに生きるようになって大学に進んだ。わたしが聞いた話では、一人はアリゾナへ去り、草の根や実を食べながら星空の下で瞑想をしているらしい。昔住んでいた界隈から流れてきた噂によると、もう一人のレジーは第二のスティーヴ・ジョブズになりつつあるとのこと。

レジーは大手エレクトロニクス企業のひとつに勤めているが、それとは別に、自宅の作業場でドローンを制作している。近所の人々は、いつかきっとドローン界のｉＰｈｏｎｅともいうべき製品が生まれると信じている。

わたしがさっきドニーの息子に言ったとおり、近所の誰もがリトヴァク家の兄弟のすることを噂の的にしていたが、脅迫の種にされそうなほど悪辣なことをドニーがやったという記憶は、わたしにはなかった。電話をよこした正体不明の男はドニーに何をさせようとしたのだろう？

もしわたしがリトヴァク家の重力場に吸いこまれたとしても、現代版ヴェロニカ大おばさん的な人のもとへわたしを送りこめる者は誰もいない。頼るべきは自分の判断だけだ。そして、自分で判断するに、ティーンエイジャーの少年の不安そうな目だけでは、ドニー・リトヴァクの軌道に入りこむ充分な理由とは言えそうにない。あらためて事務所の戸締りをすませ、頼んでおいた夕食をとりに〈ファリネッリ〉へ向かった。

携帯電話をチェックすると、ミスタ・コントレーラスから何回もメールが入っていた。強盗にでもあったのか？　車がこわれたのかね？　こちらから返信した――わたしは大丈夫。悩みを抱えた子供が訪ねてきたの。夕食のときに詳しく話すわ。

〈クロンダイク〉という名前が一日に二回も出てきた。たぶん偶然だろう。でも、わたしの身辺で起きる偶然など信じないとピッツェッロ部長刑事が言っていたし、わたしはコーキー・ラナガンの身辺で起きる偶然など信じない。ドニーは〈クロンダイク〉の倉庫で働き、〈クロンダイク〉は〈シャール・ハショマイム〉を購入したがっている。でも、ドニーがコーキー・ラナガンの奇妙な提案になんらかの形でつながっているのではと考えるのは、かなりの拡大解釈のように思える。

〈ファリネッリ〉でテイクアウトの列に並びながら、街灯の下で電話の画面に目を凝らした。ブラッド・リトヴァクとの会話に難儀していたあいだに、ピーターから電話が入っていた。今日一日の挫折感がさらにひどくなった。スペインのマラガはもう午前二時に近い。電話をかけるのはやめて、明日あらためて連絡するというメールを送るだけにしておいた。

とりあえず、〈ファリネッリ〉のパスタは満足できる味だった。ミスタ・コントレーラスにはボロネーズソース、わたしには頽廃的なぐらい濃厚なゴルゴンゾーラにクルミを添えたもの。散歩に連れだしたミッチをさきほど帰したときには、ミスタ・コントレーラスはテレビの前で居眠りをしていた。時間のかかる会話をせずにこっそり出ていくことができてラッキーだったが、夕食のときに、不首尾に終わったミッチとわたしの身元不明少女捜しのことを老人に詳しく語った。

「一日を締めくくる妙な出来事は、リトヴァク家の子供が訪ねてきたこと。ペテン師ぞろいの一家だから、家族にしてみれば、あの子は失望の種でしょうね。誠意のかたまりみたいな子なの」

ドニーの悪事や、彼と双子を窮地から救いだすためにソニアがとった巧妙な方法をいくつか披露すると、ミスタ・コントレーラスは大喜びだった。それに刺激されて、老人自身が送った荒っぽい十代のころの話を始めた。軍隊と結婚のおかげでまっとうな暮らしを始める以前のことだ。思い出話を聞きながらわたしは笑いころげたが、老人の話に出てきたのはケチな窃盗や詐欺ばかりで、大がかりな犯罪はひとつもなかった。

ブラッドの話だと、一家はお金に困っているという。それについては明日調べてみよう。ドニーがケイマン諸島に秘密口座を持っている可能性だってある。もしそうだとしても、息子がそれに気づくわけはない。すべては明日、いえ、ひょっとすると明後日になるかもしれないが、調べることにしよう。でも、今夜は残り物をラップでくるみ、食器を台所へ運ぶエネルギーしか残っていない。

食事のあいだにミスタ・コントレーラスがテレビでホワイトソックスの試合をつけた。コロナが猛威をふるった去年の異様なシーズン中は、無観客試合など見る気になれなかったが、新たなシーズンが始まって一週間たった現在、試合のリズムにふたたび心を奪われるようになっていた。九時半、うとうとしはじめた。ランナーが出塁して同点のチャンスという場面で老人の部屋を出た。

午前二時少し過ぎに電話で起こされたときには、てっきりピーターからだと思った。惨事か、もしくは発見を知らせようというのだろう。

「ハンニバルの兜が見つかったの？」寝ぼけた声で電話に向かって言った。

「ヴィク？　V・I・ウォーショースキー？」とりみだした女性の声だった。

わたしは身を起こした。画面にシンシア・ダイクストラの名前が出ていたが、ひどく狼狽した声だったので、彼女だとはわからないほどだった。

「ヴィク！　とんでもないことが起きたの」

「マックス？　ロティ？」上掛けをはねのけて服を着はじめた。

「いいえ、あの二人じゃなくて――清掃員を知ってるでしょ？　ヤン・カーダール。彼が殺されたの。見つけたのは清掃部門の担当者の一人。本館と放射線科の建物をつなぐ地下通路に倒れてたんですって。身元確認のためにわたしが呼ばれたの。凄惨な現場だった――喉を掻き切られてた。そこらじゅう、もう血だらけ！」

「シンシア、なんて恐ろしい！　いまどこ？」

「ERよ。ナースステーション。車で家に帰ろうとしたけど――震えが止まらなくて」

「十分でそっちへ行く。わたしの車で家まで送るわ」

「電話した理由はそれじゃないの」シンシアは歯がガチガチ鳴るのを止めようとして、顎に力を入れていた。話す声がくぐもっていた。「警察。あなたと話をしたがってる。ここからあなたの家へ向かうそうよ」

「でも、やっぱり十分でそっちへ行く」わたしは言った。

午前二時半のERはほぼ無人だった。ひと握りの人々がすわり心地の悪いプラスチックの椅子にぐったりもたれ、テレビの前で居眠りしていた。よどんだ空気、テレビ画面でちらつくまばゆい光、ラウドスピーカーから低く響く単調なアナウンス、塗り直す必要のあるくすんだ黄色い壁のせいで、地獄のどこかの圏に突き落とされたような気分にさせられた。ナースステーションの奥の鏡に映る自分を見てギョッとした——逆立つ乱れた髪、紫色のくまができたマスクの上の目。亡者の仲間入りをしてしまった。

カウンターの女性に名前を告げると、向こうの表情が和らいだ。「いらっしゃることはシンシアから聞いています。でも、もう怖くって。自分が働く建物のなかが安全じゃないなんて。シンシアに言ったんですよ。スタッフの駐車場への行き来には警備員をつけるよう、ラーヴェンタール理事長に手配してもらうしかないって。でないと、わたしたち、仕事に出てこられないじゃないですか」

わたしは深刻な顔でうなずいた。すでに忍耐の限界を超えている最前線の医療従事者たちにストレスがまたひとつ。胸の動揺を吐きだす女性に、わたしは何分か耳を傾けたが、ついに話をさえぎってシンシアを呼んでほしいと言った。

「シンシア、ええ、そうよね、シンシアに会いにいらしたのよね。奥へ行っていただいてかまわないと思います。通常ですと、一般の方は立入禁止ですけど、何が通常だと言えます？　そんなものはとっくに失われてしまった」

ナースステーションの奥にオフィスらしき四角い小部屋があって、ERのスタッフ用のロッカーが並び、テーブルと椅子三脚が置かれていた。ドアのそばの壁にお知らせがいくつかテープで留めてあった。ソーシャルディスタンスを守ること。マスクを着用すること。人権侵害があった場合の通報先。

シンシアは毛布に包まれてテーブルの前でうずくまっていた。わたしが入っていっても顔を上げなかったので、となりにすわって彼女に腕をまわした。平凡な日常が失われてしまう以前の時代には、これが自然なしぐさだった。

「ハーイ、お嬢さん、ヴィクが来たわよ。家まで送らせて」

シンシアはかすかな笑みを浮かべた。「あら、ヴィク」

彼女を連れて病院の建物を出てから、ERの入口に近いタクシー乗場に止めておいたわたしの車まで行った。警官たちは犯行現場の捜査に追われていて、駐車違反の車にチケットを貼る余裕などなかったようだ。

シンシアはエヴァンストンで母親と二人暮らし、病院から車で二十分ほどの距離だ。街なかの道路を通ってゆっくり行くことにした。

「わたしのこと、弱虫だと思ってるでしょうね。自分で運転することもできないなんて」

シンシアはしゃくりあげた。

「警察があなたに遺体を確認させようとするなんて、非常識とまではいかなくても、ひどいと思うわ。身元確認のできる家族はいなかったの？」

「奥さんはずっと以前に出ていったんですって。人事ファイルによると、娘が一人いたけど、その子も母親と一緒に出てって——二人はいま、ユタで暮らしてるみたい。人事課のほうへ頼んで、明日連絡してもらうわ。いえ、今日のもう少し遅い時間という意味よ」

「清掃部門の主任にやってもらうことはできないの？」

「こっちにガンガン言うのはやめて、ヴィク、わたしだってわからないんだから」

「あ、ごめん。ついカッとなってきつい言い方をしてしまった。あなたの苦労を増やすつもりはなかったのよ。マックスの様子はどう？」

「警察にも居所がわからなかったけど、わたしがマックスの個人用の携帯にかけたら、ようやくつかまったわ。いまは病院に来てる。でも、警察がマックスを理事長室に押しこめて、あれこれ調べてるところなの。病院のセキュリティとか、ロジスティクスとか。病院の警備主任も呼ばれてる。そうそう、あなたの名前も出たわよ。理由はわからないけど。あなたがヤンについて質問してたってことを、病院に詰めてる警官たちから聞いたのかもしれない。でも、あなたがヤンと話をしたのはわたしのオフィスだったし、その場に警官はいなかったわよね。だから、腑に落ちないの。まったくもう腑に落ちないことだらけ」

「そうね」わたしも同意した。「こんな恐ろしいことになって、わけがわからない。あなたの忍耐心が限界を超えてるのはわかるけど、ひとつだけ質問させて。警察の人たち、身元不明の少女に何か関係があるという意見だった？」

シンシアは目を丸くしてわたしを凝視した。「やだ、ヴィク、やめてよ！　わたしが通訳を頼んだばかりにヤンが殺されたんだとしたら――」

「そんなこと、夢にも考えちゃだめよ、シンシア。ヤンが殺されたのは、何者かが彼の死を望んだからだけど、その何者かはあなたではない」シンシアの返事がなかったので、わたしはくりかえした。「あなたは彼の死を望んだ人物ではない。わかった？」

シンシアは健気に努力して微笑を浮かべた。「わかった……ERのカウンターの女性は病院内で異常者が野放しになってると思ってる。みんながそんなふうに思いはじめたら、スタッフをひきとめることもできなくなる。ただでさえ人手不足なのに。これからどうすればいいのかわからない」

わたしはそれには答えようとせず、カーダールが夜の夜中に病院にいたのはなぜかと尋ねた。「深夜シフトだったの？」

車はシンシアの自宅がある通りに出た。ブロックのなかほどにある白い塗装の木造家屋をシンシアが指さした。「ううん、彼の場合は雇用条件がすごくよかったの。日勤だけでオーケイだった」

「じゃ、夜中に病院にいたのは誰かに呼びだされたってことね。異常者による犯行と考えられなくもないけど、わたしはやはり、カーダールが標的にされたんだと思う。でも、もしそうだとしても、注意を喚起するのは悪いことじゃないわ。誰かと一緒でないかぎり地下通路は使わないようにとか、そんなふうに。マックスに相談してみる。マックスのほうからスタッフに指示を出してもらえばいいわね」

シンシアはわたしに礼を言ったが、わたしが家まで一緒についていこうとすると、わざわざ降りないでと言ってくれた。わたしは道路脇の駐車スペースに立って、彼女が自宅の玄関に着くのを見守った。母親が待っていた。シンシアが玄関先まで行くとすぐにドアが開き、母親が娘を腕に抱いた。シンシアがふりむいて手をふった。疲れた様子で片手を小さくふっただけだった。わたしも手をふりかえし、それから車に乗りこんで走りだした。

恐怖の一夜を過ごしたあとで抱きしめてくれる母親がいるのは、シンシアにとって幸せなことだ。二人の抱擁を目にして、いまは亡きわたし自身の母のことが恋しくてたまらなくなった。ピーター以上に恋しいほどだった。古い歌が頭をよぎった。〝わたしをあやして寝かしつけてくれるママがいればいいのに〟

殺人鬼が病院をうろついているという考えを、わたしは否定しすぎたのではないだろうか。スタッフが怯えている、病院をやめかねない、とシンシアは言った。病院が閉鎖に追いこまれてしまうという言外の意味が含まれていた。

ベス・イスラエルの経理部長のことを考えずにはいられなかった。ロティがこきおろしていた人物だ。病院を黒字にできなければ、その人物が次に選択するのはたぶん、病院を強引に閉鎖することだろう。頭をふってすっきりさせようとした。国民的娯楽となっている陰謀論にはまってしまった自分に苛立ちを覚えた。

謎の男が身元不明少女に質問したとき、ヤン・カーダールもその場にいた。次にカーダールの喉が切り裂かれた。このふたつの出来事に関連があるなら、謎の男があの病室で何か物騒なことを口にするか、もしくは、行動で示したのだろう。男はカーダールの口からそれが漏れることを警戒した。わたしはアパートメントの建物の裏路地に入りながら、自分の喉に指を触れた。舌骨のすぐ下の、ナイフで首を切断できる箇所。ウググ……。

路地に車を止めたので、裏から建物に入ることにした。ドアまで行ったとたん、犬の吠える声が聞こえた。獰猛な怒りの声。〝誰かが攻撃中。攻撃中〟。明滅するブルーの光が玄関ホールの壁を染め、正面のドアからまぶしい光が射しこみ、建物の住人たちがそれぞれの階の踊り場に出てきていた。

忘れてた。警察がわたしと話をするためこちらに向かっていることを、シンシアから聞いていたのに。

二階の踊り場の手すりから身を乗りだして、ミスタ・ソンが叫んだ。「ヴィク、迷惑なんだよ。いったい何事だ？　あんたを捜して警察が来てるぞ。どこへ行ってたんだ？」

「病院。思慮に欠ける警察があなたの家族を起こしてしまって申しわけない。でも、ベッドに戻っても大丈夫よ。今夜は誰も撃たれたりしないから。あなたたちの身は安全よ」だといいけど……。この一年、アメリカ全土でいやというほど弾丸が飛びかっているから、何が起きても不思議ではない。

10　角のある牡牛

ミスタ・コントレーラスがロビーに出てきていた。栗色のガウン姿が目にまばゆい。ミッチとペピーが建物の正面ドアに体当たりしていた。ドアの向こうに警官三人が立ち、全員銃を構えていた。わたしの胃がひっくりかえった。今夜はやはり、撃たれる者が出るかもしれない――例えば、このわたし。

「ヴィクトリア・ウォーチョーシーに話があって来た。あんたがヴィクトリア・ウォーチョーシーか?」

警官の一人がハンドマイクを持っていた。居住者がみんな起きてしまったのも無理はない。時折、居住者の誰かがわたしの退去を求めるキャンペーンをしたりする。この騒動を見るかぎり、彼らを責めることはできない。

犬の吠える声とハンドマイクがうるさすぎて、わたしが何を言っても聞いてもらえそうになかった。外にいる三人組にわたしが連行されることになったら、顧問弁護士のフリーマン・カーターに電話してほしいとわが隣人に頼んでおいた。正面ドアを細めにあけて、横向きですべりでてから、そのドアをひきよせて背後で閉め、ドアにもたれて両腕を大きく広げ、十字架にかけられたような姿勢をとった。誰かがわたしの顔に超強力な懐中電灯を向けた。わたしは目を閉じたが、光が強すぎるため、まぶたの裏にオレンジ色が広がった。

「わたしがV・I・ウォ、ー、シ、ョ、ー、ス、キ、ーよ。それから、三人とも、わたしと話をするのに銃は必要ないわ。この建物の住人をすべて起こしてしまうなんて、いったいどういうこと? わたしに電話をくれるだけでよかったのに。電話番号ぐらい簡単にわかるでしょ」

目を細め、懐中電灯の向こう側の光景を見ようとした。三人組の一人がうしろを向いて道路ぎわのパトカーに合図を送ったように見えた。わたしはふたたび目を閉じ、呼吸に集中して、アルヴォ・ペルト作曲の〈鏡の中の鏡〉の終わりにバイオリンの高い音が消えていくところを想像しようとした。あと一歩で成功するところだった。

「ウォーショースキー?」バリトンの声。警察や企業でテノールの男性が昇進をかちとるのはむずかしい。

懐中電灯を持った警官がわたしの顔から光をどけたが、網膜に強烈な光を受けていたため、わたしの視界には煙草の煙みたいなオレンジ色の輪がいくつも残された。「ええ、そうよ。で、あなたは?」

わたしに見分けられるかぎりでは、その男性は白人で四十歳ぐらいだった。背は六フィートほど。男性がバッジを提示したが、ほんの一瞬だったので、煙の輪はすでに消えていたが名前を読みとることはできなかった。

「わたし、速読のクラスってとったことがないのよ。名前を教えてちょうだい」

「これは正式な事情聴取ではない。ヤン・カーダールのことで話がしたい」

「話をする相手の名前を教えてもらわないかぎり、それは無理だわ」

居住者たちを叩き起こした三人組の神経が張りつめるのが、わたしにも感じとれた。三人とも空に浮かんだ何かを見つめている──私服の男がわたしを殴ったとしても、三人は何も証言できないというわけだ。もしくは、わたしを撃ったとしても。背後のロビーでは、犬たちがドアをひっかき、わたしを守ろうとして悲痛な声を上げていた。

私服の男はどの程度荒っぽく出ようかと考えている様子だったが、善良な警官を演じることに決めたようだ。少なくとも、最初のうちだけは。「スコット・コーニーという者だ。これで満足か?」

「大満足よ」わたしはうなずいた。

「ヤン・カーダールのことを話してくれ」

「会ったのは一度きりよ。二日前に。五分だけ。カーダールのことなら、あなたのほうがよくご存じかも」

「やつは死んだ。殺された。それは知ってたか？」

「そう聞かされたわ。Qアノンやその他の陰謀論がはびこってる世の中だから、事実かどうかわからないけど」

コーニーが携帯をとりだしてわたしの鼻先に突きつけた。犯行現場の写真で、血の海をクローズアップで撮ったものだった。血だらけ。首の断面が血の海だ。気管の残骸が浮かんでいる。ほかにも正体不明のものがあれこれと。ドアにもたれていてよかった。脚が震えているのをコーニーには見られたくない。

「満足したかね？」

「死んだ人間の喉の部分ね」わたしは言った。「でも、これがヤン・カーダールなのかどうか、わたしにはわからないわ」

「小賢しい女だと聞いてきた。小賢しい女におれの捜査を邪魔される必要はない。カーダールと会った五分のあいだに、どんな話をした？」

その声の険悪さに、わたしのほうもカッとなった。「子供のころハンガリーからこの国にやってきたって話だったわ。故国ではハンガリー語を使ってたけど、最近は自分で話すよりも相手の言うことを理解するほうが楽みたい。いえ、〝楽だったみたい〟と言うべきね。ハンガリーの秘密警察から派遣された何者かがカーダールを殺したのかしら。喉を掻き切るのはまさにプロのやり方ですもの。オルバーン政権のためにスパイ活動をしてたのかしら。これが国際的事件だとしたら、警察が最速で動かなきゃいけなかったのも理解できるわ。あなた、FBIの人？」国を救うことに情熱を捧げる愛国者にふさわしい熱い口調で、わたしは言った。

「こいつは地域の犯罪だ、ウォーショースキー。おれはシカゴ市警の人間だから、国際的陰謀のことであんたの可愛い頭を悩ませるのはやめたほうがいい」

「可愛い頭と言っていただけてうれしいわ、おまわりさん」わたしはさっきと同じように熱い口調で言った。「夜の夜中に警察が大挙して押し寄せてきたら、あっというまにげっそり憔悴してしまうもの」

ドアノッカーがわりの三人組がいっせいに息をのんだように見えた。コーニーは顎をこわばらせ、右手を何度も屈伸させていた。わたしを殴りつける準備をするかのように。

「シンシア・ダイクストラの供述はすでにとってある、ウォーショースキー。それによると、あんたが病院に運んだ身元不明少女のことで、あんた、カーダールと話をしたそうだな」

「身元不明少女を病院に運んだのは救急車よ。わたしはその子を発見しただけで、どこへ運んで治療してもらうかは決めてないわ」

「自分はウィットに富んだ人間だと思ってるようだが、ウォーショースキー、ちっともおもしろくないぞ。ハエみたいに煩わしいだけだ。それに、可愛い頭の持ち主ではない。おれの言い間違いだった。ゴキブリ並みに醜い」

「意地悪ね、コーニー。せっかくいい気分だったのに」

コーニーがわたしを殴りつけた。一瞬のことだったので、パンチをよけきれなかった。ドアのガラスに頭をぶつけた。それでミスタ・コントレーラスの堪忍袋の緒が切れた。ドアを押しあけ、犬と一緒に飛びだしてきた。

「どこのスラム街で育ったか知らんが、そういう殴り方は卑怯だぞ。レディを殴ってはいかん、ぜったいに」とわめいた。「おふくろさんからどんな行儀を教わったんだ？」

二匹の犬がコーニーに牙を突き立てるナノ秒前に、わたしは二匹の首輪をつかんだ。

「三つ数えるあいだに二匹を建物内に戻さなかったら、そいつらにテーザー銃を見舞ってやる」コーニーが言った。冷静な声なので、これまでより凄みがあった。「ひとつ」

二匹の首輪をつかんだまま正面ドアのロックをはずすのは無理だ。かわりにドアをあけてくれるよう、ミスタ・コントレーラスに懇願したが、老人は激昂していて怒りをぶちまけるだけだった。「あんた、いつからあんな安っぽい悪党の命令を聞くようになったんだ？　あいつ、アメリカの制服を着とるくせに、ナチスみたいに乗りこんでくるとはけしからん」

コーニーがベルトからテーザー銃をひき抜いた。わたしが犬を自分の身体で庇おうとして二匹に覆いかぶさったそのとき、コーニーの背後から冷静かつ明瞭な声が聞こえた。

「この状況でテーザーは必要ないと思う、警部補。われわれのすることを野次馬連中が記録しているとなればとくに」

わたしたち全員が通りのほうへ目を向けた。こんな時間なのに、ジョギングや犬の散歩中の人々がいる。長いロックダウンが続いたあとだけに、家にこもっている気分ではないのだろう。

「おれを監視してんのか、フィンチレー？」コーニーが言った。「ここはレイクヴューだぞ。ローンデイルじゃない。おたくの専門知識はここでは必要ない」

露骨な人種差別発言だった。レイクヴューは白人の住民が多く、市内でも裕福なエリアなのに対して、ローンデイルは黒人の住む貧しい地域だ。そして、フィンチレーは黒人警官だ。

「さあ、どうかな、コーニー、そうとは言いきれんぞ」フィンチレーの口調は軽やかだったが、陰に険悪なものを秘めていた。「カーダールに関してウォーショースキーはどんなことを話してくれた？」

「ダンスパーティの女王みたいに踊りまわるだけで、何も話そうとしなかった」

「ふん、いきなり殴りつけたくせに。わしゃ、見とったぞ。ジョー・ルイスと十ラウンドの試合でもしとるつもりだったのか。ただし、ルイスだったら、あんたみたいな卑怯者はこてんぱんにのしちまうところだ」ミスタ・コントレーラスが言った。

「この老人に誰か口輪をはめてくれないか？」コーニーが問いかけた。「いくつかの質問に答えてもらおうと思っただけなのに、おれの前に現れたのはクソ生意気な女と、動物ショーと、介護ホームに入れておくべきジジイってわけだ」

「こうして歩道で立ち話を続ける理由が何かあるのか？　リグレーヴィルに住む全員に会話を聞かれてしまうぞ」フィンチレーが言った。「いまみたいな発言が記録に残されたら、陪審の心証が悪くなる」

「こんな男を家に入れるのはまっぴらだわ」わたしはフィンチレーに言った。「それから、この男の家に入るのもまっぴら。神さまとすべての者が見ている前で人を殴ったり侮辱したりできるのなら、自分が勤務する署でぬくぬくしながら何をやらかすかは、充分に想像がつくわ」

「子供が運動場でぶつけあうような侮辱のやりとりは、いったんひっこめてくれ。ウォーショースキーから何を聞きだそうとしたんだ、警部補？」フィンチレーが言った。

コーニーは彼をにらみつけたが、質問には答えた。「身元不明少女に会ったときのことをカーダールがこの女にどう言ったのか、おれは知る必要がある。あんた、病院でカーダールに会っただろ、ウォーショースキー。やつが移民の子供として送った惨めな少年時代の話を聞くために会ったわけではあるまい？」

わたしはコーニーに背を向けて、フィンチに話をした。「シカゴ市警の者だと名乗る何者かが身元不明少女に質問しにやってきた。わたしが少女を発見したとき、その子はひとことだけしゃべったけど、それがハンガリー語かもしれなかったので、病院がハンガリー語のできる人間を探したところ、カーダールが名乗りでた。少女が姿を消したと聞いて、わたしはシカゴ市警の警官だと名乗った男が拉致したんじゃないかと思った。カーダールがその警官の名前を聞いてくれてればよかったけど、だめだった。二十管区から病院に派遣されてる警官たちも何ひとつ知らなかった。謎の訪問者は狡猾で、カメラに姿が映らないようにしていた」わたしはコーニーのほうを向いた。「あれ、あなたじゃないでしょうね？」

「ふざけんな、ウォーショースキー。あんたが警察にどれだけ友達を持ってようと、おれはネズミの糞ほども気にならん」

「つまり、〝警察権力濫用の苦情を五十七件寄せられているが、問題視されてるものはひとつもない〟という意味？」

コーニーは笑みを浮かべて歯をむきだしにした。「たった四十三件だよ。そして、問題視されてるものはひとつもない。だから、さっさと答えやがれ」

何を質問されたのか忘れてしまったが、ぐったり疲れていたし、〝ガラガラヘビをつついて、咬まれる前に飛びのけるかどうか試してみる〟というゲームをやっても、コーニーには勝てそうになかった。

「なぜ誰も彼もあの身元不明少女のことで躍起になるのかを、わたしは理解しようとしてるだけ」軽くつついてみた。「口を利こうとしない負傷したティーンのためにわが警察が人手を割くのを見て、わたしも一市民として喜んではいるけど、そこに注ぎこまれた税金の額を考えてみて。あなた、先発隊の三人組、そして今度はフィンチレー警部補までやってきた。超勤手当がもらえるわね。深夜シフトだから」

コーニーは顔をしかめ、地面を凝視し、あらためて息を吸った。「少女が重大犯罪を目撃したものと、警察では考えている。少女の身柄を押さえる必要がある。あんたにはこれだけ言っときゃ充分だ」

「どんな犯罪を目撃したのかわかっているのなら、警察は少女の身元も知ってるわけね」

「いま言っただろ。〝あんたにはこれだけ言っときゃ充分だ〟と」コーニーは葉巻の端をカットするみたいに言葉を切って、それを吐きだした。荒々しい足どりで歩道を歩き去った。三人組がよく訓練された羊みたいにあとを追った。

「ウォーショースキー」フィンチレーが穏やかに言った。「コーニーはホーマン・スクエア署の警官だ。おれがあんただったら、コーニーをやたらと挑発するのは控えるだろう」

ホーマン・スクエア署。公選弁護士会時代の旧友たちが二、三年前からその噂をしている——シカゴ市警が設けた過酷な尋問施設だという。コーニーを挑発するのはやめるようフィンチレーがわたしに警告するのなら、噂はどうやら本物らしい。

「タイミングよく来てくれてありがとう」フィンチレーに言った。「犬とミスタ・コントレーラスがテーザー銃で撃たれてたかもしれない。わたしはたぶん弾丸を浴びせられただろうし」

「そうとも、わしに口輪をはめたがっておった。わしがカリカリさせてやった証拠だ」ミスタ・コントレーラスは得意そうだった。

フィンチレーが目をむいた。「やつをカリカリさせるのは簡単だ。そのカリカリを静めるのが大変なんだぞ。おれは病院の犯行現場に呼ばれていた。うちの管区だからな。そこで制服組の一人が教えてくれた――コーニーがあんたと親しいラーヴェンタールの個人秘書を事情聴取しに来てて、あとであんたのとこへ行く予定だと言ってたことを。あんたは闘犬だ、ウォーショースキー。たとえ相手が三倍の体格であろうとリングに上がる。あんたも、コントレーラスも、一線を画すってことを知らんからな」

「かもね。でも、身元不明少女が大きな注目を集めてる説明にはなってないわ。あの子、何者なの？」

「知らん」フィンチレーはわたしの抗議をさえぎるために片手を上げた。「知っててもあんたに話すわけにいかないのなら、正直にそう言うさ。ほんとに知らんのだ。おれにわかるのは、この状況が気に食わんということだけだ」

フィンチレーは歩道を歩き去ろうとしたが、何かを思いだしたらしく、ひきかえしてきた。

「ジョー・ルイス？」ミスタ・コントレーラスに言った。「あんた、何世紀に生きてんだ？」

「わしゃ、ルイスの試合を見たことがある」わが隣人は言った。「軍隊の慰問に来て、エキシビション試合をやったんだ。ルイスだったら、あのコーニーって男なんか安物の腕時計みたいにぶっこわして、踏みつぶしてくれただろうな」

「では、いまの時代は誰が腕時計をぶっこわしてくれるのかね？」フィンチレーは言った。

でも、車のほうへ歩いていきながら、小さく口笛を吹いていた。

11 夜の叫び

身元不明少女とイローナ・パリエンテが深い血の井戸に浮かんでいた。何か言おうとするのだが、口をあけると、血があふれでてくる。二人がわたしを責めているのはわかっていた。助けを求めてわたしのところに来たのに、わたしは二人を守りきれなかった。

電話が鳴って、夢の深みからひきずりあげられたのは、慈悲深い救いだった。目を閉じたまま電話をつかみ、応答するようSiriに命じたが、電話はかかっていないと言われた。電話の鳴る音が続いた。固定電話だ——疲労でぼうっとした脳がそう判断した。電話はいまもベッド脇のテーブルに置いてある。自動音声の勧誘電話が定期的に新たな詐欺の手口を試そうとしている。

「……しもし」わたしの声はざらついていた。震える声が〝ミス・ウォーショースカ〟と話したいと言った。

わたしは身を起こし、心を落ち着けようとした。「こちら、V・I・ウォーショースキー。あなたは誰？　ご用件は？」

「ユルチャ。見つけて。手遅れにならないうちに――」

「なんでこの電話を持ってる？」背後で男性の声がした。怒りの声でわめき散らしているので、こちらにまではっきり聞こえた。「盗んだんだな？　それに、なんで廊下をこそこそうろついてる？　ベッドに戻れ。拘束しないと」

わたしは電話に向かって必死に叫び、そちらは誰なのかと問いかけた。電話をしてきた相手の声が遠くなり、「いや！　やめて――」と叫び、やがて切れてしまった。

明かりをつけて、固定電話の小さなディスプレイバーを見た。最後にかかってきた番号が表示されるようになっている。リダイヤルしたが、すぐに機械的な音声メッセージに切り替わった。〝受信契約者二七九はただいま電話に出ることができません〟

脚も頭もぼうっとしたまま起きあがり、ダイニングルームへタブレットをとりに行った。ここに入れてある逆引き電話帳データベースで契約者名を調べることができる。受信契約者二七九はジセラ・ケリガという女性だった。住所はピルゼン、二十七丁目、ディメン・アヴェニューの西側。メキシコ人の多い地区だ。既婚者、三十七歳、子供三人。その女性がここに電話してきた人物に彼女の携帯を貸したのか？　それとも、電話してきた人物が携帯を盗んだのか？

〝ベッドに戻れ。拘束しないと〟さっきの男はそう言った。

この言葉からすると、電話してきた人物は病院に入っているようだ。たぶん、精神科の病棟だろう。年老いた声だった。いったい誰が拘束などという言葉で年老いた女性を脅すのか？　いや、愚かな質問だった。この国には残虐な行為があふれている。介護の手間を省くために年配者をベッドに拘束する病院や介護ホームのことが、しじゅう新聞に出ている。

「ユルチャなんて名前の人は知らないわ」わたしはペピーに言った。「それが身元不明の少女の名前だと思う？　さっきの女性はミス・ウォーショースカと話したいって言ってたから、ポーランド人ではないとしても、東欧の苗字を理解してるってことよね。身元不明の少女はわたしのことを〝ナギー〟、つまり、ハンガリー人の祖母だと思った――少なくとも、マックスはそれがハンガリー人の祖母のことだと推測した――そして、今度はナギーがユルチャのことを尋ねている。わたしたちの手で二人を見つけて再会させ、二人がいついつまでも幸せに暮らすのを見守っていけばいいってことね」

老女とユルチャを見つける方法はひとつも思いつけなかった。名字がわからないかぎり無理だ。

ペピーはすでに眠りに戻っていた。ベッドの三分の二を占領している。起こしてはかわいそうなので、ペピーをどける気にはなれなかった。それに、いまはペピーの温もりが必要だった。横になり、柔らかな被毛に腕をかけて、わたしのこわばった筋肉をほぐそうとした。自分は寝つきのいいゴールデン・レトリヴァーなんだと思いこもうとした。わたしに電話したという罪ゆえにベッドに縛りつけられている、年老いた女性のことは考えないようにした。

今日はいろいろなことがありすぎた。いえ、もう昨日になる。まず、身元不明少女捜し。ドニー・リトヴァクが誰かに脅されて、何かヤバいことに、たぶん犯罪行為にひきずりこまれるのではないかという、ドニーの息子の恐怖。それに加えて、ヤン・カーダール殺し、わたしと悪徳警官の衝突。そして、今度は女性からの電話。ユルチャを見つけてほしいと懇願された。手遅れにならないうちに——なんのこと？

頭のなかで、すべきことリストを作った。ソニアはかつてどんな恐ろしい事態からドニーを救いだしたのか——それを教えてくれそうな人をサウス・シカゴで見つけだす。ピルゼンのジセラ・ケリガの家を訪ねる。そこで昨日の出来事をもうひとつ思いだした——サイレント・パートナーとなってシナゴーグを所有しようという、コーキー・ラナガンの奇妙な思惑。〈シャール・ハショマイム〉に設置した防犯カメラの映像を調べる。

個人が、もしくは営利企業が会堂を所有することは可能なのか？　わたしはいつしか眠りの世界へ漂っていき、ドニー・リトヴァクがわがいとこブーム＝ブームと一緒にいる夢を見ていた。二人は銀行強盗の最中で、コーニー警部補が言っていた。「人を殺しておいて逃げおおせると思ってるようだが、そのうち罪の報いを受けることになるぞ」

ペピーがわたしの顔をなめて九時に起こしてくれた。外に出たがっていた。ゆうべの心配と混乱のおかげで、五日前に岩場を上り下りしたあとと同じく、わたしの全身がこわばっていた。ペピーが庭を探検して、夜のあいだにどんな生きものが通り抜けたかを調べているあいだに、わたしは裏のポーチにマットを持って出て、ウォーミングアップをした。犬二匹を走らせ、エスプレッソのダブルを飲み、まだ完了していない調査案件をすべて記したワークシートを作った。

ヤン・カーダールの死はわたしが抱えこむべき問題には含まれていない。警察の仕事だ。ただ、スコット・コーニーの乱入のせいで、わたしの問題になりつつあった。

くっきりした文字で書いた。〝ヤン・カーダールを連れて身元不明少女に質問をしに行った人物を見つけだす〟そして、その下にこう書いた。〝誰がジセラ・ケリガの電話を使ったかを、ケリガから聞きだす。また、その人物が何を恐れていたのかも。ユルチャとは誰なのか？　身元不明少女を見つけだす〟

去年、私立探偵向けのコースをとった。題して〝探偵仕事の進め方〟。そのなかに〝成功するコツ〟というのもあった。そこで教わったのは、暴力に頼ることなく依頼人に料金を払わせる方法や、いい探偵仕事をするには目標を明確に定める必要があるといったことだった。わたしはいま、三つの目標をいっきに定めた。成功に向かっているのは間違いない。

出かける前に、シナゴーグに設置してある防犯カメラの映像をダウンロードした。破壊行為の記録はなかったが、マスク姿の人々が建物で何かしている映像があった。シナゴーグへ車を飛ばしたところ、マスク姿の人々はすでに消えていた。どこの誰かはわからないが、落書きをほとんど消してくれていた。線や文字がところどころ残っているが、正面部分はほぼきれいになっている。

通りの向かいのクリーニング店でラーナ・ジャーディンがジャケットの繕いをしていた。口にくわえていた待ち針をいったんはずし、通りの店主たちが団結して業者を雇ったことを話してくれた。わたしが推測するに、礼拝にやってくる高齢者たちへの同情と、通りに面したファサードに醜悪な落書きなどされたら客が怖がって買物に来なくなるという恐怖の両方が、店主たちを突き動かしたのだろう。

「コロナの影響で、どの店も客の半分を失ってるからね。残り半分の客にステイホームされたら、たまったもんじゃない」ジャーディンは言った。

「シナゴーグのとなりにあるあの廃屋に人が出入りするのを見たことはない?」

ジャーディンはジャケットの袖ぐりに待ち針を打ちはじめたが、勢い余って針を指に刺してしまった。血がジャケットにポタッと落ちた瞬間、あえいだ。

わたしは彼女をじっと見た。何かを知っているか、何かを見たが怖くて話せないかのどちらかだろう。

「そんなふうにじろじろ見られてちゃ、寸法直しができやしない。あんたは働かなくたって食べていけるかもしれないけど、うちは無理なんだ。さっさと出てってよ」

わたしは名刺をカウンターに置いた。「話す気になったら電話して」

そこを出てパリエンテ夫妻のところへ向かった。まわり道をしてイタリアン・デリに寄り、ドンナ・イローナお気に入りの輸入コーヒー豆をひと袋買った。こちらでローストした豆のほうがフレッシュで味わい豊かかもしれないが、この袋にはイタリアの空気が封じこめられていると彼女は言っている。アメリカでは見つけられない特別な風味があるという。郷愁。それは故国をなつかしむ移民に愛されているスパイスだ。

シナゴーグのファサードがきれいになったことは彼女もエミリオも知っていた。防犯カメラが設置され、警官と地元商店主たちの警戒心が高まったおかげで破壊行為がなくなることに、二人は期待をかけようとした。わたしもそう期待しているが、最近の物騒な風潮からすると軽率に楽観視する気にはなれない。

一時間近くパリエンテ夫妻につきあって、二人の懸念や思い出話に耳を傾けたが、ついに腰を上げ、ジセラ・ケリガの住まいへ車を走らせることにした。ピルゼン地区はフラット二戸からなる二階家か、平屋がほとんどだが、ケリガが住む二十七丁目には、一階が店舗で二階がアパートメントのところもある。ケリガはそうした建物のひとつに住んでいた。

学校がある日の午前半ばだというのに、通りに子供たちの姿があり、スケートボードや電動キックボードで車のあいだを縫ったり、ジャンプで歩道に上がって歩行者の眉をひそめさせたりしていた。歩行者のなかに女の子が二人いて、一人はよちよち歩きの子を連れていた。わたしが知っていたころのソニア・リトヴァクもつねにこういう姿だった。赤ちゃんのグレゴリーをアクセサリーがわりにし、ハンドバッグみたいに腰のところで抱えていた。

シカゴでは学校の再開をめぐって教職員組合が親や行政と対立しているため、授業は依然としてリモートでおこなわれている。本当なら、子供は自宅にいてズームで授業を受けているはずだ——子供一人一人に行き渡るだけのパソコンが自宅にあり、Ｗｉ‐Ｆｉが使える環境にあり、大人たちが子供を食べさせていくために最低賃金で働くかわりに、そばにいて、パソコンの前にすわるよう言いくるめたり、命じたりできるのなら。

通りからケリガの住む建物に入るドアはきちんと閉まっていなかった。郵便受けの上についている居住者案内板で彼女の部屋番号を見つけ、階段をのぼって四階まで行った。エレベーターもついていたが、朝からどれだけ多くのウィルスを受け入れたかわからないエレベーターを使う気にはなれなかった。

4Kのドアをノックすると、生真面目な目をした六歳ぐらいの子供が防犯チェーンの幅だけドアをあけた。

「お母さんに会いたいんだけど。ジセラ・ケリガさんに」

「いない」

「お母さん宛にメモを置いてってもいい？ どうしてもお母さんと話がしたいの」

子供が「ジャスミン！」とわめくと、十一歳ぐらいの少女が出てきた。黒髪が肩にかかり、左側に細い三つ編みが二本垂れていて、前髪は額でまっすぐに切りそろえてある。険悪な表情だった。

「あんたと話す気なんかないから、嫌みな質問をしたいんなら、どっかよそへ行ってよ」

「わたしは政府の人間じゃないわ。お母さんの電話が盗まれたみたいなの。盗んだ人が夜中にうちに電話してきたのよ。その人、トラブルに巻きこまれてる様子だから、お母さんが働いてる場所を教えてほしいんだけど――」

少女はすばやくドアを閉めた。三つの錠が次々とかけられるのが聞こえてきた。わたしはバッグに入れた小型のノートの紙を一枚ちぎり、ケリガ宛のメッセージを書いた。

わたしはＩＣＥ（移民・関税執行局）の人間でも、その他の政府機関の人間でもありません。けさ早くあなたの電話を使った女性を見つけたいのです。その女性は危険にさらされていると思われます。女性の名前を教えていただけませんか？　ご存じないのなら、せめて、あなたの職場を教えてください。お名前は誰にも言いません。

わたしの名前をサインし、名刺に紙片を巻きつけてドアの下から差しこんだ。「かならずお母さんに渡してね」と声をかけた。

廊下をひきかえして階段へ向かう途中、背後でいくつかのドアが細めにあく音が聞こえた。濃い色の髪とオリーブ色の肌をしていても、わたしは白人の部外者なのだ。いくら保証の言葉を並べても、わたしがＩＣＥの捜査官ではないことをこの建物の住人たちに納得してもらうことはできない。

12　昔流行ったもの

事務所の表の道路ぎわに、エンジンをかけたままの赤いリンカーン・ナビゲーターが止まっていた。ここ数日の出来事で神経をぴりぴりさせているわたしは、テッサと共同で使っている駐車スペースに入るのをやめて、通りの少し先に車を置き、徒歩でひきかえした。

男性一人と女性一人がナビゲーターに乗っていたが、顔がよく見えなかった。わたしの視線に男性が気づいて車から飛び下りた。男性にしては小柄で、五フィート八インチのわたしと同じぐらいの背丈だが、肩幅が広い。カールした濃い色の髪に白いものがちらほら交じっている。

「何やってたんだ、ウォーショースキー？　てめえ、アメリカ・ファシスト連合シカゴ支部の責任者かよ？」

わたしはあとずさった。相手の怒りより、口から飛んでくる唾のほうが恐ろしかった。

「ドニー・リトヴァク」大声で返した。「話がしたいのなら、マスクをかけて、声を数デシベル下げてちょうだい。いやならこれで失礼するわ」

　こう言われてドニーは激怒し、わたしの顔を殴りつけるつもりでこぶしを固めて突進してきた。わたしは通りに身を伏せ、車道の縁へころがった。ドニーは彼の車に激突し、息が止まりかけた様子だった。

「くそっ、ウォーショースキー、くそったれ！」あえぎながら言った。

　わたしが急いで起きあがり、ドニーから離れようとしたそのとき、女性が口を開いた。軽蔑に満ちた物憂げな声だった。

「ドニー、馬鹿なまねはやめなさいって言ったでしょ。なのに、これだもの。馬鹿の王さまだわ」

　女性は助手席のドアのそばに立っていた。鳶色の髪を丹念にセットしていて、コロナにもめげず美容院へ出かけたことは一目瞭然だった。

「わたしはV・I・ウォーショースキー。ドニーの連れの方？　ドニーがなぜわたしにわめき散らしてるのか、説明してくれない？」

「アシュリー・ブレスラウよ。ドニーとのあいだに子供が一人いるの。あなたがゆうべ話をした男の子」彼女の声は冷静だった。彼とのあいだに子供がいようが、わたしがその子と話をしようが、なんの興味もないという感じだ。

「あなたの子って、ブラッド・リトヴァクのこと？」岩場を上り下りしたときにできたすり傷のひとつにアスファルトの破片が刺さっていた。破片をつまんで抜いた。血が滲んだ。

アシュリーが眉を上げてこちらをじっと見た。この女を狼狽させるものが果たしてあるのだろうか？「うちの息子はブランウェルって いうのよ」

「そして、おれがブラッドの父親だ。おまえはどうしても覚えられんようだがな。ブランウェルなんてクソくだらん名前だ。ブラッドもいやがってる。そんなもん使うんじゃねえ」ドニーは車のドアに貼りつき、わたしの向こう脛のかわりにうしろのタイヤを蹴飛ばしていた。いや、たぶん、アシュリーの向こう脛のかわりだ。

「あの子もいまに慣れるわよ」自信に満ちた静かな声で、アシュリーは言った。「あなたがくどくど言ったりしなければ――」

「この十六年間に、おまえが一度でも息子の話に耳を傾けてやったことがあったか？」ドニーはひときわ獰猛な蹴りを車に見舞い、痛みでギャッと吼えた。「おれの話にも、誰の話にも知らん顔で、自分の言葉しか耳に入らず――」

「喧嘩はリアリティ番組に出演するときまでとっといて」わたしは言った。「わたしはまったく興味なし。二人でここに来たわけは？」

アシュリーは腕組みをして向きを変え、エルトンをじっと見た。ミルウォーキー・アヴェニューのこのあたりで《ストリートワイズ》を売っているホームレスだ。

「てめえがシカゴ市警のお友達連中をなんでうちの息子にけしかけたのか、知りてえんだよ」ドニーは言った。「父親が警官だったから、てめえ、ヒューストン・アヴェニューのガキどもの前でいつもいばりくさってたよな。ほかのみんなの人生を自分が預かってるみたいに思いこんでよ。いいか、おれの人生も、息子の人生も、てめえなんかに預ける気はねえ。息子のことを今度またおまわりに話しやがったら、誰かに何かしゃべるのはそれが最後になると思っとけ」

「ドニー、それって殺しの脅迫としか思えないんだけど。あなたとはもうひとこともしゃべる気になれないわ」

わたしはアシュリーの前を通りすぎて事務所のドアまで行った。彼女はいまもじっと見ていた――視線を感じて通りの先へあわてて逃げていったエルトンではなく、彼が立っていたあたりを。しかし、わたしが暗証番号を打ちこんでドアをあけると、待ってと声をかけてきた。わたしはふりむいたが、ドアは右のかかとを使ってあけたままにしておいた。ドニーの次の襲撃から逃れる必要が生じたときのために。

「ゆうべ、警察がブランウェルを待ち伏せして尋問したのよ。未成年者なのに、親にひとことの断りもなしに。わたしはドニーが息子をいつもの愚かな悪事にひきずりこんだんだと思ったけど、よくよく聞いてみたら、警察はあなたがブランウェルと話をしていた理由を知りたがったそうなの」

「ブラッドだ」ドニーが吐き捨てるように言った。「それから、ブラッドはおれの息子だってことを覚えといてくれないか？　自分の所有物みたいに思ってるようだが。ゆうべ、おまえがブラッドに愚痴を並べたあとで、あの子はおれの地下牢に下りてきた。なあ、ウォーショースキー、おれはここにおいでの嫌みな奥方に、てめえと話をつけに行くって言ってやったんだ。逃げんじゃねえぞ……」

わたしは彼が最後まで言うのを待とうとしなかった。誰かがわたしを監視していたのに、わたしは気づかなかった。車に乗りこもうとして、ブラッドがバス停で待っているのを目にしたときも、まったく気づかなかった。探偵の本能をすっかり失ってしまったのだろうか？

ブラッドを尾行し、待ち伏せしたのは、フィンチレーでもピッツェッロでもありえない。もしかして、コーニー警部補？　ただ、けさ早くうちに押しかけてくるまで、コーニーはわたしのことを知らなかったはずだ。

ドニーはいまもわめきつづけ、アシュリーはいまも彼に軽蔑の言葉を浴びせていたが、わたしは通りに戻って一ブロック北へ歩き、ミルウォーキー・アヴェニューを渡ってから向きを変えて、ポローニア・トライアングルと呼ばれる三角地帯まで行った。駐車中の車を調べるためだった。

ドニーは驚きのあまり、わめくのをやめてしまった。アシュリーのほうへ近づいたが、アシュリーは軽蔑の表情で腕組みをしているだけだった。

わたしはひとまわりして事務所のドアまで戻ってから言った。「あからさまな監視はついてないようだけど、昨日の夕方はきっと、この建物を誰かに見張らせてたんだわ。おたくの息子さんは五時半ごろにやってきた。アポイントなしで。わたしはそのときまで、あなたに息子がいるなんて知らなかったし、アシュリーについては聞いたこともなかった」

「ああ、おれたちは結婚してる。おれの人生で最低最悪の愚かなことをやっちまった」

「二人の意見が一致した唯一の点よ」アシュリーが言った。

「ほかにも意見を一致させてほしいことがあるわ。夫婦喧嘩よりも、わたしとの喧嘩よりも、息子さんの幸福のほうが大切だってこと」わたしは言葉を切った。

ドニーがアシュリーを見た。彼女がかすかにうなずくと、ドニーは「わかったよ」とつぶやいた。

「わたしのそばに来る人にはマスクをかけてもらうことにしてるの」わたしはさらに続けた。「事務所にマスクの買い置きがあるわ」

「ワクチン接種はしたわよ」アシュリーが言った。

「ミスタ・ドゥーリーのセリフにあるわね。〝人を信じるのはいいが、油断は禁物〟って。わたしのそばに来る人にはマスクをかけてもらいます」

ドニーがまたしてもアメリカ・ファシスト連合がどうのと言いだしたが、低い声だったので、わたしは聞こえないふりをすることにした。アシュリーは気どった格好で肩をすくめたが、ハンドバッグからマスクをとりだした。今日のトップスに合わせた緑色のマスクだった。ドニーもマスクをかけたので、二人を事務所に招き入れ、建物の複数のドアに向けられた何台かの防犯カメラの映像を見せることにした。

カメラで監視できるのは正面ドアと、裏口のドアと、建物の北側にある駐車場だけだ。建物の近くをうろつく車があっても、撮影範囲外になっていただろう。同様に、ブラッド／ブランウェルの姿も、ドアのところでわたしに声をかけるまでカメラには映っていない。音声機能はいまいちだが、アシュリーもドニーも、わたしが二人の息子を呼びだしたのではなく、向こうが自発的に訪ねてきたことをしぶしぶ認めるしかなかった。

「ここから帰ったあと、息子さんの身に何があったの？」

「まず、あの子が何を話しに来たのかという点から始めましょう。わたしにはどうしても言ってくれないの」アシュリーが言った。

「それはだな、おまえが――」ドニーが言いかけた。

「やめなさい」わたしは冷たく言った。「責任のなすりあいをしたいのなら帰って。息子さんは岩場で少女が発見されたというニュースを見て、わたしの名前を知ったそうよ。個人的な問題でアドバイスを求めに来た。ここから帰ったあとで何があったのか、話してちょうだい」

「個人的な問題？」アシュリーの冷静さにかすかなひびが入った。「親のわたしに話せないようなこと？」

「おまえなんかに話せるわけねえだろ」ドニーが罵った。「いやなことがあったときにママに泣きつく十六歳がどこにいる？　おれんとこに来ればよかったんだ」

ドニーは悪意に満ちた視線をこちらによこした。「よりによって、なんでてめえなんかに泣きついたのかね？　敵だってことは知ってるはずなのに」

「あなたとソニアがわたしを嫌ってることは、息子さんもきっと知ってると思うけど、自分の目で人を判断できる年齢になってきたのね」

「すると、製鋼所の聖ヴィクトリアに頼ろうと自分で判断したってか？　人生ってのは、くだらん冗談をおれたちに次々と押しつけてくるもんだ。てめえ、息子をどうやって助けるつもりだ？　おれには無理だと思ってんだな」

「まったくだわ」アシュリーが言った。「息子だったら母親になんでも打ち明けてほしいものだわ。赤の他人なんかじゃなくて。たとえ、商取引改善協会があなたにAプラスの評価を与えてるとしても。ブランウェルの用事がなんだったのか、正直に話してちょうだい。ドニーの過剰反応が心配なら、二人だけで話すこともできるのよ」

ドニーが鼻を鳴らした。闘牛場で何かを破壊したがっている牛が立てるような音だ。

わたしは首を横にふった。「十六歳のプライバシーは六十歳のプライバシーに劣らず大切なものだと、わたしは思ってる。ドニーが親に何も打ち明けなかったのなら、わたしもあの子の信頼を裏切るつもりはないわ。ゆうべ、あの子に何があったのか話してもらいましょう」

夫と妻は視線を交わし、不機嫌にうなずいた。

「わたしの勤務先は〈トライコーン&ベック〉」アシュリーが言った。「でも、じっさいに住宅の内装を手がけるとき以外は在宅勤務なの」

「舞台装置の担当さ」ドニーが口をはさんだ。「インチキ家庭を作るんだ。インチキ女にぴったりの――」

「だめ」アシュリーが挑発に乗る前に、わたしは言った。

アシュリーは大きなため息をついたが、話を続けた。「わたしの仕事部屋は家の裏手にあるので、ブランウェルが家を出入りする姿は見えない。でも、学校の授業はすべてリモートだから、あの子がちゃんと授業を受けてることを確認するため、わたしが定期的にチェックしているの。でも、昨日は、こちらから七時にメールして夕食はテーブルに出しておくって連絡するまで、息子が外に出てることも知らなかった。息子からは、いまバスでミルウォーキー・アヴェニューを走ってるところだって返事が来たわ——わが家はウェスト・リッジにあって——」

「おれが家賃を払ってる家だ」ドニーは我慢できずにわめいた。

アシュリーは夫の言葉を聞き流した。「あの子、七時半には家に着いてなきゃいけないのに八時になっても帰ってこないから、メールしたけど、返事はなかった。何回もメールしたわ。もちろんドニーは留守。仕事仲間とお出かけで、コロナウイルスを遠く広くばらまいてる最中だったけど、わたしが電話したら、ブランウェルを赤んぼ扱いするのはやめろって言うのよ。あの子の年齢だったときには思いつくかぎりの違法行為をやってた人だから、自分のことをいいお手本だと思ってて——」

「やめなさい」わたしは言った。「息子さんは何時に帰ってきたの?」

「九時過ぎ。あの子の話では、デヴォン・アヴェニューでバスを降りたとたん、警官につかまったそうなの。岩場で倒れてた少女からあなたが何かを預かり、それをブランウェルに渡したはずだって、警官に言われたんですって。少女と交際してるだろうとまで言われたみたい。少女には会ったこともないし、あなたからは何も渡されてないって、あの子、何度も警官たちに言ったのに、向こうは耳を貸そうとしなかった。みぞおちに蹴りまで入れられたそうよ」

この瞬間、アシュリーの完璧な冷静さにひびが入った。目をきつく閉じ、膝の上でこぶしを固めた。

「おれは聞いてねえぞ」ドニーがどなった。「もしあの子が――」

「あなたは愚者の皇帝だもの。王を超える存在だわ」アシュリーが言った。

「あの子をつかまえた警官の名前はわかってる？」わたしは尋ねた。

「いや」ドニーが答えた。「ゆうべ、息子がその話をしに地下に下りてきたとき訊いてみた。息子はビビりまくってて名前を訊くどころじゃなかったそうだ。アシュリーが息子を――過保護にして、卵の殻でできてるみたいに扱い、フランネルの毛布にくるもうとするもんだから、ブラッドのやつ、自分の権利を守るためにどうやって立ち上がればいいかもわからんのだ」

「ああ、よかった」アシュリーが言った。「ブランウェルが警官の名前をあなたに教えたら、あなたはその警官を見つけだしてぶちのめし、残りの生涯を刑務所で送ることになったでしょうから」

「そうなりゃ、おまえは天にものぼる心地だっただろうな」ドニーが嘲った。「警官の名前を教えてくれたら、おまえの夢を全部叶えてやるぞ」

「いい加減にしなさい」わたしはデスクをバンと叩いた。「ファミリードラマを演じて一日を過ごしたいのなら、よそでやってちょうだい。わたしにはそんな時間はないし、息子さんを助ける役には立たないのよ」

身元不明少女が姿を消したあと、何者かがわたしの事務所を監視していた。ヤン・カーダールを殺害した。たぶん、その男が身元不明少女に言ったことをカーダールも聞いていたため、口封じの必要があったのだろう。身元不明少女が何か貴重な品を持っていたと誰もが思っていて、それを手に入れようと焦るあまり、わたしの事務所を訪ねてきた少年にまで襲いかかった。なんとも気に食わない展開だ。

「ブラッドと話をさせて」わたしは言った。「複数の警官の写真を見せて、ゆうべ会った警官がそのなかにいないか確認したいから」

夫婦はその件についてさらにしばらく口論したが、ようやく、今夜ならブラッドと話をしてもいいということで意見がまとまった。何時にするかでまた揉めたが、七時半に決まった。その時刻なら、アシュリーも部屋の内装をデザインする仕事を終えているだろう。

例えば、勉強熱心で行儀のいい子供たちと一緒にボードゲームを楽しむ光景を、幸福な家族が思い描けるような部屋などの。

　場所の選定がまたまた問題だった。二人ともわたしのところに来るつもりはなかった。〈クロンダイク〉も〈トライコーン〉もワクチン接種済みの従業員の出社を認めるようになってきたが、二人とも相手の職場へ出向くのを拒否した。ようやく、ウェスト・リッジにある二人の家で会うことに決まった。全員がマスクをかけることになった。外交官の仕事がいかに過酷なものかを、わたしはこれまで考えたこともなかった。ブレスラウとリトヴァクをテーブルにつかせるには、核実験禁止条約を締結するとき以上の忍耐心が必要だった。

　ドニーとアシュリーが帰って三十分ぐらいしてから、ドニーがふたたび事務所に押しかけてきた。好感の持てる相手ではないので、外の歩道で話をすることにした。

「ウォーショースキー、息子がなんの用であんたを訪ねてきたのか教えてくれ」下手(したて)に出ることのできない男だが、さっきのような怒りはもう見せなかった。

「ドニー、ブラッドの信頼を裏切るつもりはないわ。いまのわたしに言えるのは、ブラッドと率直に話をしなさいということだけ。おたがいの心を推測するだけだと、かならず間違った方向へ行ってしまうものよ」

ドニーはこぶしを反対のてのひらに叩きつけた。「ブラッドのやつ、おれのことを何か言ってただろ？　話してくれよ！」

「まさか、あなた、重い病気にかかってて、それをブラッドに内緒にしてるわけじゃないでしょうね？」わたしは訊いた。「違うの？　ブラッドに知られたくないことを何かやってるの？」

ドニーは嘘っぽい笑い声を上げた。「んなわけねえだろ。おれはてめえのいとことつるんでたころのドニー・リトヴァクじゃねえ。食わせてかなきゃならん家族がいる」

「もちろんそうよね」わたしはうなずいた。「じゃ、ブラッドに何も隠しごとをしてないのなら、ブラッドに言ってあげなさい――知りたいことがあれば遠慮なく訊いてくれって」

「新聞でやってる〈エイミーの人生相談〉の回答みたいな意見だな」ドニーが苦々しげに言った。「アシュリーについてはどうだ？　ブラッドのやつ、アシュリーの話はしたか？あいつが誰とファックしてるかとか」

「あなたこそ〈エイミーの人生相談〉が必要ね。家族三人で話しあったほうがいいわ。わたしに相談するんじゃなくて」

13　宅　配

デスクに戻ったわたしは、防犯カメラのモニターでドニーの姿を見ることにした。彼はしばらく歩道をうろついていたが、やがて、うなだれて通りをのろのろと歩き去った。リトヴァク家の兄弟の誰かに憐れみを感じる日が来ようとは思いもしなかったが、いまのドニーは苦境に立たされている。家族のことで。ブラッドが耳にした電話の相手のことで。

ピッツェッロ部長刑事に電話をした。「ゆうべ、二十管区の誰かがミルウォーキー・アヴェニューをうろついて、わたしを監視してなかった？」

「被害妄想じゃないの、ウォーショースキー？　こっちはね、自分の問題も解決できない私立探偵のことなんか気にするより、もっと大事な用事をいくつも抱えてるのよ」

「こういう言葉を知ってる、ピッツェッロ？　被害妄想に陥っていようと、誰かに命を狙われていないとは言いきれない」

「誰かに狙われてるの？」

「わたしじゃないけどね、部長刑事さん。昨日の午後、一人の少年がわたしに会いに来たの。その子が帰るときに、警官と称する二人組があとをつけ、尋問のためにつかまえた。暴力まで使って、岩場で見つかった身元不明少女の所持品を預かってることを少年に白状させようとした」

「えっ、警官が暴力をふるったというの？」ピッツェッロは苦々しい声になった。「最近は警察に呼び止められると、この街の誰もが残虐行為を受けたって主張するけどね。銃を手にした人間を警察が死体のそばで見つけようと関係ない。警官に殴られたって騒ぎ立てるから、殺人の捜査は二の次になってしまう」

「それが法執行機関にとって深刻な問題であることは、わたしも承知してるわ。ただ、わたしの力で解決できる問題じゃないし、そう言ってもあなたは驚かないでしょ？　だって、わたしのことを自分の問題も解決できない探偵だと思ってるんだから。わたしの事務所を訪ねてくる人間に目を光らせるよう、おたくの管区の誰かが命じられたのかどうかだけ教えてちょうだい」

ピッツェッロは謝罪の言葉らしきものをつぶやき、電話を切らずに待つようにと言った。たっぷり十五分が過ぎ、だまされたのかと思っていたとき、彼女が電話口に戻ってきた。

「わたしはこの管区に異動してきたばかりだから、下手な質問をしてまわるのはまずいの。

でも、勤務日誌をこっそりチェックして、フィンチレー警部補にも電話してみたわ。もし――あくまでも〝もし〟だけど――あなたの依頼人がシカゴ市警の人間につかまったのが事実だとしても、この管区の指示によるものではなかったわ。さあ、探偵仕事に出かけてらっしゃい。あなたのためになるから」

わたしはコーニーを思い浮かべた。身元不明少女のことでわたしを問い詰めようとして、夜明け前に押しかけてきた男。癇癪を抑える能力の低さと特大のこぶしからすると、ブラッドをつかまえた有力な候補者と考えてもよさそうだ。でも、なぜ？

デスクに置いてあるブロンズのペーパーウェイトをいじった。テッサが彫刻作品のひとつからはずしたかたまりだ。「警官がブラッドをつかまえたのは、ドニーを尾行してるから？　わたしを尾行してるから？　身元不明少女を追ってるから？　それとも、ブラッドが麻薬の売人をやってて泥沼にはまりこんでしまったから？」ブロンズのかたまりに問いかけた。

すべてのご神託と同じく、ブロンズのかたまりも、どうとでも解釈できそうな謎めいた微笑をよこすだけだった。

データ。わたしが大学時代に物理学を教わったライト教授は、事実の裏づけのない説は疑うよう、学生たちに教えこんでくれた。ブラッドをめぐる推測はいったん棚上げにして、ほかを探ってみるとしよう。例えば、サウス・シカゴ出身者のなかに、ドニーの昔の秘密を知っていそうな者はいないかとか。ドニーがかつてなんらかの犯罪に関わったため、それが現在、身の破滅を招こうとしているのかもしれない。ブラッドがたまたま耳にした電話のやりとりが、遠い昔の出来事につながっていると仮定するなら。

もしかしたら、リトヴァクの店――ドニーの父親がエクスチェンジ・アヴェニューでやっていた衣料品店――で働いていた誰かかもしれない。もちろん、店はとっくにつぶれてしまった。失業率が全国平均の二倍という界隈の衰退に加えて、巨大小売店に押しつぶされたのだ。しかし、店の従業員の誰かが店主の息子に関する噂を聞いているかもしれない。

昔の新聞であの衣料品店関係の記事を探したところ、リトヴァクの店の開店五十周年を祝う記事が見つかった。アメリカが第二次世界大戦に参戦した年にドニーの祖父が店をオープンし、その時代にふさわしい愛国心を発揮して、反物や衣類のほかに国旗まで売っていた。入隊が決まった客の息子や伴侶の写真を撮影するサービスもやっていた。撮影は無料だったが、客は星条旗の模様に飾られたフレームを五十セントで買わされた。《ヘラルド＝スター》の記事には創業一家の写真も出ていた――店主、妻、そして、ベビー毛布にくるまれたドニーの父親（毛布も赤と白と青で、幼児・子供服のコーナーで売られていた）。わたしの調査にいますぐ役立ちそうなのは、一九九〇年当時のスタッフの集合写真だった。一人一人の名前を書き写した。

ドロシーア・ジェンコ、現在八十一歳、娘と二人暮らし、住所はインディアナ州マンスター。シカゴ市の南の境界線のすぐ下にある街だ。いわゆるノーマルな時代なら、自分で車を運転して会いに出かけるところだが、コロナの時代なので高齢者に感染させる危険を冒すわけにはいかない。

電話をかけてこちらの名前を名乗ると、ドロシーアは言った。「ええ、ええ、お母さんを覚えてますよ。うちのメラニーがピアノを習ってて、リズム感のない下手な子だったのに、お母さんは辛抱強く教えてくださったわ。探偵になったあなたの活躍を、わたし、とても興味深く追っているのよ。それどころか、昔あの界隈に住んでた者は誰だってそうよ。サウス・シカゴ出身の人が人生で成功を収めたのを見るのはうれしいことだわ」

わたしたちはあの界隈での昔の日々を思いだしながら、さらに何分かおしゃべりをした。リトヴァク一家の近況を知らないかと彼女に尋ねてみた。

「ああ、あの子たち！」両手を上げる彼女の姿が目に見えるようだった。「悪いことばっかりしてて、母親がいないのかと思うほどだった。ついでに言うなら、父親も。ドニーはよく店に来て力仕事を手伝ってたわね――靴や服や小間物の箱を車から降ろすとか、そういったことを。ときには友達を何人か連れてくることもあって、わたしたち女店員はいつも身をこわばらせたものだった。だって、みんな、どこかつっぱってる感じで、男の子は危険なんだって思わせるものがあったから」

「ドニーも危険な感じでした?」

ドロシーアはしばらく黙りこんだ。「そうね、いい質問だわ。乱暴者だったけど、店の者はみんな、あの子が好きだった。根っからの不良というより、向こう見ずな子で、両親の注意を惹きたかったんでしょうね。お店を手伝えるときは手伝ってたわ。ブツブツ言ってたけどね。世間では、ドニーと仲間が盗みをやってて、ヴァレンタイン・トンマーゾに頼まれた仕事もひきうけてたって噂だったけど、ドニーはいかにもワルって感じではなかったわ」

「わたしのいとこがときどき、ドニーとつるんでました」わたしは気まずい思いで言った。

「バーナード・ウォーショースキーに悪いことができるなんて、サウス・シカゴの人間は誰一人思ってなかったわ。まだ若くて、ありあまる若さを発散させてただけよ。でも、ドニーや仲間の少年たちと違って、トンマーゾのところの奥の部屋に入り浸るようなことはなかったでしょ」

ヴァル・トンマーゾというのは地元のマフィアのボスで、ドニーと双子は彼に命じられて酒を盗んでいたのだ。ブーム゠ブームも仲間に加わった。わたしの父が警察署で彼を叱り飛ばした夜のことだ。

「なぜお電話したかというと、ミズ・ジェンコ、ドニーには十六歳ぐらいの息子がいて、父親が昔の悪事のせいで苦境に立たされてるんじゃないかと、その子が心配してるんです。その子も詳しいことは知らなくて、会話の断片を耳にしただけですけど。ドニーか双子が大きな犯罪の片棒をかついだというような噂はなかったですか？　クラウンロイヤルのボトルが入ったケースを盗むよりも大きなことをやったとか？」

ずいぶん長く沈黙が続いたので、電話を切られてしまったのかと思った。

「一度、ドニーが店のバンを持ちだしたことがあったわ」ようやく彼女が言った。「次の日にモイラ・ロナーガンから聞いたの。モイラは一人暮らしで、そのころ住んでたワンルームのアパートメントはエクスチェンジ・アヴェニューに並んだ小さな店舗の二階にあったから、通りで起きたことを残らず見たそうよ。深夜に、たぶん午前二時ごろだと思うけど、男の子たちが通りに姿を見せたんですって。大騒ぎしてたから、モイラは目をさましてしまったの。

通りにいたのは、あなたのいとこ、ドニーと双子、そして、もう一人の少年だったとか。少年はストッシュ・デューダの息子よ。あなたのいとこがみんなを相手に口論してたんですって。モイラには断片的な言葉しか聞こえなかったけど、あなたのいとこは〝チクったりするもんか〟と言ったそうよ。おかしなことを言うものでしょ。だから、何年たっても記憶に残ってるの。デューダの息子があなたのいとこを意気地なしと罵ったものだから、あなたのいとこはデューダの息子にパンチを見舞って殴り倒し、そのあと、デューダの息子が何か武器を持ってあなたのいとこを追いかけた。モイラの見た感じでは、廃品置場から拾ってきたタイヤレバーか何かだったみたい。すると、そこでドニーが言ったの。もし――ええと、デューダの息子の名前が出てこないわ」

「タデウシュです――タッド」教えてあげた。彼とドニーがバイクで近所をバリバリ走りまわっていたことを思いだした。ブーム＝ブームもときどき仲間に入っていた。

「あ、それそれ。タッド。ドニーがタッドに言ったんですって――荷物を運ぶのにおれの助けが必要なら、喧嘩はやめてバンに乗れよって。少年たちはバンで走り去り、あなたのいとこは一人で立ち去った。モイラはもう寝つけなかったそうよ。ひと晩じゅう窓辺にすわってバンが戻ってくるのを見張っていたら、朝の六時ごろ、ドニーが運転して帰ってきた。フロントフェンダーにへこみ傷ができて、車体が泥だらけだった。次の日、みんなで車を見に行ったわ。フロントバンパーに砂利がくっついてて、草までついてた。もちろん、ミスタ・リトヴァクはカンカンだった。でも、わたしたちはみんな、何も知らないふりで通したわ」

「リトヴァクの家はうちの五軒先にありました」わたしは言った。「うちの台所にいても、ミスタ・リトヴァクのどなり声が聞こえてきたものです。でも、父親がいくら怒っても、子供たちには効き目がなかったみたい」

ドロシーア・ジェンコは乾いた笑い声を上げた。秋の木の葉をそよがせる風のような声だった。「怒ってばかりだったものね。だから、あの店で働くのは大変だった。ただ、お客さんには愛想よくできる人だったのよ。あそこの子はみんな、父親のことなんか無視してる感じだったけど、損傷を受けたバンをドニーが持ち帰ったときだけは別だったわ。ミスタ・リトヴァクはバンを修理に出し、ドニーのバイクをとりあげて、働いて修理代を弁償するまで返さないって言ったの」

「双子はどうでした？」わたしは尋ねた。「やっぱり関わってましたよね？」

「ああ、双子ね、ええ。あれが二人の犯罪人生の最後だった。それ以後、まじめに勉強するようになったの。たしか、二人とも大学へ行って、片方はコンピュータの世界で活躍してるはずよ。少なくとも、近所ではそう噂されてるわ」

シカゴでいう近所とは独立した小さな町のようなもので、人々はおたがいの人生の変遷をよく知っている。ドロシーア・ジェンコだって、はるか南へ越してしまったのに、昔の友人たちの消息には詳しい。

「じゃ、ドニーは？」

「そうね、あの夜をきっかけにずいぶん変わったわ。双子ほどではなかったけど、お金を貯めてあの界隈から出ていった。噂によると、ダウンタウンにある学校のひとつで仕事を見つけたとか。ローズヴェルト・ロードあたりだったかしら」

「イリノイ大学でしょうか？」わたしは試しに言ってみた。

「そんなような名前だったわ」彼女はうなずいた。「かわいそうだっていつも思ってたのよ。両親が子供のことをほったらかしで、みんな、ほんとにかわいそうだった。頭のいい子たちで、赤ちゃんまでお利口だったのに、親はしつけもせず、将来のことを考えてやろうともしなかった。ソニアなんか、連邦最高裁判所の判事だったギンズバーグみたいな法律家になれたはずよ。才覚があって、その気になればテーブルと議論して二本脚で立たせることもできただろうけど、リーバ――ミセス・リトヴァク――は娘を学校へ行かせる気なんてなかった。赤ちゃんの世話と家事をソニアに押しつけて、好き勝手にやってたわ」

「タッド・デューダはどうでした？」

「あの子の人生も大きく変わったんじゃないかしら。製鋼所が閉鎖されたあと、ストッシュのバーは長続きしなかったし、タッドも成人するころにはもう、お酒商売なんてうんざりだったかもしれない。だって、ヴァル・トンマーゾがやってたセメント工場をひきついだんですもの。トンマーゾの名前だけは残してあるわ。タッドの母親がうちの近くの介護ホームにいるから、そちらからタッドの噂が入ってくるの。

あの不良たちが大人になって、仕事をしたり、家のローンを払ったりする姿なんて、想像できないわね」彼女はふたたび、木の葉のそよぐような笑い声を上げた。「もちろん、あなたのいとこのことなら、わたしたちみんなが知りあいだって自慢できるわよ。氷上の炎。彼のプレイを見るのが、みんな、どんなに好きだったか」

スポーツ欄に出るブーム＝ブームのあだ名がそれだった。〝氷上の炎〟。シーズンオフにハンググライダーでくるぶしを砕くまでのことだったが。

わたしたちはさらに何分か話を続け、ほかの隣人たちやわたしの学校友達を話題にした。わが友人たちもいまや母親になり、なかには早くも祖母になった子もいる。コロナの脅威が収まったら会いに行きますと約束して、どうにか電話を切った。

損傷を受け、フロントフェンダーに砂利と草がついていたというリトヴァクの配送バン。少年たちは車に乗ったまま道路をそれて――それだけは間違いない――ヴァル・トンマーゾに頼まれた何かを捨ててきたのだ。死体のほかにどんなものがあるか考えてみたが、ドニーがビビってトンマーゾの組織から抜けたほどのインパクトを持つものは、死体以外に思いつけなかった。

双子もそうだ。双子が盗みや車の窃盗を手伝っていたのは、ドニーという兄がいて、そのあとをアヒルの子みたいについてまわっていたからだ。あの晩、双子が何を目撃したか知らないが、わたしの父や他の警官から説教されたときよりも迅速に真人間になった。双子のうち、いまもシカゴにいて、コンピュータの世界で活躍しているというレジナルドを説得すれば、何か聞きだせるかもしれない。

もちろん、タッド・デューダもいる。タッドの父親はあの界隈で二十四時間営業のバーをやっていて、製鋼所で働く男たちがシフトに入る前やシフトを終えたあとで飲みに行っていたものだ。

当時、あの界隈には、おしゃれな名前のついたバーはなかった。〈ストッシュのバー〉はスタニスワフ・〝ストッシュ〟・デューダが所有し、経営する店だった。ひょろっとした男で、歯が悪く、機嫌はさらに悪かった。あのころ、人々が——男たちが——バーに入るのは酒を飲むためで、バーテンダーに悩みを打ち明けるためではなかった。酒を飲む男たちは、ストッシュの機嫌が悪いのも、妻や息子の目にときどき黒あざができるのも、仕方のないことだと思っていた。人生は過酷だし、男は家で尊敬されて当然だ。これはわたしの推測だが、ドニーと双子が盗んだ酒を買いとっていた店のなかに〈ストッシュのバー〉も含まれていたに違いない。

ドロシーア・ジェンコの話だと、少なくとも十代のころのタッドは父親譲りの癇癪持ちだったという。タイヤレバーを持ってブーム＝ブームを追いかけたのがこのタッドだった。テストステロンの嵐が静まるにつれて人は変わるものだ。ひょっとすると、タッドも穏やかな家庭人になって、マフィアのボスからひきついだセメント工場を手堅く経営しているかもしれない。いやいや、信じられない。マフィア仲間がトンマーゾにつけたあだ名はクサリヘビだ。タッド・デューダになら工場をまかせても大丈夫だと〈クサリヘビ〉のヴァルが考えたのなら、タッドがマフィアのためにひきつづき便宜を図っているということだろう。

〈トンマーゾ・セメント〉について調べてみた。工場があるのはグース島の南端。シカゴ川に浮かぶ人工の島で、倉庫や工場がたくさんある。

わたしが利用している金融関係のデータベースによると、工場の経営ははかばかしくないようだ。もちろん、パンデミックが始まってから大規模建設工事の多くが中断されているが、それ以前の四年間でさえ〈トンマーゾ〉の経営は赤字だった。それどころか、パンデミックの少し前に、あるコンドミニアムの理事会から、ガレージの床が抜けたのは〈トンマーゾ・セメント〉の責任だとしてデューダが訴えられている。和解で決着がついたものの、デューダの個人資産も危うい状況にある。

サウスウェスト・サイドにある住宅のローンを払い、第三者――たぶん愛人――のために買った車の支払いをし、彼自身の高級小型トラックの支払いに苦労している。彼がドニーに何かさせるつもりでいるなら、必死になるあまり、どんな汚い手を使うかわからない。

トンマーゾ自身は連邦検事や競争相手からうまく身をかわした。十年以上前にフロリダにひっこみ、フェイスブックのページまで持っていて、孫たちとプールで水しぶきを上げる写真を披露している。わたしは質問を投稿したい誘惑にかられた。〝ドニー・リトヴァクとタッド・デューダが三十年ほど前にあなたに頼まれて処分したものはなんだったのでしょう？　場所はどこでした？〟しかし、〈クサリヘビ〉が引退したといっても、彼のために喜んでわたしの口をふさごうとする友達がシカゴに残っていないとは言いきれない。

14 ヴァージニア・ウルフなんかこわくない

午後四時になったが、今日はまだろくに仕事をしていなかった。それでも今夜の集まりの準備をする必要があった。ブラッド・リトヴァクに見せるつもりの写真をそろえた。ブラッドに襲いかかった警官たちの顔を彼がはっきり見ていて特定できるかどうか、確認するためだった。顔見知りのアフリカ系アメリカ人の写真も二枚入れておいた——フィンチレーとコンラッド・ローリングズ。ローリングズはわたしが以前交際していた警官で、わたしの警告を無視して撃たれたことがある。ブラッドへの暴力行為が二人のどちらかのしわざだとは思わなかったが、その可能性にブラッドがどう反応するかを見てみたかった。

ほかの白人の顔もいろいろ交ぜておいた——警官、警官でない者、さらには、きわめて険悪な表情を浮かべたロバート・ミッチャムの写真まで。コーニー警部補の顔は彼の娘のTikTokのアカウントにあった動画で見つけた。ボストンテリアと遊んでいる動画だが、この犬種は獰猛すぎてわたしの好みに合わない。娘は〈コップ・ブロック〉のサウンドトラックに合わせて投稿していた。この音楽をバックに自分がサイバースペースに顔出ししていることを、コーニーは果たして知っているだろうか？

事務所の戸締りをしてから、二匹の犬を連れて出た。四月に入ったばかりで、湖の水温は摂氏十度ぐらいだが、犬たちは平気だった。二匹が泳ぐあいだ、わたしは岩場に腰を下ろしてボールを投げてやり、サウス・シカゴや若き日のドニーの犯罪のことを心から払いのけた。ようやく、しぶしぶ二匹にリードをつけて家に帰り、〈ヴァージニア・ウルフなんかこわくない〉から抜けだしたような場面を最前列の席で見るために着替えをした。

ドニーとアシュリーが住んでいるのはオヘア空港のそばにある白人の多いエリアで、その近くに北イタリアから移民してきた人々の地区が残っていて、昔は母がホームシックになると、よくそこまで出かけていたものだった。ハーレム・アヴェニューに母の大好きな干しイチジクを売っている食品雑貨店があった。母とわたしはバス、高架鉄道、バスを乗り継いでその店へ行き、午後を過ごしたものだった。母は店主夫妻とイタリア語のおしゃべりを楽しんだ。夫妻は六十代で、わたしにイチゴのジェラートを食べさせてくれ、わたしたちが帰るときにはいつも、余分のチーズを少しとオイル漬けのオリーブを何個か、母に持たせてくれた。ドニーの家へ向かう途中でその店を捜したが、とっくに廃業していて、狭い敷地は巨大な自動車修理工場の一部になっていた。

デヴォン・アヴェニューを渡ったとたん、袋小路や斜めに交差する通りのせいで迷子になってしまい、ようやくブレスラウ／リトヴァクの家を見つけたときは十分も遅刻していた。そこは街のこの界隈で見かける典型的な住宅で、黄褐色のレンガ造りの平屋が敷地の半分を占め、裏に部屋がひとつ建て増しされていた。アシュリーはたぶんそこで、彼女自身が手に入れたいと願うような住宅の内装をデザインしているのだろう。

ガレージのドアのそばに赤いナビゲーターが止めてあった。その背後にありふれたホンダ。バイクも一台止まっている。スズキの大型バイクだ。

わたしは路上駐車をした。ジープのうしろに——ドニーの車だ。それは推測ではなかった。バックミラーでわたしの姿を見るなり、ドニーが降りてきたのだ。

「で、どう思ってんだよ、ウォーショースキー？　警官ってのは法と秩序を守る善人ばっかだから、うちの子をいたぶるようなまねはするわきゃねえって思ってんのか？」

わたしは〝警官と話をしてみた。ブラッドを襲った者はいないと信じている〟と言いそうになったが、そんなことをしたら、嘘つきで警官の共謀者だと思われてしまう。「挑発されれば、人はどんなことでもするでしょうね。何が起きたのか、どこで起きたのかを、わたしはブラッドから直接聞きたいの」

アシュリーが腰に手をあてて玄関先からこちらを見ていた。わたしたちがそばまで行くと、ドニーに言った。「やっぱりソニアを呼んだのね。お姉さんの助けがないとウンコもできない人だしね」

「うるせえ、アシュリー。おれと息子のことを気遣ってくれる人間が必要なんだよ。ソニアはウォーショースキーを知ってる。ウォーショースキーの嘘をすぐさま見破ってくれる」

「じゃ、レジナルドは？　なんでここに来てるのよ？」

「こんばんは、アシュリー」わたしは二人のあいだに割って入った。「ブラッドはいる？それとも、ソニアと双子だけ？」

「双子？」「スタンレーはアシュリーの声は冷ややかで、歩道に卵を置いて凍らせることもできそうだった。「スタンレーはアリゾナのほうで竜巻と交信中だから、来てるのはレジナルドだけよ。でも、グレゴリーがその穴を埋めてるわ。この世でいちばんの役立たず、五馬身遅れてドニーを追いかけてるグレゴリー」

アシュリーは玄関をふさいでいたが、わたしが横を通り抜けようとすると脇へどいた。

「なかに入って、サウス・サイドのギャングの使徒たちに加わってちょうだい。ソニア・リトヴァクの使徒たちという意味よ」

「リトヴァクじゃなくてギアリーだよ」ソニアのがさつなサウス・サイド訛りが左手の部

屋から聞こえてきた。「一度は結婚した身なんだ、アッシュ。ウォーショースキーと違って、離婚後も亭主の苗字を残すことにした。陽気な離婚女たち。街で落ちあって楽しい夜を過ごさなきゃ。そう言ってる映画がいくつもあるだろ？　ウォーショースキーとギアリー、一杯やって昔の日々に敬礼しよう。それとも、ここにいるアッシュも離婚してあたしたちの仲間になるまで待ったほうがいいかね？」

その声をたどって部屋に入った。リトヴァク家の面々は長身ではないが、横幅があるため、狭いスペースにぎっしりという感じで、わたしは呼吸困難に陥りそうだった。

わたしが知っていた昔のソニアは母親の粗末なお下がりを着せられ、ちりちりの髪は家で散髪されてまとまりにくいカールを描き、マットレスから飛びだしたスプリングみたいだった。中年になった現在、手に負えない縮れ髪は頭皮すれすれにカットされて、目玉が飛びだしそうな赤紫がかったオレンジ色に染まっていた。マスクの上の目は派手にメークしてあった。

ソニアの横にグレゴリーがすわっていた。あのころはまだ赤ちゃんで、毎日午後になると酔っぱらった母親がわけのわからない怒りをぶちまけるあいだ、ソニアがグレゴリーのお守りをしていた。いまの彼は背を丸め、足をもぞもぞさせている。アシュリーの狙いどおり、さっきの悪意に満ちたコメントを耳にしたのだ。コンピュータの天才レジナルドは窓辺に立ち、彼の電話をいじっていた。ブラッドは家族からできるだけ離れて部屋の隅にひっこんでいた。

「あら、ソニア。こんにちは、みなさん」わたしは部屋全体に向かって声をかけた。「ブラッド、話したいことがあるの。身内の人たちに囲まれて話をする？　それとも、わたしと二人で話す？　それとも、ご両親についていてもらう？」

「ブランウェルっていうんだけど」うしろでアシュリーが文句を言った。「あなたたちサウス・シカゴのワルどもが息子を貶めたりしたら、わたしが許さない」

「あたしらのそばにいな」ソニアがブラッドに命じた。「気をつけないと、ウォーショースキーにだまされてパンツまで脱がされちまうよ。この女がおまえをひっかけて、法廷で不利な材料になることを何か言わせたりしないか、あたしらが見張ってる必要がある」

「わたしが法廷に出るつもりだとしたら、それはあなたの甥のためではなくて、あなたとドニーがこの十二時間にわたしに投げつけた二十通りの名誉毀損発言に対して訴訟を起こしたいからよ」わたしは言った。「ブラッド、どこかよそで話ができない？」

「二人だけになるのは許さない」アシュリーとドニーとソニアが同時に言った。くたくたに疲れる一夜になりそうだ。

レジナルドが彼の電話から顔を上げた。「これからどうするかを考える前に、ヴィクとブラッドがなぜ昨日話をしたかということから始めないか?」

「ドニーから聞いたけど、あんた、ブラッドの用件をドニーに話すのを拒んだそうだね。何を隠そうとしてんだい?」ソニアがわたしに言った。

ブラッドもわたしも無言だった。ブラッドの顔が影になっているため、表情が読みとれないが、きっと顔をひきつらせているだろう。

ソニアは沈黙が続くあいだ三十秒ほど待ってから言った。「ウォーショースキーが協力を拒むのなら、ほかに話す必要のあることは何もないと思う」

「かもね」わたしは言った。「でも、帰る前に、ゆうべ何があったのかを、わたしはブラッドの口から聞きたいの。警官は何人いたの? 一人だけだった?」

ソニアが文句を言おうとしたが、ブラッドが口を開いた。「ううん、ぼくからこの人に話す。二人だった」

「男性? 女性? よくわからない?」

「男が二人。たぶん男だと思う。声でわかったし、二人ともかなり大きかった」

「バスを降りたきみを二人がつかまえたわけ?」

暗がりでブラッドの頭が上下に動くのが見えた。

「きみから何か奪おうとしたの? 貴重品を持ってるとでも思ったのかしら。例えば、よくわからないけど、iPhoneの最新モデルとか？」

「あっというまだった。クレイジーだよ」ブラッドが言った。「ぼく、もう怖くて。父さんならきっと立ち向かって――」

「殺されてしまったでしょうね！」アシュリーが口をはさんだ。

「おまえ、何か貴重な品を持ってたのか？」レジナルドがきびしい声で割りこんだ。「そいつら、いったい何を狙ってたんだ？」

「知らない！」ブラッドの声がうわずって甲高くなった。「二人はSUVに乗ってた。ぼくがバスを降りたら、一人が〝そこの子！　ちょっと来い〟ってどなった。逃げなきゃと思ったけど、向こうがSUVから降りてきた。走ろうとしたら、靴紐につまずいちゃった」

ブラッドの足が見えた。ハイトップのスニーカーは靴紐がほどけたままだ。

「強盗だと思った。わざわざぼくを捜してたなんて知らなかった。で、そいつら、次にぼくをつかまえてSUVにひっぱりこんだ。片方の男が、自分たちは警察で少女が持ってたものを捜してるって言った。わめきつづけてた。〝嘘つくんじゃない！　おまえが預かってることはわかってるんだ。白状しろ。さもないとぶちのめすぞ〟って」

ブラッドはいまにも涙をこぼしそうだった。わたしは声を冷静にして彼の話をさえぎった。「二人をよく見る暇もなかったのは、わたしにもわかるけど、少しは人相を説明できない？　背は高かったか、低かったか、太ってたか、痩せてたか」

ブラッドは首を横にふったが、わたしに話をさえぎられたのがよかったようだ。少し落ち着いた声になった。「さっきも言ったように、大きい男だった。警官の制服じゃなくて、でかいジャケットを着てた。ウォームアップ・ジャケットみたいな感じのやつ」

「ロゴはついてた？」わたしは尋ねた。「例えば、ベアーズとか、ソックスとか」

「一人のほうは、ブラックホークスのジャケットだったかも」

ブラッドが思いだせたのはそこまでだったので、そのあとで何が起きたのかを尋ねた。

「ぼく――ぼく、なんのことだかわからないって答えた。何回もそう言うと、向こうは嘘だって何回も言って、ぼく――ぼく、馬鹿な赤んぼみたいに泣いてしまった。次にそいつら、路地に入って、ぼくを車から降ろして、身体検査を始めたんだ――グロかった――ぼくのジーンズを――ひきずりおろして、それで――」

「うん、わかった。裸にされて身体検査されるのってぞっとするし、屈辱よね。わたしも経験があるわ」

これは甥に対する拷問だとソニアが文句をつけたので、わたしは言い返した。「黙ってて、ソニア。この子は話をしたがってるのよ。この子に水を持ってきて、邪魔するのはやめなさい」

ソニアは息を吸いこみ、炎を吐こうと身構えたが、ふたたびレジナルドが割って入り、ブラッドに最後まで話をさせるように言った。台所へ行き、甥のためにグラスに水を注いで持ってきた。

水を飲んでいくらか冷静さをとりもどしたところで、ブラッドは言った。「そいつら、ぼくのリュックの中身を出して、ひとつ残らず調べてから、〝わかった、嘘はついてないようだ。おまえは持っていない〟って言った。次に、〝持ってないのに、なんでウォーシヨースキーに会いに行った？〟って訊いてきた」

「うん。おれたちもそれを知りたい」ドニーが言った。

「まったくだわ」ソニアが口をはさんだ。「おまえの家族全員が信用してない女に、なんで会いに行ったんだい？」

ブラッドは答えなかった。爪先で床に円を描いていた。

「わたしにこっそり話したいの？」わたしは尋ねた。

ブラッドは黙ってうなずいたが、ソニアとドニーとアシュリーが声をそろえて言った――いや、だめだめ。あんたがブランウェル（もしくはブラッド）と二人きりになって、この子が言いもしないことを言ったことにしようとしても、そうはいかない。

った。

「あなたが何を言ったにしても、ブランウェル、心配しなくていいのよ」アシュリーが言

　さらにせっつく必要があったが、ブラッドはようやく白状した。「母さんが誰かと――あの――浮気してんじゃないかと思って、調べてほしいってこの人に頼んだんだ」

　ソニアが下卑た笑い声を上げたが、アシュリーはわたしに食ってかかった。「今日の午前中、あなたったらそれを知ってたくせに、ひとことも言わなかったのね？　ひとことも」二度目に〝ひとことも〟と言ったとき、アシュリーの声が一オクターブ高くなった。「どこまでいやな女なの？　ほかの誰が傷つこうとかまわず、昔の隣人たちに忠誠を尽くすつもりなの？」

　アシュリーはさっと身体をまわして夫と向きあった。「あなたがこの子に入れ知恵したの？　午前中に彼女の事務所へ行ったとき、あなた、このことをずっと知ってたわけ？もうっ――最低だわ、あなたって！」

「おれにわめき散らすんじゃねえ」ドニーは言った。「おれだって初耳だ。息子はおれにひとことも言わなかった。けど、おまえが会社のスーツ男の一人とやってんのなら、フン、もう何も――」

「いい加減にして！」わたしはどなった。「午前中に言ったでしょ。ブラッドがわたしに

こっそり話してくれた以上、わたしはこの子のプライバシーを尊重するつもりだって。今夜のテーマはあなたじゃないのよ。何者かがあなたの息子に暴力をふるった件なの。暴力の原因は、この子が何かを知ってるか、もしくは連中が捜し求める何かを持ってるって、その連中が思ったことにある。みんな、勝手なことばかり言ってないで、それがなんなのか考えてくれない？」

「そうだな」レジナルドが言った。「二人組の悪党が、いや、警官かな——まあ、どっちでもいいが、ティーンエイジャーの少年が何を持ってると思ったのか、おれも知りたいものだ」

ブラッドは震えていた。「ぼくにはわかんない、レジーおじさん。ぼくのことをおじさんみたいなコンピュータの天才だと思ったのかも。家族でいちばんの落ちこぼれじゃなくて」

「忘れてるようだな。落ちこぼれはおれだ」しわがれたバリトンの声を聞いて、全員が黙りこんだ。グレゴリーがあまりにも静かだったため、彼の存在を忘れていた。「この子を攻撃するのはやめろ。おやじとおふくろが攻撃しあい、おれたち子供を攻撃してたからって、みんなでこの子を攻撃していいってことにはならん。ウォーショースキーが言ったとおりだ——ブラッドがひどい目にあったというのに、あんたらはどなりあうか、この子をどなりつけるだけじゃないか」

アシュリーとリトヴァク家のほかの連中は呆然とグレゴリーを見つめた。ブラッドは身を隠していた暗がりを出て部屋を横切り、わたしに謝罪の言葉をつぶやいた。

わたしが廊下に出ると、ブラッドもついてきた。「さっきの返事、とっさに思いついたのね。感心したわ。真実に近かったし。もっともらしい嘘をつくのに必要なことだわ。もしかしたら、真実に近すぎて家族はおもしろくなかったかもしれないけど」

アシュリーがドアのところに立ち、こぶしを握りしめた。「今度はこの子に何をさせるつもり？」

「なあ、ウォーショースキー」またしてもレジナルドだ。「あんたはハチの巣に棒切れを突っこみ、ハチがブンブン飛びまわっておれたちを刺すように仕向けた。ここに来た理由はそれか？　お望みのハチの巣が手に入ったのなら、さっさと帰ってくれ」

「もうじき帰るわ」わたしは言った。「ご一家の和気藹々たる様子を見てうんざりしたから。あとひとつ質問があるの。ブラッドに――」

「ブランウェルよ」アシュリーがぴしっと言った。「プライドというものをなぜこのわたしが息子に教えこまなきゃいけないのか、わからないけど」

「――あなたの息子さんに」わたしはブラッドを見た。「写真を何枚か持ってきたわ。ゆうべＳＵＶに乗ってたかもしれない警官の写真も含まれてる。それに目を通して、暴力をふるった可能性のある連中がいないかどうか見てほしいの」

「暗かったから」ブラッドはぼそっと言った。「顔はよく見えなかった」

「そこをなんとか――」

「おれにも見せてもらおう」ドニーが険悪な声で言った。

ソニアとレジナルドも割りこもうとした。ブラッドはわたしをダイニングルームへひっぱっていった。そこなら天井の照明のもとで写真を見ることができる。写真は全部で十五枚あり、わたしがすべてテーブルに並べた。ブラッドは一枚ずつじっくり見ていったが、首を横にふるばかりだった。コーニーの写真を選んでくれるよう、わたしは大いに期待していたが、コンラッド・ローリングズとフィンチの写真を見たときと同じく、コーニーにも見覚えがない様子だった。

すべて却下されたので、わたしは写真をテーブルの反対端に一列に置いた。リトヴァク家の年長者たちが胡散臭そうにわたしを見た――どういうつもりだ？　しかし、みんな、テーブルの前に並んで写真をチェックしはじめた。九枚目の写真を見てドニーがわめいた。

「なんでこいつの写真が入ってんだ？　てめえがうちの息子をこいつに結びつけるつもりなら、クソッ、ウォーショースキー、今夜は無礼なことばっかりしてくれたが、これだけはもう、ぜったい許さんからな！」

レジナルドとソニアがドニーを肘で押しのけて前に出た。「これ、タッド・デューダじゃないか？」レジナルドが言った。

「デューダ？」ソニアがくりかえした。「こいつと友達なのかい、ウォーショースキー？だとしたら、あたしが思ってたより、あんた、はるかに性悪だね」

アシュリーは息子の裏切り行為にいまだに傷つき、居間に残っていたが、ドニーとソニアのわめき声にひきよせられて写真を見に来た。デューダの写真を手にとった。「イケメンじゃない。あなたの友達だなんて言わないでね」

「ドニーと双子はよくこいつと出歩いてた」思いがけないことに、グレゴリーが言った。「一緒に悪いことばかりやってた。酒を盗む。車のガソリンを抜きとる。おもしろ半分にやってたんだろうな。人をぶちのめしたことだって一度か二度はあったと思う」

「なんでそんなこと、おまえが知ってんだ」ドニーが軽蔑の口調で言った。「赤んぼだったのに」

「みんながおれを赤んぼと呼んでた。付録みたいなものさ」グレゴリーは大きく息を吸った。「失敗作――おれはおやじとおふくろにそう呼ばれてた。あとのみんなは合格だったのに、おれは失敗作だった。だから、親はおれをソニアに押しつけ、ソニアはどこへ行くにもおれを連れてった。ドニーとソニアはなんでも話してたじゃないか。おれのことなんか眼中になかった。おれは四歳か五歳だった。あんたたちはホッケー選手のブーム＝ブームのこととか、一緒にやった悪事のことをしゃべってた」

誰も何も言わなかった。しばらくしてから、グレゴリーはアシュリーに向かってつけくわえた。「おれは大学なんか行ってないし、倉庫で働いてるけど、馬鹿じゃない。いいな？　だから、おれのことを〝この世でいちばんの役立たず〟と言うのはやめろ。いいな？」

グレゴリーは肩を落とし、足をひきずるようにして歩き去った。ソニアが叫び声――悲嘆か後悔の叫び――を上げて小走りでグレゴリーを追ったが、彼は首を横にふり、低い声でソニアに何か言ってから、のろのろした足どりで家を出ていった。

15 アンコール

わたしが家を出ると、ソニアが歩道のまんなかに立っていた。

「なんでタッド・デューダをひっぱりださなきゃいけないのよ？」

いかにもソニアらしく、攻撃的で、威圧的だったが、泣いていたらしく、口から出た言葉はくぐもったすすり泣きのように聞こえた。

「ソニア、ドニーがお父さんのバンを傷つけて帰ってきたあの夜、タッドとドニーは何をしたの？」

「こそこそ嗅ぎまわるのがほんとに好きな人だね、あんた。あの夜はブーム＝ブームも一緒だったんだよ」

「ブーム＝ブームと話をするには霊媒が必要よ。それに、ブーム＝ブームはドニーたちが車で走りだす前に、あの場から歩き去ったのよ。わたしの記憶が正しければ、ブーム＝ブームがタッドを殴り倒し、タッドがタイヤレバーを持ってブーム＝ブームを追いかけたんだった」

「そこまで知ってんのなら、何もあたしから聞きだすこたないじゃないか」

「じゃ、グレゴリーに訊いてみようかな。ドニーと仲間がヴァレンタイン・トンマーゾに命じられて人をぶちのめしたこともあったって、グレゴリーが言ってたでしょ？　あの晩、やりすぎてしまったの？　ドニーたちが帰ってきたとき、バンは砂利採取場に突っこんだような状態だった。まさか、トンマーゾに命じられて何かを捨ててきたんじゃないでしょうね？」

「グレゴリーをいじめに行くのはやめとくれ」ソニアの獰猛さが戻ってきた。「さんざん辛い思いをしてきた子なんだ。あたしはあの子の面倒をみようとした。家のなかのゴタゴタから守ろうとした。けど、なんの役にも立たなかった。そうだろ？　いまのあの子を見てごらんよ。昔は利口な赤んぼだったのに。あたしの宿題をよく読み聞かせてやったもんだ。そしたら、あたしのあとをついてまわってるだけで、あの子、字が読めるようになったんだよ。あんたは信じないかもしれないけど、あの界隈で勉強してたのはあんた一人じゃなかったんだからね。たとえ、あんたが有名になって、あたしはならなかったとしてもね。サウス・シカゴじゃ、あんたとブーム＝ブームはあの界隈の女王さまと王さまみたいに思われてる。大学入学学力テストの受け方を知ってるのはあんたしかいなかったみたいにさ。あたしだって、大学ぐらい楽に行けたよ。けど、父親と母親しかいない家にグレゴリーを置いてくことはできなかった。結局、なんにもならなかったけどさ。あの子を助けてやることはできなかった」

「できたじゃない」わたしはぎこちなく言ってみた。「グレゴリーは自分の力で生きている。いざとなれば自分のために声を上げることもできる。あなたのおかげよ」

「偉そうに言うんじゃないよ、ウォーショースキー」ソニアはわめいた。「なんにもわかってないくせに！　うちの親はね、あんたんちの親とは違ってたんだ。あんたの親ときたら、娘をお姫さま扱いして、娘の願いは恭しくお辞儀をして叶えることにしてたけどさ」

「ちょっと、ソニア、それは違うわ」わたしがそう言っても、ソニアは憤慨してわめくだけだった。わたしが何を言おうと聞く気はないのだ。荒々しい足どりで歩道を歩き、家に入ってしまった。

でも、たしかにそうだったのかもしれない。というか、外からはそう見えたのだろう。うちの両親の人生がわたしを中心にしてまわっていたからではなく、大切に育ててくれたからだ。目標を持つようわたしに言い、努力させ、成果が上がれば褒めてくれ、惜しみなく愛情を注いでくれた。ソニアには弟が四人いて、みんな喧嘩ばかりしていて、両親が与えようとしない、もしくは与えることのできない愛情を求めて叫んでいた。

わたしはリトヴァク家のほかの誰かがこっそり話をしたがるかもしれないと思って、街灯の下で何分かぐずぐずしていた。ところが、姿を見せたのはアシュリーで、ブランウェルがわたしを雇って母親を尾行させようとしたことを、なぜ今日の午前中に言ってくれなかったのかと詰め寄った。

「アシュリー、わたしの事務所であなたとドニーに言ったでしょ。息子さんとじかに話をしなさいって。わたし、メールサーバーじゃないんだから、あなたたち二人のためにメッセージを仲介することはできないのよ」

その点についてアシュリーと何分か口論した。アシュリーは不倫を認めようとせず、結婚生活を耐えがたいものにしてブランウェルに辛い思いをさせているドニーを非難した。

ようやくアシュリーがあきらめたので、わたしは車に乗りこんだ。ミシガン湖のほとりでとった午後の休息は百年も前のことに思われた。ゆうべのパスタの残りとアマローネのグラスに焦がれつつ車を出そうとしたとき、レジナルドが車の窓を叩いた。

わたしは窓を細めにあけた。「なんなの？」

「降りてくれないか。訊きたいことがある」

エンジンをかけたままにして外に出た。

「ブラッドのやつ、ほんとはあんたに何を頼んだんだ？」

「アシュリーの話を信じないの？」

「うちみたいな家庭で育てば、あらゆる言葉に裏の意味があることを知るようになる。ブラッドは両親の不和に傷ついてるかもしれないが、不倫の母親を尾行するために子供が探偵を雇うなんてことは、ふつうはないものだ。傷つき、友達に相談し、母親に怒りをぶつけることはあっても、探偵を雇ったりはしない。あいつの本当の目的はなんだったんだ？」

わたしは首を横にふった。「ブラッドはわたしの依頼人で、ほかの依頼人たちと同じようにプライバシーを守る権利があるわ。今度はわたしから質問させて。あなたたち、あの夜お父さんのバンを持ちだして何をしたの？　近所の人たちが口をそろえて言ってるけど、あのあと、あなたとスタンレーは〈クサリヘビ〉との関係をすっぱり断ち切ったそうね。勉強を始めて大学に進学した」

「あんたには関係ないだろ、ウォーショースキー。スタンとおれにもプライバシーを守る権利がある。ブラッドと同じようにな。今度はまたおれから質問だ。あんた、少女に何を渡されたんだ？」

わたしは〝どこの少女？〟と訊きそうになった。リトヴァク一家のドラマで頭がいっぱいだったため、筋書きのその部分を忘れていた。ブラッドが暴力をふるわれたのは、身元不明少女が持っていたなんらかの品を警官たちが見つけようとしたからだ。いや、少女が持っていたと連中が思いこみ、それをわたしに預けたと思いこんだのだ。

「渡されたのはこれよ」わたしは袖をめくって、前腕のすり傷を見せた。街灯の冷たい光のもとで、その傷はわたしの皮膚に浮かぶ茶色がかったグレイの島のように見えた。どぎつい黄色や紫色はもうどこにもない。「ほかには何も渡されてないわ。病院が少女の衣類を調べて、身元を示す品を探したけど、何も見つからなかった」

「つまり、救急車に乗せられる前にあんたに渡したってことじゃないか」

「レジー、嘘と秘密と妄想の世界に生きてる人間がアメリカには多すぎる。そんなものには、大小含めてもううんざりよ。例の身元不明少女が何か持っててそれをわたしに預けたという妄想もそのひとつね。わたしが付き添ってたあいだ、少女はずっと意識不明だったわ。ただ、五秒ほど意識が戻り、目をあけて〝ナギー〟と言った。この言葉に何か思いあたることはない？　あなたが生息してるテクノロジーの世界にそういうたぐいの言葉はないかしら」

レジナルドは目を細めてじっとこちらを見たが、マスクと街灯の薄暗い光のせいで、わたしの表情を読むことはできなかった。「ポーカーに譬えるなら、あんたの手札はストレートかもしれん。ただのはったりかもしれん。おれには判断のしようがない」

「どっちも違うわ、レジー。ただ、あなたの口調からすると、身元不明少女のことをまったく知らないわけじゃなさそうね。その子、なんて名前なの？」

「知らん。今夜、こっちに来る前に、あんたが劇的救出ミッションを果たしたあとで〈グローバル〉が流した写真を見てみた。見覚えのない顔だった。だが、少女が——なんらかの重要な情報を持っていなければ、狙われることもなかったはずだ」

「で、それはどんな情報？」

「少女から何か預かったのなら、あんたはすでに知ってるはずだ。預かってないのなら、知る必要はない」レジナルドはさっと向きを変え、ガレージのそばに止めてあったスズキの大型バイクにまたがった。エンジンを長々とふかして通りに住む犬の大半を興奮させ、それから猛スピードで走り去った。

わたしはふたたびマスタングに乗りこんだ。ソニアへの同情で今宵の幕を閉じることになろうとは思いもしなかったが、青春時代の彼女の心にわたしと両親が大きな影を落としていたことを知って、哀れみと困惑に襲われた。ソニアの父親は衣料品店をやっていたくせに、自分の娘にまともな服を着せようという気はまったくなかった。ソニアは弟たちを守ろうとしたが、ソニアのことを気にかけてくれる者は誰もいなかった。

それは悲劇だ。でも、ブラッドが襲われた件や、身元不明少女の運命といった目下の問題にはなんの関係もない。人々は少女とブラッドの両方が小さい重要な品を身につけているると思っている。二人の人生が交差しているようには見えないが、だとしたら、ずいぶん大きな偶然と言っていいだろう。

身元不明少女の品にレジナルドが関心を寄せているのを知って、わたしは困惑した。身元不明少女が誰なのか、彼女が持っているとされる品がなんなのかを、リトヴァク家の連中が知っているなら、ブラッドも彼女を知っていることになる。でも、ブラッドがわたしに会いに来たとき、少女の話はひとことも出なかった。ニュースでわたしを見たと言っただけだった。少女に関心があるようには見えなかったし、嘘の上手な子だとも思えない。でも、レジナルドは少女が持っているとされる品のことを知っているような口ぶりだった。ブラッドを襲った連中は服を脱がせて身体検査をした。肛門まで調べたとなると、何か小さなものを捜していたわけだ。たぶん、USBメモリとか。もっとも、肛門に押しこまれていた品が使用可能かどうか、わたしにはわからないが。

それはともかくとして、ブラッドを襲った連中はわたしの事務所を監視していたのではなく、あの子を尾行していたわけだ。でも、ドニーではなくレジナルドが身元不明少女とつながっているのなら、連中はなぜブラッドを尾行したのだろう？

並んだ写真のなかからブラッドがコーニー警部補を選ばなかったことに、わたしはがっかりしていた。ついでに言うなら、タッド・デューダも選ばなかったことに。もちろん、暗がりでちらっと顔を見ただけの男二人を怯えた子供に見分けさせようなんて、もともと無理な注文だったのだ。

リトヴァク家のメロドラマは単にそれだけのこと、つまり、メロドラマに過ぎなかった。不穏なのは身元不明少女の件のほうだ。少女は何者なのか？　通訳をしたヤン・カーダールは何を耳にしたせいで命を落とすことになったのか？　そして、少女はどこにいるのか？　体調不安定なティーンの少女が大都会で一人ぼっちだとすると、コーニーのような連中に追われていなくても、危険がいっぱいだ。

少女を見つけた岩場に、わたしは以後一度も行っていない。少女を見つけようとする者がいれば、そこもすでに捜したはずだと思っていたからだ。でも、行ってみる価値があるかもしれない。自分の身はもう安全だと思って少女があそこに戻り、誰かがすでに少女を見つけたとすると——怖くて最後まで考えられなかった。

少女がわたしに何かを預けたと何者かが思っているなら、わたしも標的にされそうだ。アパートメントに着くと、車は通りの先に止め、そのブロックを歩いてひきかえしたが、尾行はついていないようだった。

16　現行犯逮捕

二匹の犬とわたしは夜が白みはじめると同時に家を出た。今日のわたしはソール部分がすべりにくくて足にぴったり合うシューズ、スパンデックスのウェア、指なし手袋、ヘッドランプで装備を整えていた。リュックには、ロープ、水、角砂糖（身元不明少女が見つかり、急いで血糖値を上げる必要があるときのため）、犬のおやつ、バナナ二本（わたし自身の血糖値のため）が入っていた。

四月の大気は身を切るように冷たく、シカゴの冬はまだまだ終わらないことを思い知らされた。この時間だと車はほとんど走っていない。岩場まで十五分もかからなかった。太陽が水平線に顔を出したところだった。これだけ早い時間なら、道路の向かいの高層コンドミニアムに住む犯罪発見に熱心な連中もまだベッドのなかだろう。

落石の山の横にある小さな公園を通り抜けるあいだ、ミッチとペピーはリードをひっぱってキュンキュン鳴いていた。早朝のランナーがすでに出ている。岩場と道路を隔てるフェンスを乗り越えてから、犬を放してやった。二匹は急傾斜の岩場をすばやく下りていき、あたりを嗅ぎまわりはじめた。

身元不明少女を見つけた正確な場所は記憶になくて、思いだせるのは岩場の南端近くということだけだった。少女はあのとき、ふたつのコンクリートブロックのあいだに倒れていた。わたしの肩が入る程度の隙間だった。ミッチとペピーはぐるぐる輪を描いて捜しまわっていた。いかにも犬らしい効率的なやり方だ。わたしが岩やコンクリートのへりをまわるのに対して、犬たちは腐った魚や、汚れたおむつや、シカゴの湖畔でもっともけわしい岩場までも覆い尽くすゴミは無視して、求める匂いを嗅ぎつけることに集中していた。

わたしが上のほうの岩場をそろそろと進んでいたとき、二匹が隙間を見つけだした。ミッチが鋭く二回吠えて隙間に姿を消し、すぐあとにペピーが続いた。わたしは足をすべらせながら犬のいるところまで下りていき、心臓がバクバクするなかで、出てくるよう二匹に言った。そうすれば、この目で隙間をのぞくことができる。二匹はうしろ向きで出てくると、困惑の表情でわたしを見た。隠れ場所が見つかったのに、少女がそこにいない。

膝を突き、懐中電灯をつけた。隙間のなかを隅々まで調べたが、少女がそこにいたことを示すものは何ひとつ見つからなかった。二匹の確信に満ちた態度がなければ、場所を間違えたのだと思いこんだことだろう。

同じぐらいの大きさの隙間がほかに十あまりあったので、少女を追う者たちが捜している品を少女がそのどこかに隠したかもしれないと思い、ひとつ残らず調べてみた。フェンスを乗り越えて道路に戻るころには汗ばんでいた。すでに太陽がのぼり、夜間の冷気を追い払っていた。

道路の縁にパトカーが止まっていた。制服警官がパトカーにもたれてわたしたちを待っていた。一般人が岩場に下りることを禁ずる市条例六〇四―三三にわたしが違反した理由を、警官はいっさい聞こうとしなかった。行方知れずの身元不明少女を捜していたなどと言うわけにもいかないが。警官はわたしに身分証の提示を求め、違反チケットを書いた。ちょうど二百ドルの罰金。

頭に来たが、なすすべがなかった。市条例に基づく違反チケットに法廷で文句をつけることはできない。市民の権利を頭から否定されたような気分だ。しかも、罰金を押しつけることのできそうな依頼人はいない。無益な口論にエネルギーを浪費するのはやめて、ぶつぶつ言いながらチケットをリュックに押しこむだけにしておいた。

家に帰る前に〈シャール・ハショマイム〉の前を通ってみた。防犯カメラはすべて所定の位置にあって、わたしのパソコンに映像を送りつづけていたし、新たな落書きはいっさいなかった。朝の礼拝が終わるまで待ち、信者が大部分戻ってきたことを確認したが、ミスタ・パリエンテを車で家に送るのはやめることにした——車のなかは犬二匹でぎゅうぎゅうだ。

ラシーヌ・アヴェニューに曲がり、わたしが住む建物の三ブロック手前まで来たとき、建物を共同で借りているテッサ・レナルズから電話が入った。パニック状態だった。

「ヴィク！　ドアのところに警官が二人来てる。捜索令状持参だって言ってる」

「お母さんに電話した？」

「弁護士を一人よこしてくれるって。でも、警官が捜索したがってるのはあなたの事務所よ。フリーマンに電話なさい！　うちの母の専門が刑法じゃないことは知ってるでしょ」

「いますぐそっちへ向かうけど、犬をアパートメントに置いてこなきゃいけないの。フリーマンには途中から電話する」

ラシーヌ・アヴェニューを猛スピードで走りながら、スピーカーモードでフリーマン・カーターの秘書を呼びだした。テッサの電話のことを彼女に話すうちに、わたしが住む建物に着いた。パトカーが二台、ライトを明滅させて建物の前に止まっていた。

「リアノン、予想以上にまずい状況だわ。アパートメントにも警察が張りこんでる。犬を連れて裏の路地から建物に入り、そのあとで警官の相手をすることにするわ」

アパートメントの建物を通りすぎて、いちばん近い路地に駐車した。犬を連れて路地を走った。裏のドアをあけたとたん、ミッチとペピーが一階の廊下を突進して正面のドアまで飛んでいき、喉の奥から大きな怒りの声を上げた。ガラスのドアの外にコーニーが立っていた。今日も制服警官三人を連れている。ドアの外にはミスタ・コントレーラスもいて、怒りで顔を真っ赤にしている。手錠をかけられている。

コーニーがわたしに気づき、ハンドマイクを使って言った。「おまえとおまえの住まいに対する捜索令状を持ってきた、ウォーショースキー。それから、おまえが抵抗したときに拘束するための令状もある」

わたしも怒りで窒息しそうだったが、怒りに押し流されるわけにはいかない。怒りを吐きだす、怒りを吐きだす、頭を冷やす。スピーカーモードの電話がいまもリアノンとつながったままだ。彼女がわたしに呼びかけていた。

「警官の声がそっちにも聞こえたかどうかわからないけど。令状持参だと言ってるから、なかに入れるしかないわ。マリ・ライアスンに電話して、大至急こっちに来るように言って。どんなカメラでもいいから持ってきて——携帯電話のカメラでもかまわない。撮影クルーが一緒ならなおいいわ」わたしは息を切らしていた。「それから、わたしの事務所へ誰かを行かせて。テッサ・レナルズをサポートするために」

二匹の犬をひっぱってドアから離し、ミスタ・コントレーラスの住まいに押しこんだ。

コーニーが苛立っていた。「五つ数えたらドアを蹴破るぞ。お肌つやつやの刑事は来てないから、おれたちを止めることはできん」

わたしは歯をギリッと嚙みしめたが、人種差別的な侮辱は聞き流すしかなかった。「令状を見せてもらう必要があるわ、警部補さん」とどなった。

コーニーが頭をかしげて制服警官の一人に合図をすると、警官が令状をかざした。身元不明少女がミシガン湖近くに潜伏していたあいだに、もしくはベス・イスラエル病院に入院中に、もしくは行方知れずになったあとの数日間に少女から奪われた品を見つけだすため、わたしの自宅、わたしの車、わたしの事務所を捜索し、わたしの身体検査をおこなうべき相当な根拠がある、とクック郡の判事が判断していた。

わたしは正面ドアをあけた。「偉いわね、年をとってて、おまけに退役軍人でもある人に手錠をかけるなんて。すてきな新聞記事になるわよ、コーニー」

「おまえみたいなふしだらクソ女が何を言おうと、気にかけるやつなんかいやしねえ」コーニーはわたしの顔に平手打ちをよこした。指輪をはめていて、それがわたしのマスクにひっかかった。はずそうとしてコーニーが乱暴にひっぱったため、わたしの顔からマスクがもぎとられた。わたしはあとずさり、マスクの紐をもとどおりにかけた。コーニーと警官二人がわたしを押しのけて入ってきた。

上のほうでいくつものドアがバタンと閉まった。ここの住人はみんな在宅ワークだ。騒ぎのあいだ手すりから身を乗りだしていたに違いないが、警官たちが入ってきて、しかもみんな乱暴そうなので、巻き添えにされては大変だと思ったのだろう。

「助けて！」わたしは叫んだ。「助けて！　警官が押しかけてきて、ミスタ・コントレーラスを痛めつけてる。写真が必要なの！」

コーニーの部下たちがわたしの腕をつかみ、半ばひきずるようにして階段をのぼっていった。わたしは抵抗せずに、助けを求めて叫びつづけた。ミスタ・コントレーラスの住まいで犬たちがヒステリックに吠え、彼のところの玄関ドアに体当たりしていた。

「いま警察に電話した！」廊下の向かいの部屋に住むカップルがドアを細めにあけた。

「騒ぎ立てるのはやめてくれ」

「この悪党どもが警察よ！」わたしはどなった。「こいつらの写真を撮って！」

ドアが乱暴にしまった。わたしたちはわが家のドアの前まできていたが、コーニーはわたしがリュックから鍵を出すのを許可しようとしなかった。警官の片方に命じてリュックをわたしの肩からひきはがし、中身を床にぶちまけさせた。

二人は落ちた品々を一個ずつ調べていった。「おまえがあの岩場を這いずりまわるだろうってことはわかってたんだ、ウォーショースキー。逃亡した少女への関心が薄れたと判断したあと、あそこに戻るチャンスに抵抗しきれないことぐらい、ちゃんとわかってた。だから、岩場で何が見つかったにしろ、ここからは警察が保管にあたることにする」

コーニーはわたしから鍵をとりあげ、勝手にわが家に入りこんだ。警官の片方を一緒に連れていき、もう一人は〝わたしが逃亡したり誰かに電話したりする〟のを防ぐために残していった。とりあえず、玄関ドアは破壊されずにすんだ。わたしは自分のベッドで撃たれずにすんだ。廊下でわたしを殺せば、野次馬たちがドアの覗き穴から見ているだろうから、コーニーたちが逃げだすのはむずかしくなる。まあ、そう願いたいけど……。

「これはなんだ?」監視役の警官が角砂糖を見つけた。

わたしは答えなかった。

警官が平手打ちをよこした。コーニーのときと同じ場所。同じ獰猛さ。「質問してんだぞ」

わたしは深く息を吸った――冷静さを吸いこみ、恐怖を吐きだす。母が育ったトスカーナの丘の町を吸いこみ、警官たちに荒らされているシカゴのアパートメントを吐きだす。身体じゅうの筋肉がこわばっていた。ガラス器の触れあうチリンという音や、鍋のぶつかりあう音が聞こえてきた。コーニーが母のヴェネツィアンガラスのワイングラスを割ったりしたら、わたしがこの手で撃ち殺してやる。

「あのう、警部補」監視役の警官が叫んだ。「リュックからドラッグが出てきました」

「袋に入れてラベルをつけておけ。ラボで分析してもらう」

警官が仰々しいしぐさで証拠品袋をとりだして角砂糖を入れるあいだ、わたしは依然として黙っていた。警官は手袋をはめようともせず、角砂糖のひとつを指で崩した。白い粒が床に落ちた。

わたしは警官のバッジに目を凝らした。「うちの父もその制服だったわ、ティルマン。あなたと知りあいになったら、父は恥ずかしく思ったでしょうね」

「父親があんたと似たやつだったら、おたがいさまだ。警察にリベラルな間抜けはいらん」

「あなた、ズボンで手を拭いてるの?」信じられない思いで、わたしは言った。「じゃ、そのズボンも袋に入れて証拠品に加えなきゃ。証拠品を検査するラボで、いい笑いものになるわよ。砂糖の分析に時間を無駄遣いさせるわけだから。それとも、馬を飼ってて、角砂糖を食べさせてやらなきゃいけないの?」

警官はこぶしを固めてこちらに来ようとしたが、階段の下の騒ぎを耳にして足を止めた。悪態、がなり声、正面ドアが乱暴にあけられる音。そして「邪魔立てするな。ぺしゃんこにされたいのか」という声。

マリ・ライアスンが到着したのだ。

ミスタ・コントレーラスを見張るために残された警官が文句を言っていたが、階段の上まで響き渡るマリの声に、警官の言葉は掻き消された。「手錠をかけられたこの老人の写真はすでにクラウドに保存してある。そのすぐ横に、あんたの氏名とバッジ番号もつけてある。だから、手錠をはずすんだ」

階段のてっぺんまで来たときには、マリは息を切らしていた。首にかけたプレスバッジがずれていた。片手で正しい位置に戻し、反対の手で携帯電話をかざして、ティルマン、わたし、床に散乱したわたしの所持品、開いたドアの写真を撮りはじめた。

「ウォーショースキー、明日のいまごろは、目のまわりがひどい黒あざになってそうだぞ。ドアにぶつかったのかい？」

「この男のせいよ」わたしは言った。「ティルマン巡査っていうの。わたしはスコット・コーニー警部補に殴られたうえ、この巡査にも殴られた。警部補はいま部屋に入って、室内を荒らしまわってるところよ」

「写真撮影は禁ずる」ティルマンがどなった。マリに向かって突進し、電話をつかもうとしたが、マリのほうがたっぷり四インチは背が高く、ティルマンの手の届かないところへ電話をかざした。

わたしは二人の脇を通り抜け、自分の電話を出してわが家に入った。ティルマンが銃を抜いてコーニーに警告の言葉をわめくと、コーニーが台所から飛びだしてきた。彼も銃を抜いていた。

「マリ・ライアスンは新聞記者よ」わたしは言った。声を冷静に保ち、室温を下げようとした。ピアノの上から楽譜が払い落とされていたが、散らばった楽譜も、横倒しになったベンチも無視した。警官たちの銃ではなく、いまこの瞬間に注意を集中した。「彼が撮った写真はすでにクラウドに保存してある。もうXにアップしたかもしれない。だから、賭け金を吊りあげるのはやめなさい、警部補さん」

向こうはひきさがろうとしなかった。次にどうするかを自分のほうで決められない状況には、おそらく我慢がならないのだろう。娘が朝食にシリアルをスプーン何杯食べるのかも、ボストンテリアがどこでおしっこをするのかも、コーニー自身の指揮統制によって決めたいのだろう。

コーニーは銃を持った腕を下ろしてティルマンに言った。「ここに隠すだけの時間は、この女にはなかった。事務所の捜索は中止していいと伝えろ。女をホーマン・スクエア署へ連行して、女性警官に体内を調べさせることにする」

ティルマンがわたしの両手を背中にまわして手錠をかけ、わが家の玄関ドアのほうへ押しゃった。

「フリーマンに電話して」わたしはマリに叫んだ。

17 遺失物

ジャクソン大通りを車で四マイル走るのは、都会の文化を早まわしで目にするのに似ていた。ダウンタウンにいちばん近いあたりは、かつて食料品の卸売りをしていたエリアだが、いまは高級コンドミニアムとシックなレストランに変わっている。新しいビルがぎっしり建っているため、狭い脇道を車で走ることはもはやできない。ティルマンがライトとサイレンのスイッチを入れたが、それでも、このあたりはのろのろ運転で進むしかなかった。

このマネーベルトを過ぎると、古い平屋とフラット三戸からなる三階家が建ち並ぶようになる。それが徐々に消えて、次はがらくたでいっぱいの空地と窓に板を打ちつけた建物に変わっていく。ホーマン・スクエア署の建物は、店先で礼拝をおこなう教会や、バーや、周囲と調和しない都会の農場が寄り集まった地区のなかにあった。地図で調べてみると、〝警察・証拠品&押収品セクション〟と呼ばれていることがわかる。爆弾・放火班という表示はどこにもない。もちろん、強化尋問施設の看板も見られない。これは〝拷問〟の婉曲表現で、アメリカがイラクへ侵攻した時代にわたしたちみんなが覚えた言葉だ。

建物自体は後期ネオ官僚様式をとりいれたもので、平凡な赤レンガを使った五階建てだ。市内の多くに見られるごくふつうのビルという感じだが、そばまで行くと印象が変わる。一階の窓はすべてレンガでふさがれているし、建物そのものもレーザーワイヤと監視カメラとサーチライトに包まれていて、〈第十七捕虜収容所〉（ビリー・ワイルダー監督による映画。一九五三年）のセットみたいに見える。

通りの向かいにホーマン・スクエアの小さな公園があり、少人数のデモ隊が立っていた。〝ホーマン・スクエア署への予算を打ち切れ〟〝名前を言おう〟〝ジョージ・フロイドの悲劇をくりかえすな〟と書いたプラカードを手にしている。

暴動鎮圧用の装備に身を固めた警官たちが彼らと建物のあいだに立っていた。Tシャツとジーンズの人々がどうやってレーザーワイヤを突破できるのか、どうにも理解できない。それどころか、暴動鎮圧用装備とワイヤを突破できたとしても、どうやって建物に入れるのかわからない。正式な入口がどこにもなく、〝押収品〟と記されたドアがひとつあるだけだ。

〝警察〟という表示のある、内側からしか開かないドアのブザーを押して、わたしたちは建物に通された。コーニーはわたしを女性警官にひき渡し、体腔検査をおこなうことと、衣類をすべて調べることを指示した。「小賢しい女だからな。義歯のなかに何か隠してるかもしれん」

以前ブラッド・リトヴァクに言ったように、裸にされて身体検査を受けるのがいかに屈辱的かをわたしは知っている。これを乗り切ろうと思ったら、現実から遊離するしか方法はない。わたしは母が好きだったヘンデルのアリアのひとつ、〈ここに来て、ああ、息子よ（ヴィエーニ・オ・フィーリオ）〉を歌うことにした。頭のなかで息子を母親に変えた。〝ここに来て、ああ、お母さん、わたしを励まして〟

現実から遊離した心の第二の部分で、身体検査をする女性警官がマスクと手袋をつけていることに感謝した。コーニーも、ティルマンも、残りの悪党どももマスクをかけていなかったから、わたしは屈辱に加えて感染の心配までしなくてはならない。

心の第三の部分では、ブラッド・リトヴァクに襲いかかったのはコーニーか部下の連中に違いないと思っていた。マリがわたしのアパートメントで連中の写真を撮ったとき、声も録音している。先日は写真の顔を見分けられなかったブラッドだが、もしかしたら、声に聞き覚えがあるかもしれない。

わたしが服を着終わったところで、女性警官が弁護士と依頼人の面会用の部屋へわたしを連れていった。フリーマン・カーターが待っていた。わたしを監視していた悪徳巡査のティルマンもいた。フリーマンが警察と交渉してわたしを自由の身にしてくれていた。だから、コーニーは顔を出さなかったのだろう――外部の圧力でひきさがった姿など見られたくないに決まっている。ティルマン巡査がドアまで送ってきた。わたしたちが廊下をうろついて標示のない尋問室から人々を逃がしたりしないよう、監視するためだろう。

フリーマンの車に乗りこんでノース・サイドに戻る道を走りだすまで、彼もわたしも無言だった。やがて、この数日のことをわたしからざっと説明した。

「コーニー相手のホラーショーを体験したあとでは、二日前の晩にブラッド・リトヴァクに襲いかかったのはコーニーの部下連中だとしか思えなくなったわ。でも、シカゴ市警がどうしてそこまで強引に介入するの？　ブラッドの話が事実だとすると、誰かがドニーに脅しをかけて、表沙汰になっていないなんらかの悪事にかつて関わったことを暴露すると言ったわけでしょ。ドニーをビビらせて、同じく表沙汰になっていないほかの悪事にひきずりこむために」

タッドとドニーがティーンエイジャーだったころ、リトヴァクの店のバンを持ちだして問題を起こしたことを、わたしはフリーマンに話した。「ゆうべブラッドに見せた写真のなかにタッド・デューダの写真も入れておいたの。そしたら、ドニーが頼もしきエトナ火山みたいに噴火したわ。そうそう、ヤン・カーダール殺しの件もあるし」

「通り魔的な犯行だったのかもしれないぞ」

身元不明少女への事情聴取のときにヤン・カーダールが同席したことと、病院に現れた謎の人物とのあいだにつながりがありそうだという説明をした。

「いや、カーダールがまったく別の理由から狙われた可能性もある。ひとつ提案していいかな、V・I。誰かがきみに探偵料を払ってカーダールが殺された理由を突き止めてほしいと頼んでこないかぎり、その件は刑事たちにまかせておくんだ。ホーマン・スクエアの馬鹿どもは別として、シカゴの警官の多くはまじめに仕事をしている。しかも、きみが一人なのに対して、向こうは一万三千人もいるんだぞ。助手を何人か雇うという手もあるが、そうなると、支払いのいい依頼人をもっと見つける必要が出てくる。きみのドン・キホーテ精神は魅力的だが、請求書の支払いをする役には立たないからね」

「おたくの請求書のことを心配なさってるんでなきゃいいけど。未払金が膨れあがるのを防ぐために、わたし、毎月返済してるでしょ。それに、わたし名義の生命保険の保険金であなたへの未払金を清算できるようにしてあるのよ。ついでに〈ゴールデン・グロー〉のつけも」

フリーマンは笑った。「ヴィク、わたしはきみを信用している。金のことは心配していないが、きみは水槽のなかのフーディーニより迅速に窮地に陥る人だからな。これぞ自分の義務だときみが勝手に思いこんで何かに首を突っこみ、調査の途中で死んでしまったら、わたしは耐えがたいほど嘆き悲しむ者たちの一人になるだろう。ヤン・カーダール殺しはきみが手がけるべき事柄の範疇を大きく超えている」

「そうよね」わたしは言った。ただし、のろのろと。「警察の人たち、身元不明少女と同室だった患者を調べるのを忘れてるみたい。ハンガリー語で少女を尋問するためにカーダールを使った男は、話をするあいだ、同室の患者を廊下の先の部屋へ追い払ったそうよ。その患者はカーダールが病室を出ていき、次に戻ってきて立ち聞きするのを目にしている」

「カーダールが何かを盗み聞きして、謎の尋問者に金を要求し、そのせいで殺されたというのか？　だったら、警察に話すべきだ。わたしではなくて。もし――この〝もし〟は太い大文字で書いてあって、傍線までひいてあるのを忘れないように――もし、それが事実なら、ますます警察にまかせるべきだ」

わたしはうなずいた。「そうしたわよ。でも、そうやって丸めた生地にまた別のしわが寄ってしまったの」ピッツェッロがわたしの事務所をこっそり訪ねてきたことをフリーマンに話した。

「すると、警察が捜査しているわけだな。カーダールの件はそっちにまかせなさい」

「わかった。でも、ブラッド・リトヴァクが襲われた件は、いろんな理由から、わたし自身にとってもショックだった。ドニーに圧力をかけるのに使うことができそうな犯罪をひとつ見つけたんだけど、それは昔のサウス・シカゴで起きたことで、ドニーと仲間がヴァレンタイン・トンマーゾの命令でやってた使い走りの件にまでさかのぼるの。そのときの仲間の一人がタッド・デューダ。この名前に心当たりはない？」

「ない。だが、犯罪者ではないという意味じゃないぞ。わたしの専門的助言を必要とする犯罪者ではないというだけのことだ。だが、そのデューダって男が〈クサリヘビ〉と同じ岩場を這いまわっているのなら、知りあいになりたい相手ではないな。〈クサリヘビ〉が引退してフロリダにひっこんだことはわたしも知っているが、株の配当だけで海辺の豪邸の家賃を払うのは無理だと思う。あの連中には近づかないようにしてほしい。命が惜しければ」

フリーマンはセミトレーラーと大型SUVのあいだに割りこみ、アイゼンハワー高速を離れた。コロナの時代は交通量が減っているはずなのに、この高速道路はいつも混んでいる。

「警察監視委員会のほうへ正式に苦情を申し立てるつもりだ。きみも知ってのとおり、それがコーニーの処分に結びつくことはないと思うが、世間の目がやつに向けば、今後コーニーがきみを追うのはむずかしくなるだろう」

わたしはうなずいた。この街でもっとも料金の高い弁護士の一人を使っている理由がここにある。レターヘッドにフリーマンの名前があれば、警官も州検事も注意を向ける。

「相談したいことがもうひとつあるの。シナゴーグを破壊行為から守ろうとする人たちに、わたしも協力してるんだけど」

〈シャール・ハショマイム〉が被害を受けた件をフリーマンに話した。

「コーキー・ラナガン本人からわたしに電話があったわ。ラナガンはシナゴーグが保険契約を更新していなかったことを知っていた。所有権の一部とひきかえに建物の汚れ落としと修復をしようと提案してきた。

ドニー・リトヴァクは〈クロンダイク〉の倉庫で働いている。パンデミックのあいだにいったん解雇されたけど、会社が通常運転に戻って復職できたの。ドニーの息子が暴力をふるわれた日に、ラナガンから電話があったの。妙だと思わない？」

フリーマンは冷笑を浮かべた。「きみがラナガンの仕事を請ければ、わたしの請求書の支払いぐらいすぐにできるぞ。やつがＦＢＩと衝突しないかぎりはな。噂によると、イリノイ州北部区域を担当する連邦検事が〈クロンダイク〉の資産を嗅ぎまわっているそうだが、きみのような一匹狼の賢い探偵なら、たぶん、ラナガンを救ってやれるだろう」

フリーマンはわたしの事務所の前で車を止めた——わたしの希望で、まずここに寄り、捜索チームがどれほど荒らしていったかを確認することにしたのだ。彼がハンドルを指で軽く叩いた。

「冗談はさておき、ヴィク、スコット・コーニーはどんな人間の汚れ仕事だってできるやつだ。相手はラナガンだけじゃないぞ。頼むから、わざわざコーニーに咬みつくのはやめてくれ。今日のことはきみにとって苦痛と屈辱だったと思うが、生命まで脅かすものではなかった。そこまで行く前に自制してほしい」

フリーマンはわたしと一緒に事務所に入り、テッサと話をして、警官たちが何をしたかを聞きだした。彼はテッサの母親と同じ公民権組織で無料奉仕活動をしているので、テッサのことも個人的に知っている。

「幸い、わたしのスタジオは捜索されずにすんだわ」テッサは言った。「母が駆けつけてきて、連中が令状の文言にちゃんと従うかどうか目を光らせてくれたおかげよ。母がいたから、あなたの事務所もめちゃめちゃにされずにすんだと思う。さんざんな一日だったわね。警官よりも泥棒に出会ったほうがまだましってぐらいだもの」

テッサが言ったとおりだった。事務所の引出しがいくつかあいていたが、パソコンは無事に残っていた。マルウェアの有無を調べなくてはならないが、少なくとも、パソコンの押収だけはされずにすんだ。

家に帰り、ゆっくり入浴して、身体検査の屈辱を洗い流す必要があった。アパートメントの前で降ろしてもらうことにした。

「救出費用は請求しないことにする、ヴィク。刑事事件を担当するすべての弁護士と同じく、わたしもホーマンからまわってくる報告書に眉をひそめている。あの場所を自分の目で見ておきたかったんだ」フリーマンは車を降り、わたしのためにドアをあけてくれた。

「それから、ヴィク、身元不明少女がどこに隠れているのか知っているなら、保護してもらえる場所へ移したほうがいい」

「もし知ってたら、あなたに言うけど、ほんとに知らないし、あの子の身の安全については本気で心配してるのよ」

「では、警官たちが捜している品というのは？」

「名誉にかけて誓うわ、フリーマン、いったいなんなのか見当もつかない。まして、どこにあるかなんて知るわけないわ」

アパートメントの建物に入ると、いまだ興奮さめやらぬミスタ・コントレーラスと二匹の犬が待っていた。わたしはホーマン・スクエアでの出来事を適当にごまかして話したが、コーニーが力尽くでわたしを連行したことだけで、隣人の心労はひどくなっていた。

お風呂に入りたいし、荒らされたわが住まいの片づけもしたいので、階段をのぼった。楽譜を残らず拾い集めた。多くはガブリエラのもので、母が手にしていた楽譜にコーニーがさわったのかと思うと、腹が立ってならなかった。幸い、コーニーの手も、母の形見であるヴェネツィアンガラスのワイングラスがしまってある戸棚までは伸びていなかったが、台所はめちゃめちゃだった。小麦粉、砂糖、コーヒー豆など、すべてが調理台にぶちまけられ、床にまでこぼれ落ちていた。

床を拭いていたとき、ドラッグの疑いありとして、わたしの角砂糖を証拠品袋に放りこんだティルマンのことを思いだした。この台所にある小さな缶や冷凍食品のあいだに何かを置いていくのはたやすいことだ。今後コーニーがわたしを連行する口実に使えそうなものなら、どんな品でも。

もしくは、盗聴装置でも。

階段を下りてミスタ・コントレーラスのところへ行った。遅いランチをわたしと一緒にできることになって、老人は大喜びだった——チーズのホットサンド。老人の電話を借りて、以前利用したことがある盗聴器の調査業者にかけ、アパートメントと事務所の両方の調査と、パソコンに入れられた可能性のあるマルウェアの対処を依頼した。

帰宅してからずっと、携帯メールの着信を知らせる音が鳴りっぱなしだったが、心の傷が深すぎて見る気になれなかった。いまようやく、メッセージ・アプリを開いた。マリが大忙しだったようで、コーニーと手下どもの襲撃の件を投稿していた。彼が撮った十何枚かの写真が中心だった。

友人たちからも連絡が入り、わたしのために憤慨してくれていた。ミスタ・コントレーラスの孫息子たちは手錠をかけられた祖父の姿にショックを受けていた。七つのメディア媒体がわたしのコメントを求めていた。まず〈グローバル〉のケーブルニュース局のベス・ブラックシンに連絡をとることにした。身元不明少女の救出を取材したのが彼女だったから。

早朝に電話がかかってきて、年老いた女性から〝ユルチャを見つけて〟と懇願されたことは、これまで誰にも話していなかったし、いまもやはり伏せておいた。〝拘束しないと〟男がそう言った。あの女性が誰なのか、どこから電話してきたのかもわからないまま、わたしが電話のことを公にすれば、女性はもっとひどい目にあうかもしれない。

法執行機関の人間がみな、身元不明少女が持っていたなんらかの品を捜し求めていることだけは、ベスに話しておいた。「ベス・イスラエル病院のERのスタッフが、少女の身元特定につながるものを求めて衣類を調べたけど何も出てこなかったと言っても、警察は信じようとしない。また、少女がわたしに何か言ったことも預けたこともないって、わたしがいくら言っても、警察は信じないのよ。少女が救急車に乗せられたとき、あなたもその場にいたでしょ、ベス。そのときの映像を持ってるでしょ。少女の意識がなかったことを世間の人々に見せてくれない？」

「あなたがそんなことを頼んでくるなんて信じられない、ヴィク。何百万人ものアメリカ人が新型コロナは捏造だと信じてる時代なのよ。あなたも身元不明少女も手の込んだ陰謀には加担してないってことを、どうやって世間に信じさせるつもり？」

「それもそうね、ベス。わたし、生まれてくる星を間違えたのかも。平らな星じゃなくて、球形の星に来てしまった。でも、身元不明少女が何を持っていたにしろ、それを狙ってる人間がずいぶんいるため、二日前にわたしの事務所に来た少年にまで暴力行為が及んだのよ。少年を襲った悪党どもは、わたしがその子に何か渡したと思いこんでるみたい」

これを聞いてベスは興奮した。誰も知らない特ダネだ。わたしはこの件についておおざっぱに彼女に説明し、少年は未成年者なので本人と話をするには両親の許可が必要であることを伝えて、アシュリーに会いに行くようベスに勧めた。

わたしの脳も身体に劣らず疲れていた。居間のカウチに横になった。一時間ほどたったころ、アシュリー・ブレスラウの電話に叩き起こされた。アシュリーは案の定、怒り狂っていた。まあ、怒り狂うのも無理はない。ベス・ブラックシンにアシュリーの名前を教えたことを、わたしから彼女に連絡しておくべきだった。いや、その前に彼女の許可をとるべきだった。じっと横になったまま、アシュリーの怒りをやり過ごし、「おっしゃるとおりよ」「わたしが悪かった」「二度としない」とつぶやきつづけた。

「ブラッドへのインタビューをブラックシンに許可したの?」わたしはついに尋ねた。

「息子の名前はブランウェルよ。テレビ局の人間が息子と話をすることは断じてないわ。あの子があなたに会いに行った本当の理由はなんだったの? ゆうべブランウェルが言ったことなんか信じちゃいけないって、レジーが言ったけど、ブランウェルはわたしと話そうとしないの。ドニーは激怒して、ワンルームアパートメントに移ってしまった。あなたのせいで、うちの家族は崩壊だわ」

「そうよね、わたしがあなたたちの人生に割りこむまでは、みんなで『若草物語』のお母さまと四人姉妹みたいに和気藹々と暮らしてたものね」スペインのピーターから電話が入っているのに気づき、勝手に通話を終了させた。こうすれば、アシュリーもわたしのことを最低女だと信じつづけていける。

18　何かが気になる

ピーターと電話で話しているあいだに、盗聴器の調査業者がやってきた。業者を招き入れ、ピーターと二人きりで話ができるよう庭に下りた。しぶしぶ電話を切ったあと、車でピルゼンまで出かけた。ジセラ・ケリガの家を訪ねるためだった。

けさ、コーニーがいきなり押しかけてきたとき、彼はわたしがシェリダン・ロード沿いの岩場にいたことを知っていた。つまり、岩場でわたしの姿を見かけたら連絡するよう、コーニーがパトロール隊に命じていたということだ。

いまも追跡が続いているといけないので、カリフォルニア・アヴェニューにあるリハビリ病院の駐車場に車を入れた。関節の疼きを軽くするのに効果的な理学療法を受ける時間があればいいのにと思ったが、電話を車のトランクにしまい、ケリガが住む建物までの一マイルを歩いた。

彼女の住まいのドアをノックすると、廊下の向かいのドアが開いた。超肥満体の女性が廊下に出てきた。憎悪の視線をこちらに向けた。

「セニョーラ・ケリガにつきまとってる人だね。あんたのせいで、あの人、あわてて引っ越しちまったよ。それから、訊かれる前に言っとくけど、あたしは引っ越し先なんか知らない。あの人は必死に働いて三人の子を育ててる。夫はコロナで死んじまったけど、あんたはそれじゃ満足しないわけだね？　そう、今度は猟犬みたいにあの人を追っかけないと気がすまないわけだ」女性は歯をむきだしにすると、犬をまねてその歯をカチッと閉じた。

「あのう、わたしはあなたのお名前を知りませんし、どうすればわたしがICEやその他の政府機関の人間でないことを納得してもらえるのかわかりません。わたしは私立探偵です。ある女性から──声の感じでは高齢の女性のようですが──きのうの早朝に電話がありました。必死に助けを求めてきたのです。そのとき使われたのがセニョーラ・ケリガの電話だったので、セニョーラがどこで働いているのか知りたいと思っています。セニョーラのことを職場のボスやICEに通報するためではなく、怯えて助けを求めて電話してきた女性の身元を突き止めるのに手を貸してほしいからです」

虚しさに襲われて、わたしは話をやめた。女性はさっきからずっと歯をカチカチいわせているし、わたしが階段へ向かって廊下を歩きだすと、ほかの人々がそれぞれの部屋から出てきた。「恥を知れ！」という叫びが聞こえた。「二度と来るな。密告者の扱いなら、こっちはお手のもんだぞ。チクり屋はチクっと刺してやる」
警官たちに嫌われた。アシュリーとドニーに嫌われた。ソニアにも嫌われた。そして今度は、ジセラ・ケリガの隣人たちにまで嫌われた。犬がいてくれてよかった。それから、ミスタ・コントレーラスも。ピーターとロティとサルも。そうよ、わたしは多くの人から頼りにされている。好感を持たれている。ええ、そうですとも。

　車まで歩いて戻ったが、うんざりするほど長い距離に感じられた。何軒かの住宅やビルの壁面を飾るモザイク模様をじっくり見て、悩みを払いのけようとした。ジャガーやその他のメキシコ的なものをモチーフにした、手の込んだ美しい模様だったが、こちらは芸術を鑑賞する気分ではなかった。

　ようやく家に帰ると、盗聴器の調査業者が手書きのメモを残していた。音声作動式の機器がピアノの蓋の裏側に隠してあり、ベッド脇のスタンドにもネジで留めてあるのが見つかったという。〝機器が見つかったことを相手に知られたくない場合のために、とりはずさず、そのままにしてあります〟

　興味深い提案だ。コーニー警部補と一緒に寝る気にはなれなかった。ベッド脇のスタンドを浴室へ移動させ、居間のスタンドをベッドまで持ってきた。気分を高揚させたいときは、歌の練習が効果的だ。ピアノの横に立って発声練習を二十分おこない、次に〈ここに（ヴィエ）

来て、ああ、息子よ（ーニ・オ・フィーリオ）〉をフレーズごとに十回以上歌った。練習を終えるころには、少なくとも最初の二十小節ぐらいは、コーニーも歌えるようになっていただろう。

　わたしは母の歌を録音したものを持っている。以前つきあっていた男性がCDを作ってくれたのだ。ダイニングルームのテーブルの前に腰を下ろし、ノートパソコンを広げて、お金を払ってくれる依頼人のために納期を過ぎた報告書を作成しながら、母の歌声を流し、次にロレイン・ハント・リーバーソンのものを流した。

　報告書を依頼人に送るために送信をクリックしたとき、マリから電話が入った。今日の朝、救助に駆けつけてくれたことに、わたしは感謝の言葉を捧げた。

「礼を言ってもらうのはうれしいけどな、ウォーショースキー、家賃を払う役には立たん。コーニーは何を企んでたんだ？」

「こっちから折りかえし電話するわ」彼に約束して電話を切り、本当らしさを演出するためにトイレの水を流してから、庭に出て、ミスタ・コントレーラスの誕生祝いにわたしが贈った小さな石のベンチに腰かけた。

　盗聴器が見つかったことを話した。「電話にマルウェアが仕掛けられてないといいんだけど。コーニーがそこまでプライバシーを侵害する男じゃないことを願いつつ、これまでにわかったことを話してあげる」

マリにすべてを話した。ただし、どこかの女性から謎の電話があって、ユルチャを見つけてほしいと懇願されたことは黙っておいた。ブラッドとドニーのこと、父親が圧力をかけられて何か危険なことにひきずりこまれているのではないかとブラッドが恐れていること、リトヴァクの店のバンにからんだ昔の話と、ブーム＝ブームと双子がそれで不安がっていたことを話した。

「タデウシュ・デューダ？」マリが言った。「おれのレーダーにはひっかかってないが、少し調べてみよう。セメントってのは、マフィアの商売にもってこいの隠れ蓑だ。ところで、おれがミスタ・コントレーラスに嫌われてるのはわかってるが、おれのほうはあのじいさんが大好きだ。おれが撮った手錠姿のじいさんの写真と、警官に熱弁をふるう音声が、地球をすでに二、三周している。おかげで、英国の雑誌からでかい仕事まで舞いこんだぞ。英国の連中ってのは、おれたちがいかに野蛮かを示すチャンスがあれば大歓迎だからな。だが、ホーマン・スクエア署に関してさらに詳しい情報が必要だ」

わたしは暗くて長い廊下をいくつも歩かされたことをマリに話した。背中で手錠をかけられているうえに、ざらざらの床でわたしを転倒させてやろうという向こうの魂胆がみえみえのスピードだった。狭い部屋、わたしの身体検査をおこなった不機嫌な女性警官、わたしが裸で廊下に飛びだしたりしないようドアのところに立っていた疲れた顔の太りすぎの女性警官のことも、マリに話した。

「警官がわたしの体内に指を入れてる親密な写真がなくてごめん」乾いた口調で言った。

マリは「そりゃ残念だ」と言った。友達のくせに、けっこうおもしろがっているようだった。わたしは電話を切り、ミスタ・コントレーラスの様子を見るため一階に下りた。建物の前に立つ老人の凜々しい姿がすでにグローバルなニュースになっていることを教えてあげると、ご本人は大はしゃぎだった。ネットのリンク先がいくつか見つかったので、彼から昔の機械工の仲間たちにメールで知らせた。

「あんたのせいでわしが共産主義者か無政府主義者になっちまったと、みんながいつも言っとるからな、これでまた新たな攻撃材料を提供できる」老人はうれしそうに笑った。

老人はわたしに食事をさせたがったが、わたしのほうは眠くて食事どころではなかった。ペピーを連れて上の部屋に戻り、たちまち深い眠りに落ちた。

翌朝の五時、逆上して吠えるペピーの声に眠りからひきずりだされた。ジーンズをはき、ペピーを追って台所に入った。ペピーは勝手口のそばに立って首筋の毛を逆立て、尻尾をピンと立て、鼻をフンフン鳴らし、喉の奥からうなり声を上げていた。

わたしは勝手口のそばの壁から懐中電灯をとった。錠をはずし、低くしゃがんでから、ドアをあけてデッキにころがりでた。ペピーがわたしを飛び越えてデッキの隅に駆け寄り、二回鋭く吠えた。侵入者を追い詰めてわたしの命令を待った。

「いや！」そこにいたのは子供だった。手すりを握りしめ、身を乗りだして、飛び下りても安全かどうか確認しようとしている。「犬が咬みつかないようにして！」

わたしはペピーの横にしゃがんで犬の首に腕をまわし、懐中電灯を子供に向けた。

「ジャスミン？」と訊いた。「セニョーラ・ケリガのところの？」

少女は震えながらうなずいた。

「この子はペピーよ。家のなかに戻って、リードをつけることにするわ。あなたは犬を怖がってるけど、わたしと犬だって、ドアの外に誰かが来たのを聞きつけて、怖い思いをしたのよ。あなたが危害を加えに来たんじゃないことを犬も理解したから、もうあなたに咬みついたりしないわ。わかった？」

ジャスミンはふたたびうなずいた。のろのろとした不安そうなしぐさだった。わたしは台所に戻ってペピーにリードをつけ、玄関ドアのそばに置いてある使い捨てマスクの箱から二枚とった。少女は不安な顔でしばらくデッキに立っていたが、それから台所に入ってきた。わたしはふりほどいて突進してくる心配はなさそうだと判断し、ペピーがわたしの手をしがマスクをかけ、ジャスミンにも一枚渡すと、彼女は驚いた顔で受けとったが、黙ってかけた。

オーディオ装置の電源を入れて、もう一度母のCDをかけ、台所のスピーカーのスイッチを入れた。コーニーの盗聴器の性能がどの程度かわからないが、わたしのことを彼が不眠症だと思ってくれるよう願った。

「ジャスミン、お母さんが何か困ったことになってるの？　だからここに来たの？」

「一家であわてて引っ越したの。あんたのこと、ICEの人間だと思ったから。あんたが母さん宛に置いてったメモをあたしが読み上げたら、母さん、怯えてしまって、ティア・レナータっていう廊下の向かいに住んでる女の人に、あんたが警察を連れてまた押しかけてくる前にさっさと引っ越したほうがいいって言われたの」

わたしはジャスミンを勝手口のそばの椅子にすわらせた。身の危険を感じたらいつでも出ていけると思ってもらいたかったからだが、ジャスミンは椅子の端をきつくつかんだまま、恐怖に大きく開いた目でわたしを見つめていた。

「そりゃそうよね」わたしは少女を安心させようとした。「いまの時代、この国では、誰を信用していいのかわからなくなっているもの」

椅子をつかんだジャスミンの手がわずかにゆるんだ。「でね、ニュースであんたを見たの。警察があんたを連れてくのを見て、そしたら――」ジャスミンは言葉を探しながら両手を持ちあげ、左手を輪にして右の手首にかけた。

「手錠ね」教えてあげた。

ジャスミンはうなずいた。「人があんたのことをいろいろ話すのを、あたしたち、ニュースで全部見てた。男の人と女の人がいろんな話をしてた。あんたは貧しい人を助けてくれる探偵で、警察の人間なんかじゃないって。そしたら、とうとう母さんが言ったんだ。あんたが知りたがってることを話さなきゃって。母さんが仕事へ行く前に、二人でここに来ることにした。あたりがまだ暗くて誰にも見つからないうちに」

「お母さんはいまどこに？」

「待ってる。ここの庭の外で。英語がうまくしゃべれないから、あたしがついてきたの」

わたしはうなずいた。「うちの母も英語があまり上手じゃなかったわ。いまのあなたと同じことをわたしもよくやったものよ。母のために通訳をしたの」

ジャスミンはおずおずと笑みを浮かべた。彼女の世界のことを理解してくれる大人に出会えてホッとしたのだろう。

「このアパートメントがどうしてわかったの？」わたしは尋ねた。

「テレビの画面で、手錠をかけられたおじいさんのうしろの建物を見たら、この建物の番地が出てたから。でね、まず正面入口のほうへ行って、あんたの部屋がどの階か、建物のどっち側かをたしかめ、それから裏にまわったの。そしたら呼鈴を押さなくてもいいし」

「頭のいい子ね」わたしは言った。「とても賢いやり方だったわ」

ジャスミンは笑顔にはならなかったが、軽くすわりなおして、ジーンズのポケットから一枚の紙をとりだした。「あんたが犬と一緒に出てこなかったら、このメッセージを置いてくつもりだったんだ。うちのマミね、ノースフィールドの〈アークエンジェル高齢者ホーム〉で働いてるの。お年寄りの世話をする仕事。記憶が——はっきりしない人たちの世話。悲しい仕事だし、重労働だけど、アメリカ人はそういう仕事をしたがらないしね。おかげで、あたしたちが食べていける。うちのパピはトラックの運転手で、マミより稼ぎがよかったけど、コロナで死んじゃって、だから、いまはマミと弟二人とあたしだけなの」

「お父さんの死に心からお悔やみを言わせてね。無慈悲な病気だわ」

ジャスミンは肩をすくめた。どうしてそんなわかりきったことを言うの？

「〈アークエンジェル〉の誰かがお母さんの電話を使ってわたしにかけてきたのよ。誰なのか、お母さんはご存じないかしら」

ジャスミンは首を横にふった。「マミはなんにも聞かされてない。家に帰ったら電話がなかったの。次の日、主任のとこへ行った——たぶん、トイレに電話を忘れる——いえ、忘れたんだろうと思って。主任はマミに、おまえが患者に電話を渡したんだろ、本当ならクビにするところだが、ウイルスのせいで、ひきつづき働いてもらう必要があると言った。

そして次に、マミの電話をテーブルに置いて、金槌を持ってきて――ガン！――マミの電話をつぶしてしまった。だから、マミはいま、あたしの電話を持ち歩いてるけど、あたしにかけることができない。だって、あたしが電話を持ってないから。マミが無事かどうか、家に帰る途中なのかどうか、あたしにはわからない。ああ、もう行かなきゃ。マミが仕事に行くのに一時間半かかるから。遅刻できないし」

わたしの唇が歪んだ。残虐さへの無意識の反応だった。最小の王国を治める最小の力しかない人物でも、嬉々として残虐行為に走るわけだ。

「わかったわ、ジャスミン、お母さんのところに帰してあげる。それから、新しい家までちゃんと送ってあげる。裏階段をそっと下りていきましょう。ここに住む人たちに姿を見られないように」

わたしたちは誰一人起こすことなく――ミスタ・コントレーラスのところにいるミッチに気づかれることすらなく――無事に裏のゲートまで行った。セニョーラ・ケリガが下の子二人と一緒に路地で待っていた。ジャスミンとスペイン語でひそひそと話をし、職場まで彼女を車で送るか、または、子供たちを新しい家まで送ろうというわたしの申し出を頑固に拒絶した。わたしは彼女たちが路地の端まで行くのをペピーと一緒に見送ってから、慎重に距離をおいてあとをつけ、暗がりに身を潜めて、シェフィールド・アヴェニューの高架鉄道のホームにみんなが無事にのぼる姿を確認した。

19　一致団結

ペピーとわたしが家に戻ったときには、夜明けの女神が雲のあいだからバラ色の指を伸ばしていた。エスプレッソを淹れ、ノースフィールドにある〈アークエンジェル高齢者ホーム〉のことを調べてみた。チェーン展開している民間介護ホーム＆高齢者センターのひとつで、チェーンは帝国のように広がって合衆国の北半分の広範な地域に及び、とくにシカゴの裕福な郊外に密集している。

〝〈アークエンジェル〉では、人生の旅路の新たなスタートがいかにエキサイティングであるかを、ご自身の目でご覧いただきたいと願っております〟と、ホームページが宣言していた。〈アークエンジェル〉に入居するチャンスを得て喜びに顔を輝かせる白人カップルの画像が出ていた。この夫婦はゴルフを楽しみ、いっぽう、もう少し小さな画像では、黒人カップルがタウンハウスの前でガーデニングをしている。

もしわたしがノースフィールドの施設で新たなスタートを切る気になったら、施設の西端にあるタウンハウスかコンドミニアムのひとつに移ることにしよう。ゴルフコースを見渡せるし、外の世界ともつながっている。利用してみたい店はどれも近距離にある。

わが人生の旅路が念入りな介護を必要とするところまで行った場合は、さまざまな間取りがある介護付きユニットのどれかを選べばいい。〈アークエンジェル〉が高齢者のために企画してくれるハードな外出のさいに怪我をしたら、聖ヘレナ病院と提携している医者たちが世界的レベルの治療にあたり、そのあとは〈アークエンジェル〉の介護ホームへ移ることになる。

施設の東端を見ると、高速道路の近くに〝記憶ケア〟のための建物があった。あそこに入れば、わたしが思いきり生き生きと過ごせるよう、施設側があらゆる努力をしてくれるだろう。でも、ゴルフ場から墓場へ移るのはなんとも気の滅入ることだ。

地図アプリを開いて衛星写真を眺めた。施設の敷地は広く、ゴルフ場やその他あれこれとそろっている。敷地全体がフェンスで囲まれていて、四カ所の出入口に警備員が配置されているが、こういうだだっ広いところなら、わりと簡単に忍びこめるはずだ。とくに、〈アークエンジェル〉の入居者だけでなく外部の者も会員になれるゴルフ場があるのだから。厄介なのは、誰を捜せばいいのかわからないという点だ。わかっているのは、〝拘束しないと〟と最近脅されたことがある高齢の女性ということだけ。

思考の飛躍であることはわかっていたが、わたしに電話してきた女性は身元不明少女のハンガリー人の祖母(ナギー)ではないかとの思いが頭から離れなかった。入居者名簿が手に入れば、そこに出ている全員の背景調査をおこない、ハンガリー系の人々を見つけだすことができるのだが。

その件について考えこんでいたとき、ロティから電話があった。セニョーラ・ケリガと同じく、わたしが警察に拘束されたことをマリとベス・ブラックシンがリポートするニュースを見たという。わたしはコーヒーを持って庭に出た。これなら警戒せずに話ができる。自宅に盗聴装置を仕掛けられたままにしてあるため、ネズミとゴキブリに同時に侵入された気分だった。

「あの映像を目にしてショックだったわ、ヴィクトリア。無事に帰れてよかった。怪我はなかった?」

「精神的に傷ついたけど、肉体的には大丈夫よ。あんな目にあわされて憤慨してはいるけど、戸惑ってもいるの。警察が身元不明少女を、そして、少女が何か所持してたはずだと思いこんで、その品をしつこく追ってるのはなぜなのか? この街で大きな権力をふるう誰かが警察を動かしてわたしに圧力をかけ、少女を見つけようとしてるのはたしかだけど、警察が何を追ってるのかわからない以上、誰が圧力をかけているのか、わたしには見当もつかないの」

ロティとわたしが話をするのは数日ぶりのことだった。わたしは〈アークエンジェル〉の女性から早朝に電話があったこともロティに話した。

「わたしのために施設の入居者リストを手に入れてもらえる方法はないかしら」

「無理よ。リストを請求するためのもっともらしい口実がないもの。イリノイ州公衆衛生局で誰か知りあいを見つけなさい――あなたのために、HIPAA、つまり〝医療保険の携行性と責任に関する法律〟に喜んで違反しようとする誰かを」

「そうね。仰せのとおりよ、もちろん。ヤン・カーダール殺しはその後どうなったの？警察の捜査に少しは進展があった？」

「知らないわ、ヴィクトリア。この世界にはおぞましい死があふれてるから、事件の詳細を知るのはなるべく避けようと思ってるの。シンシアなら、たぶん知ってるでしょう。気の毒だけど、シンシアはわたしみたいに神経質にニュースを避けて通れる立場にはないから」

今夜、ロティのコンドミニアムで夕食を一緒にすることになった。マックスがワインと家政婦の手作り料理を持ってきてくれるという。

電話を切ったあとでシンシアにかけた。朝の八時を過ぎていて、彼女はすでにデスクについていた。ほかの人々と同じく、ニュースでわたしを見たそうで、大丈夫かと訊いてくれた。

わたしはロティのときと同じ返事をしたが、それに続けて、ERに詰めている警官たちにビデオ映像を見せてほしくて電話したのだと告げた。身元不明少女に質問をしたとき、ヤン・カーダールにハンガリー語の通訳をさせた謎の人物が、コーニーもしくは部下の一人ではなかったかどうかを確認したかったのだ。

「ちょっと無理かも。ビデオを見るようわたしが頼めば、警官たちは病院側の要求だと思い、病院と警察のあいだに悪感情が芽生えかねないわ」

「ビデオを見せただけで？」

「そのビデオはほかの警官を映したものでしょ。ERに警官を配置することにはずいぶん抗議が来てて、一部は筋の通ったものだと思うけど、ときには、喧嘩で負傷した患者を襲撃しようとして誰かが入ってくることもあるでしょ。あるいは、家族をちゃんと診てくれなかったと思いこんで、医者に危害を加えようとする者もいる。病院には警察の警備が必要だし、警察を味方につけておく必要があるのよ」

シンシアの言うとおりだ。法律を遵守する友達がずいぶん多いのは苛立たしいことだが、わたしにはいつだってマリがついている。彼に電話をかけ、わたしが連行されたときのビデオをブラッド・リトヴァクのために再生してもらえないかと頼んだ。

「襲撃者たちの姿があの子にはよく見えなかったの。でも、連中が話すのを耳にしている。声に聞き覚えがあるかもしれない。やってみる価値はあると思うわ——イタチみたいな連中がふた組もいて、身元不明少女に関係のある人々を襲ってまわってるなんて、ちょっと考えられないもの」

調査にさらに深く関わることができて、マリは大喜びだった。《エッジ》——彼に執筆を依頼してきた英国の雑誌——に掲載する記事がさらに詳細になり、その結果、説得力を増すことになる。

「きみはあの子の母親の機嫌を損ねている。おれが母親に近づくには、そこを利用するにかぎる。きみの無鉄砲さを母親と二人で分析すれば、大いに盛りあがれるというわけだ。去年の春、きみの思いつきに乗ったばかりにおれが危うく死にかけたことを、母親に話してやろう。いや、そこまでは話さないほうがいいかな。大事な赤んぼを乳母車に押しこみ、乳母車をころがしてカナダとの国境を越えかねないからな。きみがほかの人々の感情を踏みつけてまわってるという話だけにしておこう」

「たぶん、冗談のつもりね」わたしはそっけなく言った。「とにかく、目的のためには手段を選ばずでいきましょう」

コーニーが荒らしていった台所を片づける仕事にとりかかった。彼がマスクも手袋もしていなかったことを思いだして、ふたたび作業を中断した。徹底的な清掃が必要だ。コーニーのパトカーでガタガタ揺られたときに危険なウィルスに感染しなかったよう願いたいが、とりあえずわが家の消毒だけはできる。

ペピーが消毒薬を吸いこんだりしないよう、ミスタ・コントレーラスのところへ連れていき、その後一時間かけてせっせと掃き掃除と拭き掃除をおこなった。おかげで、台所は輝きとクロロックスの匂いに満ち満ちた。不思議と気分がすっきりした。このところ、友達と会ってバスケットボールをすることもできなかった。それにかわるスポーツとして家事を選ぶのもいいことかもしれない。

事務所へ出かける前に、ノートパソコンをクロゼットの作りつけ金庫にしまった。コーニーもわが家をここまで深く調べてはいなかった。けっして頭の切れる男ではないので、金庫の前にかけてある靴の袋はもとのままだった。金庫には母のものだったダイヤモンドの雫形のイヤリングと、家の権利書と、スミス&ウェッスンが入っている。

銃を長いあいだ見つめたが、とりだすことなく、もとどおりに金庫をロックした。いまのところ、わたしにつきまとっていて、こちらで顔を見分けられるのは、シカゴ市警の警部補一人だけ。民間人を撃っても責任を問われることはないだろう。相手の民間人が銃を持っていたとなればとくに。

車で事務所へ向かう途中、シンシアから電話が入った。「ヴィク、ERに詰めてる警官たちと話をしてみたわ。カーダール殺しの手がかりが見つかったかどうかを知りたい、スタッフの多くが怯えきってるから、犯人がすでに逮捕されたのかどうかを教えてほしい、と言って。先週詰めてたユニットは交代でいなくなり、新しく来たユニットは何も知らなかったわ」

シンシアはカーダールの死亡に関する書類手続きに必要だという口実を設けて、先週の警備を担当した警官たちの氏名をERの主任に尋ねてみた。「主任の話だと、警官が任務につくときは所定の用紙に記入をおこなうけど、病院側は警官の氏名を記録しないんですって。誰がERの警備についたかを記録するのは警察の仕事なの。先週警備にあたったユニットと話をしたいなら、あなたから署に電話してもらうしかないわ」

わたしは二十管区のピッツェッロ部長刑事に電話をかけた。

「ここは警察署で、ウォーショースキー、図書館じゃないのよ。わたしたちは広報係じゃありませんからね」

「部長刑事さん、先週ベス・イスラエルでどの警官が警備にあたっていたかを、うちの近くの図書館で教えてもらえるなら、あなたじゃなくて、そっちと話をするわよ。身元不明少女に質問をするときにカーダールを連れていった男の正体を、わたしたちが突き止めようとしていることはご存じね。男はベス・イスラエルに着くと、警備にあたっていた警官たちに声をかけた。男の顔を見ているのは彼らだけなのよ。候補者と思われる人物の写真が何枚かあるから、警官たちに見てもらいたいの」

この言葉がピッツェッロを怒らせた。「あなたみたいに傲慢な私立探偵には会ったことがないわ。殺人事件を解決できるのは自分だけ、自分一人だけだっていうの？　DNAも、指紋も、防犯カメラの映像もないのに？　本物の情報が手に入らないかぎり、二度と電話してこないで。ウィッシュリストなんかじゃだめよ。それに、二十管区は殺人事件を担当してないの。シカゴの警察活動について多少なりとも知識がおありなら、ご存じでしょうけど」

ピッツェッロは電話を切った。わたしは事務所のなかを歩きまわった。わたしはシカゴの警察に四十二年間も勤務していた男の娘だ。警官たちを身近に見て大きくなった。わたしがシカゴの警察活動のことを知らないとでも思ってるの？　昨日はホーマン・スクエア署で二時間も過ごした。シカゴの警察活動のことなら、知りたくもないほど詳しく知っている。

こんなふうに怒りをぶちまけたところで、なんの解決にもならない。メールに返信しようと思ってデスクの前に腰を下ろしたが、怒りを追い払うことはできなかった。カーダール殺しは警察にまかせるよう、弁護士に強く言われた。でも、警察が数で勝るとしても、わたしには大きな強みがひとつある。シカゴ市警の誰かが犯罪に加担していた場合、その人物を恐れずに指さすことができる。

ただ、シンシアの気持ちもよくわかる。病院に詰めている警官に対して、ほかの警官を密告するよう民間人が迫ったりすれば、彼らは一致団結し、拳銃とテーザー銃を持った一万三千人の敵意ある一団に変わってしまう。

この有益な思いを胸に、コーニーと彼が連れていた警官二人の写真を加工する作業にとりかかった。顔はいじらずに、服装を変えた――制服警官の制服を脱がせてジーンズとTシャツに。コーニーについては、黒のジーンズと黒のボマージャケットでギャング予備軍みたいな格好にした。台所の掃除と同じように重労働だったが、もっと充実感があった。

これをフィンチレーに送り、カーダールが身元不明少女とハンガリー語で話をするために病室へ連れていかれた日にベス・イスラエルに詰めていた警官たちに対して、殺人課の捜査員からこの写真を見せてはどうかと提案した。

一時間もしないうちにフィンチレーから電話があった。「ヴィク、何をする気だ？　おれたち三人か四人のかわりに、警察全体を敵にまわすつもりか？」

「カーダール殺しをめぐる可能性をいくつか排除しようとしてるだけよ。行方不明の少女を見つけだそうとして、警部補という階級にある警官が躍起になってるのはなぜなのか？というより、少女が持っていたと思われる品がほしくて躍起になってるのはなぜなのか？そのためにわたしをぶちのめし、体腔検査を受けさせ、わが家を荒らしまわったほどなのよ。暴力的な男で、邪魔な相手は殺してしまう。過度の暴力をふるったことで、四十三回告発されている。ほかにも怯えて泣き寝入りした者が何人いるかわからないわ」

「おれが言いたいのはそこなんだ、ヴィク。きみがさんざんぶちのめされて残りの生涯を管につながれてベッドで送るんじゃないかと、なぜこんなに心配してるのか、自分でもよくわからんが、三年前にコーニーの邪魔をした人間がそんな目にあっている。ところが、コーニーのほうはいまも警察にいて、しかも特別ユニットを率いている。コーニーがカーダールの死に関わってるとしても、やつの写真を管区の連中に見せてまわったところで、逮捕と有罪判決まで行くことはない。やつがよけい頭に来て、素手よりでかくて重い武器できみを追いかけることになるだけだ。ついでにひとつ指摘しておくと、カーダール殺しはシカゴ市警の捜査事案だ。そのための手段もある――テクノロジーを駆使するだけじゃなくて、一ダースの警官が病院の安全を守ろうとしている。きみのほうはそのユニークな創造性が必要とされる犯罪調査に専念してくれ」

わたしが返事をする暇もないうちに、フィンチレーは電話を切ってしまった。少なくとも、お人形さんごっこをしてろとは言わなかった。もっとも、最後のコメントはその方向を向いていたが。ただ、コーニーに関する彼の意見は正しい。わがユニークな創造性には、鍋を勢いよくかきまわして何が浮かんでくるかを見守る作業もしばしば含まれるが、コーニーの場合、鍋のなかに何があるのか、わたしにはすでにわかっていた。

20　濡れた毛布

マックスとロティとのディナーはぎくしゃくした雰囲気で始まった。わたしがピッツェッロとフィンチレーとのやりとりを話すと、二人は警察を強く擁護する側にまわった。

「ヴィクトリア、カーダールが殺されて以来、わたしは毎朝、エックハート警視正と会っている」マックスが言った。「警察は全力で捜査にあたっている。きみが首を突っこむのは、喩(たと)えて言うなら――ツール・ド・フランスのレース中、一台の自転車のスポークに槍を突っこむようなものだ。誰もが転倒して大混乱になってしまう」

「あなたとその少年が虐待を受けたのはショックだし、許しがたいことよ」ロティが言った。「でも、ヴィクトリア、頼むから現実的になってちょうだい。警察が本当に凶悪犯罪を隠蔽する気でいるのなら、裸で身体検査をされるのに加えて、重傷を負う危険だってあるのよ」

ロティはわたしの腕に両手をかけた。「お願いだから、わたしがあなたを愛していることをとを忘れないで。ほかの人たちも同じ思いよ。だから、危険のないところにいてほしいの」

反論の余地なき意見だった。わたしは胸を詰まらせながら黙ってうなずき、サイドボードに並んだ料理をとりに行った。

マックスのところの家政婦は料理の名人だ。オヒョウのローストのホウレン草添えとリグリア産の辛口白ワインで食事をするうちに、わたしの心も落ち着いてきて、マックスとロティの音楽の話題に耳を傾けたり、スペインのマラガでフェニキアの遺跡を発掘中のピーターの様子を伝えたりできるようになった。デザートのときになって初めて、身元不明少女をめぐるわたしの疑問に戻った。〈アークエンジェル〉の女性から電話があったことは、ロティにはすでに話してあったが、マックスには初耳だった。

マックスは首を横にふった。辛そうな表情だった。

「うちの患者に介護が必要になっても、〈アークエンジェル〉には送らないことにしている。それどころか、営利目的のホームはすべて避ける方針だ。公営のホームに比べると、営利目的のホームはスタッフの質が低い。また、コロナ感染者の死亡数も公営ホームの二倍近くにのぼっている。〈アークエンジェル〉の高齢者専用住宅と介護付きユニットでは裕福な高齢者の世話をしているが、あそこが経営している介護ホームのほうは、低所得者層対象の医療保険メディケイドに加入した患者を積極的に受け入れている。メディケイドなら介護内容の監査抜きで、ホームの負担分の費用が支払われるからだ。

ノースフィールドの施設で辛い思いをしている女性から電話があったのなら、胸が痛むが、女性を見つけようとしてきみが患者のプライバシーを侵害するなど、断じてあってはならないことだ。きみは、高齢の女性から突然電話がかかってきたのは自分の判断が法律よりもすぐれているからだと思い、それゆえ自分の行動は正しいと信じているかもしれない。そういう態度がいかに危険であるかを、われわれはずっと見てきたんだぞ」

「それだけじゃないわ、ヴィクトリア」ロティが横から言った。「自分でこうあってほしいと思った以外の可能性もあることを忘れないで。あなたが少女を救助したことがニュースになった。電話してきたのは認知機能に問題のある患者さんで、携帯電話を盗み、あなたの固定電話の番号を案内サービスに問いあわせるだけの機敏さはあったかもしれないけど、助けてもらわなくてはという妄想に陥っているのかもしれない」

「その女性から電話をとりあげた男は怒りに満ちた声だったわ」わたしは反論した。「電話した罰として、女性をベッドに拘束しようとしていた」

マックスが同情をこめてうなずいた。「権力を手にした者はわけもなく残忍になることがある。しかし、この件に関してきみはなんの情報も持っていない。強力な証拠が見つからないかぎり、人々に迷惑がかからないよう、ひっこんでいたほうがいい」

もちろん、二人のほうが正しい。でも、批判の二重唱にわたしは落ちこみ、孤独を感じた。歩いてロティのところへ出かけたのは、マックスがいつもおいしいワインを持ってきてくれるので、それを飲むのを楽しみにしているからだ。帰りも歩きで、批判に傷つき、自分の判断に自信が持てなくなっていた。マックスとロティがそろってわたしと対立するのなら、わたしはたぶん、自分の能力を過大評価しすぎていたのだろう。

一匹狼で仕事をしていて困ることのひとつは、あれこれ相談できる仲間がいないことだ。でも、マリならチームメイトのようなものだし、調査に首を突っこみたがっている。歩きながらマリに電話をして、録音した音声をブラッドに聞かせたときにどんな反応があったかを訊いてみた。

「いらいらさせられっぱなしだった。インタビューのあいだずっとアシュリーが同席して、絶えず口をはさみ、息子が母親を信頼していないという話をしようとするんだ。アシュリーの頭のなかでは、きみがブラッドを焚きつけて母親に反抗させてることになっている。録音をようやく最後まで再生できたとき、ブラッドはこう言った――探偵さんに食ってかかってる男たちはすごくおっかない感じで、ぼくに襲いかかった連中と同じかもしれないけど、同じ声なのかどうかはっきりしない、と」

「それでよかったのかもしれない」ディナーのときの会話をマリに報告し、ついでに、わたしが首を突っこめば警察の捜査を混乱させかねないというマックスの懸念も伝えた――それから、それから、わたしの傲慢さに関するフィンチレーとピッツェッロの辛辣な意見も。

「ウォーショースキー、おれも異議を唱えるつもりはない。きみは傲慢で、警官より自分の判断のほうが正しいと思っている。フン、おれのことも信用してなさそうだしな。だが、数字に目を向けてみろ。シカゴ市警の殺人事件の検挙率は四割だ。おれは何年ものあいだきみと一緒に、もしくは対立しながら、仕事をしてきた。きみが失敗した例は片手で数えられるほどしかない。そうだな。たぶん七本の指で。いまはこんな時代だから、愚かなまねはやめたほうがいい。コーニーは咬みつくのに向いた男じゃない。だが、あまり迷いすぎないようにな。わかった?(カピーシェ)」

「わかりました(カピースコ)」わたしは少しだけ笑顔になった。

「そうそう、電話を切る前に――ドニーの昔の仲間だったタデウシュ・デューダのことだが、〈クサリヘビ〉から〈トンマーゾ・セメント〉の経営をひきついだんだったな? あの会社、うまくいってないようだぞ」

「ええ、タッドの資産状況を調べたときにわかったわ。あるコンドミニアムのガレージの床が抜けたことで、訴訟を起こされてた」わたしはアディソン・アヴェニューを歩いていたが、車の騒音で電話の声が聞きとりにくかった。狭い脇道に曲がり、古いグレイストーンの建物の前にあるステップのいちばん下の段に腰かけた。

「このところ、建設工事の数が増えてきたから、デューダもひと息つけたようだ」マリは言った。「どの工事もとっくに完成してなきゃいけないものばかりだから、ふつうだったら、とうていまわってくるはずのない仕事がデューダにも舞いこんでくる。〈サンタッシュ〉の知りあいに訊いてみたら、どこかから圧力がかかってデューダに落札させるしかなかったと言っていた。不満そうだった。品質にムラがあるから」

〈サンタッシュ〉というのはイリノイ州北部で最大手の請負業者のひとつだ。「その人、どこから圧力がかかったのか知らないの？」わたしは尋ねた。

「うん。もちろん、おれもしつこく訊いたんだが」

「〈クサリヘビ〉がいまだに顔を利かせてるのかしら」建設業、とくにセメント業はいつの時代もマフィアが表向きの事業にしている。

「ひょっとするとな」マリは考えこみながら、ゆっくり答えた。「だが、〈クサリヘビ〉がいまもデューダのゴッドファーザーだろうとなかろうと、デューダが窮地に陥ってるのは事実だ。そして、窮地に陥った男は卑劣な汚いことをする」

「たしかにそうね。ドニー・リトヴァクもお金に困ってるみたい。一時解雇されたせいであって、大きな借金を抱えてるせいではないけど。ただ、勤務先が〈クロンダイク〉だったし、いまも職場の仲間とは連絡をとりあってるかもしれない。ひょっとすると、デューダがドニーに圧力をかけて、〈クロンダイク〉の新規プロジェクトに彼のセメント会社が早めに入札できるように企んでるんじゃないかしら」

「でかいネタになりそうだな。ピュリッツァー賞の選考委員たちがおれの本を読んでる様子が目に浮かぶ。賞金はきみに進呈しよう。おお、六つの郡の探偵すべての上に君臨する女帝よ」

わたしはふたたび立ち上がった。「わたしのお葬式のときに、その感動的なスピーチをお願いいね。ピーター・サンセンが、いえ、もしかしたらロティだって優しい気持ちになってくれるかもしれない」

マリは笑いだしたが、アディソン・アヴェニューを西へ向かってふたたび歩きだしたわたしは、首の付け根にチクチクするものを感じた。マフィアの弾丸が命中する直前にそこに銃口を向けられているという感覚だった。いまさら商売替えする気はないから、頭の回転をもっと速く、もっと鋭く、もっとなめらかにしておこう。

否定できない事実が四つある。ブラッドは謎の品を捜し求める悪党どもに襲われた。わたしは謎の品を捜し求める警官たちに襲われた。身元不明少女はヤン・カーダールという通訳を介して質問を受けたあと、ベス・イスラエルから逃げだした。ヤン・カーダールは残虐な手口で殺害された。身元不明少女の行方はいまもわからず、日がたつにつれて生存の可能性は低くなっている。

父親の電話の内容をさらに思いだすようブラッドをせっついたところで、なんの役にも立たないだろう。ほかの誰かが使った言葉を正確に思いだすなんて、それを耳にしたわずか十分後であろうと無理なことだ。ブラッドが電話をたまたま立ち聞きしてから三週間近くたつし、そのときから今日まで、ブラッドはさまざまな感情に翻弄されてきたのだから。

家まであと四分の一マイルほどになったとき、電話がピッと鳴った。ミスタ・コントレーラスからのメール。〝どこにいる？　いますぐ帰ってくれ！〟

わたしは時間が惜しくて返信を省略し、最後の二、三ブロックを全力で走った。アパートメントの建物の向かいで足を止め、トラブルの兆しはないかと目を凝らした――パトカー、コーニー、歩道の縁の茂みに身を隠したスキーマスク姿の男たち。そんなものは何ひとつなかった。歩道を走り、鍵束をとりだしたが、わが隣人が見張りに出ていた。

「うちに入ってくれ、嬢ちゃん。あの男の子がトラブルにあってな、あんた以外の相手には何も話さんと言っておる」

隣人はわたしを居間に押しこんだ。ブラッド・リトヴァクが毛布にくるまれ、辛子色のアームチェアにすわっていた。髪が濡れていて、毛布があっても震えていた。犬二匹がブラッドの膝に頭をのせて鼻をすり寄せていた。

わたしは椅子の横に膝を突いた。「まあ、ブラッド。何があったの？　どうやってここに？」

「自転車」ブラッドの歯がガチガチ鳴っていた。ひとことだけ絞りだした。

「ここに来てからずっとこんな調子だ。あんたんとこの呼鈴を押しつづけとったんで、犬が吠えだした。当然ながら、あんたの向かいに越してきたばっかりのカップルが、ええと、クリンガーとかなんとかいう連中だが、犬を静かにさせんと警察を呼んでやると階段の上からわめきおった。とにかく、何事かとわしが様子を見に行ったら、びしょ濡れになったこの哀れな子がおったわけだ。タオルで拭いて、洗濯してある服を着せてやったが、ショックで呆然としとる様子だ。話はあんたにする、ほかの誰にもせんと言うんだ」

「何か熱いものを飲ませなきゃ」わたしは言った。「紅茶？　ホットミルク？」

「わしも気の利かんことだった。耄碌してきたんでなきゃいいが」ミスタ・コントレーラスは台所へ姿を消した。

わたしはブラッドの手を少しでも温めようと思ってさすりはじめた。質問はいっさいせずに、静かな声で雑談をするだけにしておいた。ペピーを飼うようになった経緯、ミッチがリスを追いかけて飛び上がり、地上六フィートの木の枝にひっかかったときのこと。

「そのときはまだ子犬で、そんな高いところにいるのに気づいて怯えてた。わたしが箱を持ってきて、そこにのぼり、ミッチを下ろしてやらなきゃいけなかったのよ」

ミスタ・コントレーラスがホットミルクのマグを持って戻ってきた。「蜂蜜を入れといたぞ。娘のルーシーの具合が悪くなると、妻がよくこれを飲ませたもんだ。坊や、こいつを飲んで、なんでそんなにおろおろしとるのか、ここにいるヴィクに話してごらん」

毛布の温もりと、わが隣人とわたしが向ける穏やかな注意と、甘くて熱い飲みもののおかげで、ブラッドも落ち着いてきた。震えが止まり、肩にかけていた毛布をはずした。ミスタ・コントレーラスが彼のフランネルのワークシャツをブラッドに着せていた。肩幅は広すぎるし、袖丈は三インチ短すぎる。

「どうしてびしょ濡れになったの？」わたしは尋ねた。

「川」ブラッドは言った。「川に突き落とされた」

「シカゴ川？」わたしは目を閉じて、川がシカゴ北西部のどこを流れているかを思い浮かべようとした。「フォレスト・グレンのほうで？」

「違う。そんな上流じゃない！　どうして上流でぼくを突き落とそうとするやつがいるの？」ブラッドはわたしの鈍さに苛立ち、わめいていた。「ぼく、街なかにいたんだ。シカゴ・アヴェニューに」

「ひとつずつ順を追って話してちょうだい」わたしは言った。「何もわかっていない相手に話をするつもりで。だって、じっさい、わたしは何もわかってないから」

「母さんのせいなんだ」ブラッドはつぶやいた。「あのね、今日、記者がぼくの話を聞きに来たの。名前が思いだせないけど、あなたの友達だって言ってた」

「マリ・ライアスンよ」教えてあげた。

「ライアスンが坊やを川に突き落としたというのか？」ミスタ・コントレーラスはつねに、マリのことを最低の男だと思いたがっている。

「違う、違う」ブラッドは言った。「別の男。名前は知らない」

「お母さんのことだけど」わたしは言った。「きみがマリと話すのをお母さんが邪魔したの？」

「最初は黙って見てたけど、そのうち怒りだしたんだ。記者の人が動画を持ってきてた。警察があなたを逮捕したときのやつ。もちろん、ぼくはすでに見てたよ。昨日、ネットにバンバン出てたから。でね、母さんが言ったんだ。こんな女は警察にぶちのめされて当然だ、未成年者をだまして仕事をするような女は逮捕されるべきだ、って。そこで、話がさらにややこしくなった。記者の人が、マリだったたね、その人がぼくに動画の音声を聞かせようとしたのを知ってる？」

わたしはうなずいた。「三日前にきみを襲ったのと同じ連中じゃないかと思ってね。きみには相手の顔がよく見えなかったそうだけど、声を聞けばわかるかもしれないと思ったの」

「母さんが邪魔ばかりするから時間がかかったけど、記者の人が最後まで再生しても、ぼくにはわからなかった。だって、大人が怒ったら、みんな似たような声になるもん。だから、母さんにさんざん邪魔されたりしたあと、もうわけがわからなくなってしまった。マリが帰ってから母さんと大喧嘩になった。あなたに会いに行った本当の理由を、ぼく、母さんには言いたくなかった。とくに、いまは父さんが家を出ちゃってるし。だから、ぼく、ほっといてってわめきちらした。母さんはいつだってぼくの世話ばかり焼きたがる。ぼくが何を言っても、何をしたがっても、無視するだけ。例えば、ぼくの名前のことみたいに」

ブラッドの顔が憤慨で赤くなり、話を本筋に戻すのにしばらくかかった。

「でね、えっと、そのあともう口も利かなかった。だけど、今夜——夜になると母さんがおしゃれして出かけるって話、前にしたよね？　それで、母さんが夜になっておしゃれを始めたから、今夜こそあとをつけてやろうと思った。誰に会うのか知らないけど、ぼくが相手の写真を撮っとけば、母さんだって、今度のことや父さんのことで文句言うのも、ぼくをブランウェルと呼ぶのも、そのほかいろんなことも、やめるだろうと思ったんだ」

「自転車で。よく尾行できたわね」

「アプリがあるもん。自分の携帯に入れてある相手を追跡できるアプリ。もちろん、父さんも母さんも入ってる。で、母さんが出かけたから、あとをつけた。永遠に尾行してる気がした。一時間を超えてたかな。必死に自転車漕いでも、すぐ見失っちゃうんだ。だって、母さんは高速を走ってたから。けど、シカゴ・アヴェニューで母さんが高速を下りて、そのあと、あの家の外に車が止まってるのが見えた。川岸にあるすっごい家」

わたしはミスタ・コントレーラスのパソコンを借りて地図アプリを開いた。自宅からシカゴ・アヴェニューまで行くのに使ったルートをブラッドが指し示し、次に、シカゴ・アヴェニュー橋の下を通って川に突きでている土地を指差した。

このエリアはかつて、産業活動の中心地だった。川に浮かんでいて、街の中心部に近いからだ。このところ、風変わりな混成地区に変わりつつあり、川の片側に工場や流通センターが立ち並ぶいっぽうで、反対側の古い倉庫群は高級コンドミニアムに生まれ変わっている。地図で見ると、片側の産業地区にはセメント工場がずいぶんあり、〈トンマーゾ・セメント〉もそこに含まれていた。

ブラッドがたどり着いた屋敷は、左右に分かれた川の片方をはさんで〈トンマーゾ・セメント〉と向かいあっていた。かなり広い庭に囲まれているようで、そのおかげで、屋敷は古い産業地区と再開発地区の両方から隔てられている。ホールステッド通りから屋敷に続く短い私道を、ブラッドが地図で教えてくれた。

「家のなかに明かりがついてた。一階だったから、そっと近づいて見てみた。母さんが内装を頼まれた家だろうと思ったんだ。ほら、どこもピカピカで、おしゃれなアート模様の塗装がしてあるような家。だけど、そこは――どう言えばいいのかな――人が住む家って雰囲気だった。ただ、ちゃんと手入れされてないみたいに見えた。えっと、新品のときは高級だったかもしれないけど、ほったらかしにされてたような感じ。だから、ぼく、男が母さんに家を見せて、内装プランを練ってもらうつもりなのかなって思った。

とにかく、母さんと男はカーテンをあけたままだった。部屋が川に面してるから。たぶん、景色が気に入ってて、誰にも姿を見られる心配はないと思ってたんだね。ワインを飲んだり笑ったりして、それから、二人で、えっと――男が母さんを抱いて――えっと――ぼく、おろおろしてしまって、写真を撮って、そしたら、フラッシュが光ったために男が外に出てきた――あっというまのことだった――男は〝汚い私立探偵の扱いならお手のもんだ〟と言ってぼくをつかまえ、川に突き落とした。

どっかのホームレスの人が飛んできて、助けだしてくれた。警察を呼ぶように言われたけど、怖くって——何もかも。どっちみち、携帯を川に落としてしまったし。家の明かりも消えてた。だから、自転車でここまで来たんだ。ほかにどこへ行けばいいかわからなかったから」

ブラッドは泣くまいと必死にこらえていた。わたしは手を触れるのを控えた——子供扱いされたとブラッドが思うかもしれない。

「警戒しなきゃいけないことがいっぱいあるわ」冷静に言って聞かせた。「九一一の通報を受けた警官たちが、前にきみを襲ったのと同じ連中だったら？　あるいは、連中がきみのお母さんを追っているとしたら？　いくらお母さんと喧嘩してたって、お母さんが逮捕されるのはいやでしょ？」

ブラッドはうなずき、嗚咽をのみこんだ。わたしがミルクのマグを手に握らせると、すなおに飲みほした。

「どうやってこの家を見つけたの？　住所は教えてなかったと思うけど」

けさのジャスミン・ケリガと同じく、ブラッドもマリの動画で建物の番地を見ていた。

「携帯がないから、途中で何回も道を訊かなきゃいけなかった」ブラッドはつけくわえた。「でね、いろいろあったせいで、母さんと一緒にいた男の写真はもう持ってないんだ」

21　保護者へのお知らせ

今夜はブラッドをミスタ・コントレーラスのところに泊めたほうがいいということで、老人とわたしの意見が一致した。車で家に送り届けてもよかったが、ブラッドが骨の髄まで疲れている様子だったので、母親と長々と喧嘩させる必要はないと判断したのだ。ブラッドの話だと、母親は窓に背を向けていたから、屋敷の外にいた息子には気づいていないはずだという。それでも、今夜何をしていたかを母親に話すのは気が進まない様子だった。ブラッドの携帯は川に落ちてしまったので、ミスタ・コントレーラスの電話を借りて母親にメールするよう、わたしから彼に言った。文面は簡単なものだった。〝友達の家に泊まる。明日帰る〟

以前はミスタ・コントレーラスの娘が自分の息子二人をここによく泊まらせていたので、スペアルームに孫用の二段ベッドが置いてある。ミスタ・コントレーラスが余分の歯ブラシと洗濯してあるパジャマを出してくるあいだに、わたしはブラッドの汚れた衣類を地下へ持っていき、洗濯機に放りこんだ。

自転車を持って部屋に戻ると、ミスタ・コントレーラスから、アシュリーが何度も電話してきて、ミスタ・コントレーラスの名前を訊こうとし、息子が無事かどうかを知りたがり、ブランウェルと話をさせるよう要求したという報告があった。

「あのレディに嘘はつきたくない。なんたって、ブラッドの母親だからな。わが子の無事を知りたいのは当然だ」

ミスタ・コントレーラスの言うとおりだ。しかし、息子は無事だがそっとしておくよう、アシュリーを説得する方法を思いつく前に、彼女のほうから電話があった。

「うちの息子、そこにいるの？　母親を攻撃させる計画の一部として、息子を誘拐したわけ？」

「あら、アシュリー。わたし、いま帰ったところよ。留守のあいだに息子さんが訪ねてきたの。今夜はくたくたに疲れてるみたい。あなたの家から街まで自転車で出かけたから。事故にあって、グース島のそばで川に落ちたんですって。水から這い上がり、助けを求めてうちに来たの。いまはうちの下の階に住む隣人のスペアルームで眠ってるわ」

電話の向こうで長い沈黙が続き、そのあとでアシュリーが言った。「あの子、グース島へ行った理由を何か言ってた？」

どうやって水から這い上がったかを尋ねる前にそんな質問をよこすなんて、胸の内がバレバレだ。

「息子さんに訊いてちょうだい」わたしは言った。「わたしに言えるのは、息子さんがびしょ濡れになり、怯えてたってことだけ。川に落ちたときに電話をなくしてしまったから、ミスタ・コントレーラス——うちの下の階に住む隣人——の電話を借りてあなたにメールしたのよ。詳しく話す気になれなかったみたいだけど、元気なのは間違いないわ」

「医者へ連れてかなきゃ。あの川でチフスかコレラにかかったかもしれない」

「これがノーマルな時代なら、わたしが病院のERへ連れてくところだけど、こういう時代だし、ブラッドはまだなんの症状も出てないから、十時間から十二時間ぐらい待たないと、過労気味の看護師や医者の診察は受けられないでしょうね。病院で待つあいだにコロナウイルスに感染しかねない。朝になったら、わたしのかかりつけ医のところへ連れていきましょうか？」

「あなたがかかってる医者なんて信用できないわ。いますぐうちに連れてきて。そしたら、うちのかかりつけ医に診せるから」

「服がまだ濡れてるのよ、ミセス・ブレスラウ。乾燥機で乾くころには真夜中を過ぎてそう。あの子は今夜、ひどいショックを受けた。もちろん、母親はあなただけど、いまはぐっすり眠ってるし、ひと晩充分に睡眠をとるのがあの子の健康にとっていちばんいいことだわ。息子さんの様子を見るため、あなたがいますぐこっちに来て、わたしの隣人が息子さんを預けても大丈夫な人物かどうかを確認する？」

アシュリーはふたたび黙りこんだ。ひと晩に二回も車で市内を横断すべきかどうか考えているのだろう。しかし、ミスタ・コントレーラスを信用することに決めたようだ。明日の朝いちばんで息子を迎えに来ると言った。電話を切る前に、またしても、川まで出かけた理由についてブラッドが何か言っていなかったかと尋ねた。

「わたしはあの子がどうして川に落ちたかのほうが気になったわ」わたしは言った。「ブラッドは誰かに押されたと思ってる。あのあたりにはたぶん、ホームレスの人たちが住みついてるはず。誰かのねぐらに近づきすぎたんじゃないかしら」

ハッと息をのむ音が聞こえたが、アシュリーの沈黙は続いた。わたしは彼女を安心させようとしてつけくわえた。「ミスタ・コントレーラスがブラッドに熱いシャワーを浴びさせたから、川の汚れは洗い流せたと思う。親切な人が川からひっぱりあげてくれたとき、橋の支柱にぶつかって少しすり傷ができたみたいだけど、骨折や出血はないって本人が言ってるわ」

電話を切り、アシュリーの番号を着信拒否にした。朝になったら解除するつもりだが、母親が謎の男の腕に抱かれているのを息子が見たかどうかを確認するために、三十分おきに電話をよこされてはたまらない。

ふと気がついた――息子の心が傷ついたときは、ドニーにもそれを知る権利があるはずだ。辛辣な言葉をぶつけられるのを覚悟していたが、意外なことに、わたしの電話に対して、ドニーはあきらめたような、意気消沈と言ってもよさそうな反応を見せただけだった。わたしがブラッドのことに首を突っこんで、彼の心に両親への不信感を植えつけようとしているという、いつもの短い文句をよこしたものの、形だけの演技のように思われた。

ドニーはわたしをテレビで見たと言った。「誰だろうと警官にぶちのめされる姿なんか見たかねえが、おれとソニアがシカゴのおまわりどもやその娘を信用してねえ理由が、これでよくわかっただろう?」怒りに満ちた言葉ではあったが、わめき声には迫力が欠けていた。

ドニーも妻と同じく、ブラッドが川まで出かけた理由を知りたがった。「誰かにおびきだされたんだな。そうだろう?」

「知らないわよ、ドニー。ブラッドの話だと、あなたの家からそこまで自転車で一時間以上かかったそうよ。そんな遠くまで行かせるほど強い影響力を持ってるのは誰なの?」

「おれのほうが知りてえよ」ドニーは荒っぽく言った。「てめえか?」

「いいえ、ドニー。ブラッドは自転車でグース島まで出かけ、川に突き落とされた——わたしもびっくり仰天だったわ。あの子、いまは眠ってるけど、明日の朝、あなたから好きなだけ質問してちょうだい」

アシュリーのときと違って、ブラッドをわが隣人のところに泊めるのが賢明なことなのかという質問は出なかった。息子の面倒をみてくれてすまない、という渋々ながらの感謝の言葉があった。「息子を家に帰せば、アシュリーが質問と非難であの子を逆上させてただろう。明日の朝、おれが迎えに行く」

アシュリーも朝になったら来るつもりでいることは、ドニーには黙っておいた。息子を心配する気持ちを両親がそろって見せるのは、ブラッドにとっていいことだ。川に落ちたおかげで幸せな瞬間が訪れるかもしれない。一家で抱きあい、家族でいることがどんなに幸せかを実感する瞬間が。

わたしはブラッドの衣類を乾燥機に入れ、階段をのぼって自分の住まいに戻った。金庫からノートパソコンをとりだして、母親の姿を見たとブラッドが言っている家を調べてみた。一八八〇年代にルドルフ・ジグラーという人物が建てた屋敷で、彼のガラス工場もこの島にあった。新興成金たちが湖の近くに豪邸を建てたのに対して、ジグラーは徒歩で工場へ行ける距離に住むのを好んだが、それでも彼の屋敷はやはり富と権力の象徴だった。

御影石でできた三階建て。暖炉は五ヵ所。オランダ製の手描きタイルを周囲にめぐらし、クルミ材の炉棚がついている。浴室も五ヵ所。複雑な濾過装置を設置して、川からじかに水をひけるようになっている。

ジグラーが亡くなると、一人娘が屋敷を相続し、オーガスタスという男性と結婚した。オーガスタスはジグラーの姓を名乗ることになった。当時、このガラス工場が国際的な名声を誇っていたからだと思われる。一族の財産は大恐慌の時代に消えてしまい、娘とその夫には事業の才覚も、家屋敷を維持していこうという意欲もなかったが、屋敷に住みつづけ、それを長男のオーガスタス・ジュニアに遺した。

わたしが調べた記事には、家族に関してそれ以上のことは出ていなかったが、所有権を調べたところ、現在の所有者はシルヴィア・ジグラーとなっていた。一族に代々受け継がれてきたわけだ。

22　ふたたびマンダレーへ

朝になり、洗濯したブラッドの服をミスタ・コントレーラスのところに届けたとき、ブラッドはまだ寝ていた。少なくとも、まだベッドのなかだった。わたしは好戦的な両親が来ることを隣人に警告してから、二匹の犬を連れて車でジグラーの屋敷へ出かけた。

屋敷はシカゴ・アヴェニュー橋のすぐ下にあった。だから、わたしは車で何千回も屋敷の上を通っていたことになるが、その存在に気づいたことは一度もなかった。橋を渡り、穴だらけの連絡道路をガタガタ走って、頑丈な鉄塔の下をくぐり、はしけの荷物の積み下ろしに使われていた昔のトロッコの線路を越えた。コンクリートミキサー車や配送用のバンが多く走っているなかで、わたしのマスタングはやけに目立った。ドライバー二人がクラクションを鳴らし、わがマッスルカーを称えてＯＫサインをくれた。

島に散乱する瓦礫でタイヤに傷がついては大変なので、屋敷へ向かって慎重に車を進めた。屋敷は一軒だけポツンと立ち、円形の庭に囲まれていた。敷地は広かった――屋敷と庭で二エーカー近くを占めているに違いない。庭はもともと、丹念に設計されていたのだろう。茂みや小道らしきものが残っているが、手入れされていないため、見るも無惨な有様だ。嵐で折れた枝が妙な角度で木々から垂れ下がっている。玄関先の柱廊の柱をツタが這いのぼっている。地下のガレージに通じる車道が見つかった。少なくともそこには瓦礫もゴミもなく、誰かが使っていることを示していた。ジグラー家の人々はガレージと地下が水浸しになるのをどうやって防いだのだろう？　初代ジグラー氏が屋敷を建てたときに、先進の工学技術か何かが使われたに違いない。

車は敷地の南端にある舗装道路のところに置いていった。東側と北側にフェンスが張りめぐらされていて、庭とシカゴ川のあいだには一ヤード足らずの隙間しかない。屋敷の敷地の先端部分で川がY字形に分岐している。東へ分岐したほうは、川の東岸に立ち並ぶ高級コンドミニアムの前を流れていく。島の東寄りにグレイハウンドのバスターミナルがある。屋敷の北側と向かい合った場所だ。

バスターミナルのとなりに〈トンマーゾ・セメント〉があった。屋根の上の看板に〝シカゴの基盤は当社のセメント〟と書いてある。ずいぶん昔のものなので、電話番号は市外局番なしだ。

庭のフェンスの縁をまわり、狭いコンクリートの道を慎重に進んでいくと、トンマーゾ

の工場をじかにのぞける場所に出た。中庭に緑色のフォードの小型トラックが止まってい
た。車体に〈サンタッシュ〉と書いてある。日光で漂白されたような髪に日焼けした肌の
男が中庭にいて、わたしの視界の外にいる誰かに話しかけていた。タッド・デューダでは
なさそうだ。わたしの記憶にあるタッドは濃い色の髪だった。
〈サンタッシュ〉は〈クロンダイク〉が請け負った巨大プロジェクトに参加できる大手業
者だ。そこの人間がデューダの工場の中庭に来ているとは興味深い。わたしの胸にふたた
び疑念が芽生えた——〈クロンダイク〉のプロジェクトに関する情報を事前に流すよう、
デューダがドニーに圧力をかけているのではないか？
川の縁を通って屋敷の正門まで行った。緑がかった灰色の水はどろりとした感じだった。
発泡スチロールの破片やペットボトルは水に浮いているというより、固まりかけたセメン
トに埋もれているように見える。ブラッドがこんな汚水溜めに転落したのかと思うと身震
いがする。庭のフェンスと川にはさまれたコンクリートの小道はひどく幅が狭いから、ブ
ラッドを川に突き落とすのは簡単だっただろう。小道から足がはみでないようにするため
に、爪先立ちで歩かなくてはならない場所がいくつかあった。
屋敷のすぐ南側にシカゴ・アヴェニュー橋がかかっている。周辺を調べてまわるあいだ、
車の騒音や、老朽化して錆びてしまった橋そのものの音が耳について離れなかった。橋の

接合部が大きな音を立てて震え、車の重みで橋板が揺れる。シカゴ運輸局が橋の負荷検査を最近やってくれてればいいけど。

川にかかった橋はどれもそうだが、この橋も本来は跳ね橋で、橋桁の継ぎ目が多いのもそれで納得がいく。橋の南西の角に、いまはもう使われていないが、苔にびっしり覆われた橋守小屋がある。昔の歴史書に描かれた城の砦などは、これをモデルにしているのかもしれない。最上部がこぢんまりした住まいになっているが、小屋の基礎部分に目をやると、橋を動かす歯車装置が収納されているコンクリート製の円筒がある。

川の土手は左右とも分厚いコンクリートに覆われ、その上に波型鉄板が重ねられている。ジグラーが屋敷を建てた当時はたぶん、これほど陰鬱な光景ではなかったと思うが、相続人たちはなぜ、ミシガン湖のノース・ショアへ移って富裕層の仲間入りをするかわりに、ひどくなるいっぽうの汚れと騒音に囲まれてここに住みつづけたのだろう？

犬二匹が早く庭に入って野生動物を追いかけたいとばかりに、鼻を鳴らし、地面をひっかいていた。施錠されていない門をあけた瞬間、からみあった蔓植物や伸び放題の茂みにもかかわらず、安らぎを感じたことに自分でも驚いた。頭上に幹線道路が通り、周囲は殺風景な産業地帯なのに、荒れ果てたこの庭をオアシスのように感じるとは予想もしなかった。葉が生い茂った枝のあいだで鳴きかわす小鳥の声まで聞こえるような気がした。

石畳の小道が屋敷へ続いていた。石のあいだから伸びた植物の根に何度かつまずいた。剪定されていないバラの茂み、枯れた植物、島に散乱する瓦礫のなかを通りすぎた。

犬たちは楽しいことがいっぱい待っていると思ったようだ。リードをはずしてやると、ワンワン吠えながら茂みに飛びこんでいった。〝ビーバーがいる！　モグラの穴だ！〟

ブラッドの話だと、母親と連れの男性以外は誰も見かけなかったという。シルヴィア・ジグラーはどこにいたのかと、わたしは首をひねった。邸内にいたが外からは見えない場所だったという可能性もあるが、どうもそうは思えなかった。この屋敷は、誰も住んでいないことを示す紛れもなき雰囲気を漂わせている。

アシュリーは〈トライコーン＆ベック〉という不動産会社で内装を担当している。もしかしたら、ゆうべの密会は本当にビジネスの一環で、この家をどんなふうに飾り立てるかを決めるために、邸内を調べようとしたのかもしれない。売家の看板はどこにも出ていないが、出したところで意味がない。そこに屋敷があることを教えてもらわないかぎり、見学を申しこむ気になる者はいないだろう。

ブラッドがのぞきこんだという窓は、高級コンドミニアムが建ち並ぶ東岸のほうを向いていた。昼間は、ジョギングの人々、犬、幼児と付き添いの大人などが岸辺の小道にあふれ、コンドミニアムに出入りしている。窓にカーテンがなくて外から丸見えの部屋でいちやついていたのなら、アシュリーと相手の男はずいぶん無謀なまねをしたものだ。がらくたのなかに木箱があったので、窓辺まで運んだ。木箱の上に立つと、室内がよく見えた。家具は置いてあるが、数が少なく、どれも一世紀かそれ以前のもののようだった。ブラッドが言っていたように、新品のころは高価だったかもしれないが、いまはもうみすぼらしいだけだ。

玄関は屋敷の北側にあった。呼鈴はこわれていなかった——車の騒音にも負けることなく、音が響いた。三十分おきに時刻を告げる時計に似た豊かなアルトの響き。ほどほどの時間がたっても応答がなかったので、玄関ドアを押してみた。施錠されていたが、はずすのは簡単だった。ピッキングツールを手にしてしゃがみ、錠のタンブラーをいじるあいだ、伸び放題の茂みのおかげで、犬の散歩や子供連れの人々に姿を見られずにすんだ。錠をカチッとはずして玄関ドアをあけた瞬間、ミッチとペピーが飛んできた。泥とイバラの茂みで思いきり楽しく遊んできた二匹を見て、屋敷に連れて入るのはやめた。

玄関ホールに立って広々とした居間をのぞきこんだ。ルドルフ・ジグラーが暖炉のまわりにとりつけさせたオランダ製のタイルはひび割れ、クルミ材の炉棚は修理して艶出しをする必要があった。

照明のスイッチを入れてみたが、電気は来ていなかった。ゆうべの明かりはなんだったのかと首をひねったそのとき、暖炉の前に置かれたコードレスのスタンドが目に入った。スイッチを入れると、台のところに〝バッテリーチャージが必要〟というメッセージが出た。アシュリーと友人は暖炉で火までおこしたようだ。きちんと消していかなかったため、いまも鼻にツンとくる煙が薄く立ちのぼっていた。

玄関先で二匹の犬が吠え、わたしのところに来たいと騒いでいたが、わたしは屋敷に入ったついでに邸内をひとまわりすることにした。シルヴィア・ジグラーの居所を、もしくは、アシュリーと密会していた男の身元を探るための手がかりが、何かあるかもしれない。

窓は汚れていたが、幹線道路と高層ビルの向こうから充分な光が入ってくるので、足元はちゃんと見えた。屋敷を新築したとき、ジグラーもしくは妻は各部屋をどう使う予定だったのだろう。どの部屋がダイニングルームかは明らかだった。埃をかぶった長いテーブルを、何点ものヴィクトリア時代の肖像画が見下ろしていた。

そこを出て、ジグラーの書斎に違いないと思われる部屋に入った。引出しと整理棚がたくさんついた特大のデスクが、庭の向こうのガラス工場を見渡せる場所に置いてあった。木々や茂みがいまのように景色をさえぎることは、あの当時はなかったのだろう。

本棚には、百科事典や、ドイツ語で書かれた化学と哲学関係の本が並んでいた。十九世紀に出版されたものだ。子供でも楽に手が届くいちばん下の段には絵本が何冊もあった。

ドイツ語のも少しあるが、大部分は英語だった。表紙がずいぶんくたびれている。長年にわたって読まれ、大切にされてきたのだろう。つい、ここに立ったまま、屋敷の人々にかわって郷愁に浸りたくなったが、引戸をすべらせてあけた。向こう側にもう少し小さな部屋があった。

壁面のひとつが作りつけの棚に覆われ、二十世紀の政治経済関係の本が並んでいた。英語の本がほとんどだが、ほかの言語のもたくさんあった。

本のあいだに陶磁器が数点と家族写真が何枚か置かれていた。フォーマルな服装の夫婦。女性の膝に抱かれた赤ちゃん。ウォーショースキー家の祖母の結婚写真が思いだされた。そこに写った人々も、この部屋の写真と同じく厳粛な顔をし、居心地の悪そうな表情を浮かべていた。改まった服を着るのに慣れていないため、苛立っているかのように。ほかの写真には、もっと最近の、もっとくつろいだ家族のイベントが写っていた――結婚式の写真。学校の写真。歯に隙間のある子供たちがカメラの前でにこにこしている。

庭と暖炉の両方が眺められる場所に置かれたデスクにUSBスプレッダーがのっていた。ケーブルが垂れているが、パソコンはどこにもない。ますます妙なことになってきた。

引出しをのぞくと、人が引出しに放りこむたぐいの品があれこれ入っていた――芝居のチケット、輪ゴム、古い手紙の束。手紙は手書きで、わたしにはちんぷんかんぷんの言語が使われていた。いちばん下の深い引出しにはシルヴィア・ジグラーのビジネス関係のファイル・ホルダーが保管してあった。何年分ものクレジットカードの利用明細書と銀行の取引明細書も保管されていて、最近の分はネットからプリントアウトしたものだった。

パラパラとめくってみて、何年ものあいだに、カードの請求額が四桁になるとシルヴィアが何度も異議を申し立てていたことがわかった。クレジットカードを何回か変更している。ここ八ヵ月間の明細書はすべてきちんとしているようだ。いちばん新しい利用明細書は一月分のもの。三ヵ月前だ。シルヴィア・ジグラーがいまも請求書の支払いを続けているなら、別の口座からひきおとしているのだろう。

廊下側のドアから部屋を出た。屋敷の奥へ行こうとしたとき、またしても焦げ臭さを感じた。臭いをたどって台所まで行くと、ドアがひどく焼け焦げて下半分がなくなっていた。炎がドアの枠を焦がし、壁にまで焦げ跡が広がっていたが、屋敷が全焼する前に誰かが火を消したのだ。

ドアのまわりの床に焦げた木片がいくつかころがっていた。電話のライトをつけ、しゃがんで、ドアにあいた穴をのぞいてみた。最初は暗がりしか見えなかったが、電話であちこち照らしたところ、光のなかに急な階段が浮かび上がった。台所は最近使われたようだ。ただし、ごく最近ではない。きれいに洗った皿が水切り台にのっていたが、冷蔵庫のミルクは賞味期限をとっくに過ぎていた。シルヴィア・ジグラーがドアに火を放ち、大火傷を負って病院に運ばれたのだろうか？

失火による火災にしては、場所が変だ。ストーブがそばにあるわけではないし、家電製品もいっさいない。地下へ通じるドアを慎重に開き——蝶番が外れたりしたら大変——おそるおそる階段を下りることにした。わたしの重みで一段目にひびが入り、二段目がギシッと不吉な音を立てたが、思いきって三段目に足を下ろすと、体重を支えてくれた。手すりをしっかりつかみ、ライトであたりを照らしながら、途中まで下りてみた。

床一面に紙が散乱していた。ばらばらの紙ではなく、厚さ一フィートほどの紙束がいくつもころがっていた。ジグラーが何をためこんでいたかを知りたくて、階段の下までそろそろと下りた。新聞。税金の納付書。何も記入されていないジグラーの工場の請求書。束の上のほうにある書類の日付は一世紀近く前のものだ。シルヴィアはどうやら、溜めこむのが好きな富豪の家に嫁いだようだ。紙束のあいだを歩きまわる気にはなれず、階段を一段ずつ慎重にのぼって台所に戻った。どういう状況で火が出たかはわからないが、屋敷が全焼せずにすんで、シルヴィア・ジグラーはめったにないほど運がよかったわけだ。

玄関の呼鈴が鳴った。予想もしなかった大きな音に思わず飛び上がった。犬のことをすっかり忘れていたが、複数の部屋を走り抜けて玄関へ急ぐあいだに、憤慨した犬の吠える声が聞こえてきた。

がっしりした男性が玄関に立っていた。袖にシカゴ消防局のロゴがついたボマージャケットを着ている。吠えたり唸ったりする二匹の首輪をつかんでいた。

「すみません！」わたしは叫んだ。屋敷に入ったとき、犬のリードを玄関ドアの内側に落としていたのだ。わたしがリードをつけたところで、消防士は二匹の首輪から手を離した。

「来てもらえてよかった」わたしはあわてて言った。「犬を散歩させてたら煙の臭いがしたから――家のなかが燃えてるといけないと思い、二匹を助けださなくてもすむように、玄関の外に置いていったんです」

男性はわたしをじっと見た。嫌悪と不信の念が入り混じって顔が歪んでいた。「火事だと思ったのなら、なんで九一一に通報しなかった？ 高速の出口ランプのすぐそばに消防署があって、うちの連中の一人があんたの犬の声を聞いたんだぞ」

わたしは質問を無視して、居間の暖炉のところにひきかえした。「誰かがここで火をおこしたみたい――灰のなかに赤いものがまだ見えるでしょ」

男性は暖炉まで行き、ブーツの足で木片を蹴った。半分ほど焼けた木片が砕けて火花が舞った。

「次に、台所で別の火の痕跡を見つけたわ。焼け焦げた跡がずいぶんあるの」

男性は胡散臭そうにわたしを見たが、犬とわたしについて台所に来ると、黒焦げになったドアのパネルと枠を作業用の強力な懐中電灯で照らした。膝を突いて木材の臭いを嗅ぎ、焼け落ちたパネルのギザギザになった縁に指を走らせた。

「燃えたのはかなり前のようだ。どれぐらい前かはわからん。たぶん、数週間ぐらい前だろうが、こいつは放火だ。木材に灯油の臭いが残っている。火をつけたやつは家を全焼させようとしたんだろう。あんたがやったのか？」

もっともな推理――放火犯は犯行現場に舞い戻るのが好きだ。わたしは男性の言いがかりを聞き流した。「どうして全焼に至らなかったの？」

「消火器のおかげだな。ざっと見た感じでは。炎に気づいた誰かが家に備えつけの消火器を使ったんだろう。もっとも、どこにも見当たらんが――捨てちまったのかもしれん」

男性はラペルマイクに向かって言った。「こちらカールトン。先月、島のお化け屋敷から放火の通報が入らなかったか？」

電話の向こうの人物がそのまま待つようにと言った。しばらく待たされたあとで、誰からも火事の通報はなかったという正式の回答があった。カールトンと仲間の消防士はしばらく話を続けた――吠えつづけてる二匹はどっかの変てこな女の犬だ。女が焦げた臭いに気づいて家に入ったらしい。「もちろん、女には言って聞かせた。間抜けな一般人さ。炎に巻きこまれても大丈夫だと思いこんでる」

ミッチがクンクン鳴いて、損傷を受けたドアをひっかきはじめた。ペピーも加わった。

二匹はしきりと地下に下りたがった。

「わたしは間抜けな一般人かもしれないけど」わたしは息を切らしながら言った。「犬が何か嗅ぎつけたみたい。地下へ連れていかなきゃ」

「ネズミだろ」カールトンが言った。

「二匹がネズミに興奮するのはたしかだけど、ここまですごくはないわ」わたしは犬を押さえておくためにリードを胸にひき寄せたが、二匹を玄関ドアのところからどかせることはできなかった。

カールトンは疑わしげな目でこちらを見たが、ふたたび電話をかけて応援を求めた。

「あと五分、二匹を押さえといてくれ」と、わたしに言った。「たとえ間抜けな一般人でも、その階段をころげ落ちたりされたら困るんでな。あんたを救助したあとで、書類仕事を山ほど抱えこむことになる」

消防士のチームが到着するころには、わたしはもう汗だくだった。彼らが裏口のドアをガンガン叩いたので、犬がなおさら興奮した。梯子と電池式のパワーライトを持って三人が入ってきた。地下室へのドアを蝶番からもぎとると、階段のいちばん上の腐った段ふたつを斧で叩きこわし、階段の横に梯子をセットして地下へ下りていった。全部で一分もかからなかった。みごとな手際。

スリングをこしらえて犬を下ろしてくれたが、犬のほうは足元の地面が消えたことに怯えて脚をばたつかせていた。わたしはそのあとから梯子を下りた。

ミッチとペピーは地下に下ろされるが早いか、紙束のあいだを縫って進んでいった。自分たちが行きたい場所を正確に知っている様子だった。

「ったくもう、カール――防水のゴム長をはいてくるよう言ってくれればよかったのに」犬のあとを追おうとして紙に足をすべらせた女性消防士が言った。

地下室は紙だらけだったが、大部分は箱か紙袋に入っていた。ひどく散らかっているのは階段の下あたりだけだった。わたしは紙束のひとつに手を突っこみ、濡れているかどうか調べてみたが、ルドルフ・ジグラーの工学技術は一世紀半たっても持ちこたえていた。紙はすべて乾いていた。

地下室は屋敷の端から端までの広さだった。犬を追って階段から離れるにつれて箱が減り、服のぶら下がったラックに変わっていった。ロングスカート、フロックコート、ショールなどを、消防士たちのパワーライトが照らしだした。機械室、埃をかぶった工具類でいっぱいの長いベンチが置かれた作業室を通りすぎた。消防士の一人が残念そうに首をふった。「こういうのは油を差して壁にかけとかないとだめなのに。ここにある品だったら、おれがほしいぐらいだ」

「おれたちが救おうとしてる家で略奪はだめだぞ」カールトンが言った。「少なくとも一般人の前ではな――そいつがかなりの間抜けだった場合はとくに」

ミッチとペピーがわずかに開いたドアのそばで足を止めた。ミッチがドアの隙間に鼻を突っこんだが、通り抜けられるほど広く押しあけることはできなかった。わたしのところに来て、なんとかしてくれと吠えた。

カールトンがドアの枠をライトで照らした。頑丈な南京錠とチェーンがドアと横の壁をつないでいるのが見えた。カールトンの合図を受けて女性消防士が斧を二回ほどふりおろし、チェーンを断ち切った。

彼女がドアをあけると、二匹が駆けこんだ。丸まった毛布に鼻を突っこみ、困惑した様子であとずさると、キューンと鳴いて匂いを嗅ぎながら狭いスペースをまわりはじめた。

部屋には悪臭を放つ汚物入れのバケツと、空っぽになった水のペットボトル何本かと、グラノーラバーの包み紙があったが、人の姿はなかった。

23　危険が二倍、喜びはわずか

カールトンは地下室の捜索をもっと楽に進められるよう、チームの二人に命じて追加のライトをとりに行かせた。また、地元の警察署に電話を入れた。カールトンが現場の様子を電話で警官たちに説明しているあいだに……〝誰かがここに監禁されていた様子。台所で火事。家の所有者の姿はない〟……二匹の犬とわたしはこっそり逃げることにした。

「高齢の女性だ」カールトンは説明をつけくわえた。「おれは何年ものあいだ、庭仕事をする姿や食料を買いに出かける姿を見てきた。監禁されてるのかどうかはわからん。川を浚う必要があるかもしれんが、まず、居所を突き止められないかやってみよう」

それは筋の通らない説ではないが、わたしには信じられなかった。その理由は犬だ。二匹は地下室で身元不明少女の匂いを嗅いだに違いない。傲慢だわ、ウォーショースキー――自分を嘲った――たったひとつのデータポイントをもとに推測するつもり？

しかし、そのデータは信頼できる。二匹はしばらくのあいだ身元不明少女にぴったり寄り添っていたのだし、ミッチはわずか数日前に少女の匂いを追っている。

ドアにチェーンがついていたときは、少ししか開かなかったはずだ。だが、身元不明少女のようにほっそりした子なら抜けだせる。あの少女が地下から台所に出るドアを燃やして、そこから逃げたのだろうか？　そう考えればジーンズが焼け焦げていたのも納得できる。いまはもう使われていない作業室を調べられればいいのだが。少女がそこで灯油とマッチを見つけたのかもしれない。恐ろしい第二のシナリオもある。少女を監禁していた人物が火をつけて屋敷を全焼させ、少女を焼き殺そうとしたとも考えられる。

わたしの説ですべての説明がつくわけではなかった。シルヴィア・ジグラーはどこにいるのか？　高齢の女性だと消防士の一人が言っていた。彼女も地下室に監禁されていて、いまは病院か介護ホームで療養中かもしれない。彼女が身元不明少女の祖母（ナギー）なのか？　早朝に電話してきて、ユルチャを見つけてと言った女性なのか？

推測はこのへんにしておこう。急いでここを離れなくては。誰かに名前を尋ねられる前に。ブラッドの電話を捜す時間も、二匹の犬を旅の道連れとしてもう少しましな姿にしてやる時間もなかった。犬の被毛には、草の実や、泥や、分析したくもない物質がこびりつき、二匹ともシルヴィア・ジグラーの冷蔵庫で腐敗していたミルクに負けない悪臭を放っている。苦渋の思いで二匹を車に押しこんだ。犬はもちろんのこと、車も徹底的に洗わなくては。

連絡道路をガタガタと戻った。道路の先でトラックが渋滞していた——カールトンに呼ばれた緊急チームを現場に入れるために、警官が車両を通行止めにしているのだ。緊急チームの車はライトを点滅させ、サイレンを鳴らしていた。〝犯行現場だ。おれたちゃ偉いんだ。どけどけ〟

先頭は現場係のトラックで、そのあとにシカゴ市警のパトカーと消防局の車が何台か、そして、セダンの覆面車が二台続いていた。いくら警察の車でも、産業用の車が混みあうなかを猛スピードで走るのは無理なため、セダンの片方にコーニー警部補が乗っているのがちらっと見えた。わたしは塩の柱のごとくじっとすわったまま、まばたきすら控えた。どういうわけでコーニーがここに加わっているのか？　もちろん、コーニーは爆弾・放火班に所属しているし、台所の火事は明らかに放火だとカールトンが言っていたが、コーニーがここにいるのはやはり凶兆のように思われた。

列に並んだわたしの車は昔の橋守小屋の下まで来ていた。窓にちらつく光と影のいたずらで、いまも橋守がなかにいて、橋を渡る車を監視しているように思われた。

背後でクラクションを鳴らされて、ハッと現在にひき戻された。交通整理の警官がわたしたちの車線に進めの合図を出していた。

家に帰ると、アシュリーとドニーがミスタ・コントレーラスのところにいて、パワー全開で口論していた。わたしに気づいて、怒りの矛先をこちらに向けた。憎みあっている二人なのに、ブラッドがジグラーの屋敷へ出かけた本当の目的を知りたくて結束していた。

「サイコロ博打でもやりに行ったんじゃないかね」ミスタ・コントレーラスが意見を述べた。「昔は橋の下の川岸に水上ゲームセンターがあった。わしも金曜の夜になると、ときどき出かけたもんだ」

これを聞いて両親の意見が分かれた。ドニーは息子がサイコロ賭博をするような男らしい男になることを望んだが、アシュリーは道徳観念のない老人のところにブランウェルを泊まらせるわけにはいかないと言いだした——そこでミスタ・コントレーラスがカッとして、激しい口論になった。バトルが激しさを増すあいだに、わたしは犬を連れて地下に下りた。二匹にブラシをかけて、草の実をはずしたりシャンプーしたりするのは楽な作業ではないが、心を静める効果があった。作業を少し終えたとき、ブラッドがやってきた。

「ヴィク、どうすればいいのかわかんない。サルおじさんは泊まればいいって言ってくれるけど、母さんが大反対なんだ。それから、ぼく、親になんて言えばいい？　ほんとのこと言ったら、父さんが母さんを責める材料にするだろうけど、上手な嘘なんてつけないし」

「このあいだの夜、みんなできみの家に集まったときに、きみ、すでに言ったじゃない——お母さんが浮気してるかもしれないと思ったから、わたしに会いに来たんだって。ジグラーの屋敷へ行った理由も正直に言えばいいのよ。お母さんが誰と会ってるのか、たしかめたかったんだって」

「言えないよ！」ブラッドは叫んだ。「母さんはカンカンになるし、父さんは母さんを責めるし、ぼくは二人のあいだでピンポン玉みたいに転がされることになる」

「嘘をつくと、困ったことに、次々と嘘をつかなきゃいけなくなるのよ。でも、自分に合ってると思う方法を選びなさい。しばらくミスタ・コントレーラスのところに泊めてもらいたいなら、わたしがお母さんに頼んで承知してもらう。ここに泊まることになったときは、犬の散歩を手伝ってね。そしたらすごく助かる」

ブラッドは上へは戻らずに、わたしがミッチのシャンプーにかかりきりになるあいだに、ペピーのもつれた被毛にブラシをかけはじめた。二人で作業を進めながら、わたしは自分も屋敷へ出かけたことをブラッドに話した。「犯行現場として捜査されることになった以上、今後しばらくは、あの屋敷で誰かが何かすることはないと思うわ」

ブラッドは興奮のあまり、ペピーの被毛を強くひっぱりすぎた。ペピーはキャンと鳴いて彼から離れた。もっと優しくブラシをかけるやり方をわたしが実演してみせていたら、ブラッドの家族がぞろぞろ地下にやってきた——両親だけでなく、ソニアと、レジーと、レジーの息子の十代になる双子も。ソニアが双子のあいだのスペースを手で示して、フィンとキャメロンだと言った。フィンとキャメロンはリトヴァク家特有の肩とごわごわの髪をしていたが、金のかかりそうな歯列矯正も受けていた。こういう矯正を受けると、歯は明るい照明のもとで真珠の光沢を放つようになる。わたしはまばたきして視線をはずした。いとこたちはおたがいへの嫌悪をむきだしにして挨拶を交わした。ブラッドは「高慢ちきな馬鹿ども」と小声でつぶやき、レジーの息子たちはもっと大きな声で「ママの落ちこぼれ秘蔵っ子」と言った。

レジーが地下室の隅へブラッドを連れていった。そのそばに庭へ出る階段がある。地下室の窓は窃盗被害を防ぐために開閉できないようになっているが、ふと見ると、階段の左側の窓ガラスに長いひびが入っていた。うちの住宅の理事会がわたしを追いだしたがっているので、そちらとはなるべく関わらないようにしているが、このガラスはとりかえてもらう必要がある。

レジーの声がひどく低いため、わたしには何も聞きとれなかったが、ブラッドの肌が憤慨で赤くなるのを全員が目にした。ブラッドがわめいた。「真っ赤な嘘だ！　ぼくになすりつけようったって無理だよ！」

ブラッドはレジーの手をふりほどいて階段を駆け上がっていった。レジーとソニアがあとを追ったが、双子はわたしと犬と共に地下室に残った。ランドリー室の窓から、レジーがブラッドの腕をつかむのが見えた。ドニーがレジーに詰め寄った。二人でどなりあいを始めた。脇のほうにアシュリーがいた。わたしのところからは姿がよく見えないので、彼女も口論に加わっているのか、それとも傍観しているだけなのかはわからなかった。

「落ちこぼれだもんな」フィンもしくはキャメロンが言った。

「そうさ。トラックにぶつかったり、スクーターにはねられたりしたら、通りに倒れて、ママ、ママって泣き叫ぶんだ」

「母親から離れたくて泣き叫んでいるように見えるけど」わたしは言った。

「すぐ泣きやむさ」わたしから見てフィンだと思われるほうが言った。

「ブラッドが爆発したのは、きみたちのお父さんに何を言われたからだと思う？」

双子は視線を交わし、肩をすくめた。フィンが——キャメロンでないとすれば——言った。「パパは〈メターゴン〉のドローン・ユニットで働いてるけど、家の作業場でもいろいろやってる。いつか、すごいベンチャー企業を立ち上げるつもりなんだ。いちばん新しくていちばん最高のアイディアは、ドローンにとりつけた何かの装置だ。パパはそれを〈スカイロケット〉って呼んでる。ふつうのドローンよりずっとクールだってことをみんなにわからせるために。〈メタ―ゴン〉には秘密にしとかなきゃいけない。パパが特許をとる前に〈メタ―ゴン〉が特許権を主張したら大変だしね。でも、家族には見せびらかさずにいられなかった。つまり、ブランウェルも実演（デモ）の場にいてすべて見てたわけさ」

「いつのこと？」わたしは訊いた。「先週？」

双子は肩をすくめた。「かなり前。一カ月前かな？　二カ月前？　日付がテストに出るなんて思わなかったな」自分たちがめちゃめちゃ傑作なことを言ったのを証明しようとして、二人は笑いだした。

「デモはどこでやったの？　お父さんの作業場？」

「まさか。うちの前の通りは混雑しすぎてる。みんなで、えっと、太陽がのぼる時間に起きて公園まで行かなきゃならなかった。広々とした場所で見られるように。みんな、顔をそろえてたよ。リトヴァク家の全員を嫌ってるアシュリーおばさんまで。おばさんとうちのママはほとんど隅のほうに立ったまま、魔法瓶から何か飲みながら、ソニアおばさんとドニーおじさんの悪口言ってた」

「で、そのときに〈スカイロケット〉が紛失したわけ？」

「ううん。パパが作業場に持ち帰った。作業場なんて言ってるけど、庭に造った小屋程度のものさ。いちばんうまくいった発明は芝刈り機ってとこかな。いつも錠がかかってるはずなのに、パパが見に行ったら、たぶん三日ぐらい前だと思うけど、〈スカイロケット〉が消えてた。いちばんの容疑者はブランウェル。だって、自分はドローンの操縦法を知ってるって思いこんでるやつだから」

　双子のもう一人のほうが、ブランウェルはジッパーも閉められない、ドローンの操縦なんてできるわけがない、というようなことを言った。「ただ、パパの作業場に何億回も来てたからな。エレクトロニクスに詳しいみたいな顔して」

　ようやくミッチのシャンプーが終わった。ミッチは庭へ出るドアのところへ行き、出してくれとせがんだ。わたしはそれを無視してペピーを抱え上げ、シンクに入れた。「ブラッドが〈スカイロケット〉を盗もうとして自転車できみの家まで行ったとしても、誰にも姿を見られずに作業場に忍びこむのは無理だと思うけど」

「ブランウェルは哀れな落ちこぼれで、隅っこをこそこそ歩いてるやつだから、シカゴでいちばんでかい足をしてたって、あいつには誰も気づきゃしない。友達を作りたくて盗んだんじゃないかな。ほら、〝ぼく、最高にクールなおもちゃを持ってるよ。まだ市販されてもいないんだ〟ってね。落ちこぼれの女の子ならひっかかったかも」

　リトヴァク一家の口論にうんざりしたミスタ・コントレーラスが階段を下りてきた。

「どういうことか、あんた、知っとるかね？」わたしに訊いた。

「この子たち、ドローンの試作品盗難の件で父親がブラッドを疑ってるると思ってるの。父親は空いてる時間にいろいろ発明してる人なんですって」

「あの子は泥棒じゃない」ミスタ・コントレーラスはお気に入りの人々のリストに、すでにブラッドを加えていた。お気に入りというのはつまり、相手にどんな欠点があろうと無視もしくは否定するということだ。

「泥棒ぐらいするってば」フィンがむきになった。「顔見ただけじゃ、そう思えないだろうけど、いい隠れ蓑になるんだよ。不器用で冴えない感じっていうのは」

ミスタ・コントレーラスは反論しようとしたが、わたしが止めた。「この子たち、あなたを怒らせようとしてるだけよ。感情面は幼稚園児の年齢ね。だから、無視するのがいちばん」

双子はいったん沈黙したが、それも冗談にしようと決め、笑いをとろうとしはじめた。わたしは二人に背中を向けて犬のシャンプーに集中した。ミスタ・コントレーラスも賢明なことに、シンクの前に立つわたしのところにやってきた。

ブラッドは家族が押しかけてくる前に、ペピーの被毛にからまっていた草の実をブラッシングでほぼとりのぞいてくれていた。おかげでペピーには手間をかけずにすんだ。ホースの水で汚れを洗い流し、タオルで拭いてやってから、リトヴァク家の連中がブラッドをどこに寝かせることにしたかを知りたくて、外に出た。口論はまだそこまで行っていなかった。ドニーとレジーはあいかわらず、ドニーの息子にレジーの発明品を盗むことができたかどうかをめぐって口論していた。

「あんたの家まで行って捜索させてもらおうか」レジーが言った。「あの子がコミック本にそいつを隠したことに五ドル賭けてもいい」

「いまどきの子はグラフィック・ノベルって呼ぶのよ」思いきり物憂げな声でアシュリーが言った。「ブランウェルはそういうのは読まない子なの。とにかく、わたしの家を勝手に捜索しないでちょうだい」

「レジーが何を見つけるか、わかってるからかい？」ソニアが言った。

「わたしが自分のプライバシーを大事にしてるからよ。ブランウェルの汚れた下着を洗濯機に入れるわたしを見て、あなたたちが満足できるなら、今夜遅くに寄ってちょうだい。わたしは午後から仕事なの」

アシュリーはナビゲーターのほうへゆっくり歩き、車で走り去った。ブラッドとドニーはじっと見送ったが、やがてブラッドが建物に駆けこんだ。一分後、自転車を抱えて出てくると、猛烈な勢いでペダルを踏んで走りだした。

「汚れたパンツからロケットをとりだすために、おうちへお帰りだ」双子がはやしたてた。

「おまえんちの双子を黙らせてくれないか？」ドニーがレジーに向かってわめいた。「おまえの大事なロケットをくすねたのは、ひょっとするとあいつらかもしれん」

「うちの子はおれの作業場をうろつくようなアホじゃない」レジーが言った。

「何が紛失したのか説明してくれない？」わたしは頼んだ。「お宅のお子さんたちから聞いたんだけど、あなた、ブラッドが〈スカイロケット〉とかいうものを作業場から盗みだしたと思ってるそうね。大きさはどれぐらい？　USBメモリのことを言ってるの？　それとも、もっと大きな機器？」

わたしはブラッドが襲われた件を思いだしていた。身元不明少女と関係があると思いこんでいた。なにしろ、発見されたときに少女が身につけていた品を渡すよう、いろんな人に何度も言われたのだから。ブラッドを襲った連中は、彼がわたしの事務所に来ていたから飛びかかっただけのことで、わたしから何か預からなかったかを確認する気だったのだと思っていた。しかし、〈スカイロケット〉がからんでいるのなら、そちらが襲撃の理由だったのかもしれない。

レジーがため息をついた。「おれは〈メターゴン〉でドローンの仕事をしている。製造部門ではないが、ドローンに搭載するカメラとスパイウェアを設計している。二年ほど前、ドローンを操縦士の指示に従わせるかわりに空飛ぶコンピュータにできるようなハードウェアを思いついた。この冬ついに試作品を完成させた。ハードウェア自体が他の追随を許さないもので、人がそれを目にしても、分解してどのような構造かを調べることは――いや、忘れてくれ。大きなものではない――USBメモリ二個分ぐらいのサイズだが、厚さはわずか五ミクロンほどだ。

デモをやったとき、気がついたことがあった。そうだな、設計上の大きなミスと言っておこうか。大きなラボで資金をふんだんに使えるやつがいれば、おれのこれまでの研究成果を奪ってひと財産築くことができるだろう。こんなことを〈メタ―ゴン〉に嗅ぎつけられては困るんだ。おれは自分の空き時間を使い、自分の金で研究を続けているが、〈メタ―ゴン〉には強大な資金力と販路があるから、下手をすれば社の製造部門に奪われてしまう。そうなったらおれは破滅だ」

「だから、秘密を守ろうとしてるわけ？」

「家族に見せびらかしたおれが最低の馬鹿だった」レジーは苦々しい口調で言った。「秘密厳守のつもりでいたが、無理だったようだ。設計を何カ所か変更したんで、プログラムしなおそうと思って二日前に作業場に入ったところ、耐火金庫にしまっておいた品が消えていた」

「無理にこじあけた形跡は？」

レジーは首を横にふった。「忍びこんだやつは、金庫のコンビネーションを知っていたか、鍵を持っていたかのどちらかだ」

「で、ブラッドが盗んで売ろうとしてるって、あなたは思ってるわけ？　ハイテク機器の買手を見つけるだけの才覚がある子には見えないけど」

「いまの時代、才覚なんか必要ない。ＴｉｋＴｏｋかインスタグラムに画像をアップすれば、人が群がってくる。ブラッドはゆうべ、その件で無人の屋敷へ出かけたに違いない。買手をつかまえたんだ」

「川に落ちたときに失ってしまったかもね。川底の泥に埋まってる可能性があるわ」

「次に鯉がそれを食う」フィンが言った。「それから、どっかの釣り人が鯉を釣り上げ、料理すると、それが出てくる。キャメロンとぼくとでＴｉｋＴｏｋに何か出して、川釣りの連中に注意するように言ってやろうか」

「ふざけてる場合じゃない！」レジーがわめいた。「とっととクソトラックに乗れ」

リトヴァク家の癇癪。この一家が確実に持っている唯一のものだ。ミスタ・コントレーラスが言った。「ここはあんたの家じゃないぞ、お若いの。わしの住む建物に来たときは、女性や子供の前でクソなどと言ってはいかん」

フィンとキャメロンがニタニタ笑った。

「そいつらは子供じゃねえ」ドニーが言った。「宇宙から来た悪魔。レジーのドローンで地球に運ばれてきたやつらだ」

レジーは彼のトラックのほうへ行こうとしていたが、急にふりむいてこちらを見た。

「そうだ。ブラッドが盗んだのなら、ここに置いてあるはずだ。あんたと老人のアパートメントを見せてもらいたい」

「うちは無理よ」わたしは言った。「事務所に出る時間をとっくに過ぎてしまった。今夜、帰宅したらざっと見ておく」

「そうとも。警官やほかの屑連中に持ちものをひっかきまわされて、わしらはもううんざりだ」ミスタ・コントレーラスが言った。「家族を連れて帰ってくれ」

レジーはさらに険悪な顔になったが、荒々しい足どりでトラックのほうへ向かった。彼がトラックのドアを閉めようとしたとき、息子たちを脅す彼の声が聞こえてきた——帰る途中、一回でもクソと言ったら、ケネディ高速に置き去りにしてやる。双子の片方が「年寄りの家でクソなどと言ってはいかん、お若いの」と言い、二人して笑いだした。

24 おばあちゃんは活動家

リトヴァク家の人々のうち、あとに残ったのはドニーとソニアだけになった。ブラッドはどこへ行ったのかと、ドニーがミスタ・コントレーラスとわたしに尋ねた。

「知らない」わたしは言った。「ブラッドに友達がいるのなら、わたしよりあなたのほうがよく知ってるでしょ」

「ふつうはそう思うよな。おれもたぶん、自分の父親と同じく悪い父親なんだ」

ソニアがドニーの肩にぎこちなく腕をまわした。「ラリー・リトヴァクみたいに悪い父親には誰もなれやしないよ。ブラッドはいい子だ。アシュリーよりもあんたのおかげさ」

ドニーは惨めな笑みを浮かべた。「ありがとよ、ソニー。ちょっと車で走ってくるわ。ブラッドがいないかどうか見てまわってくる」

ソニアもドニーと一緒にジープのほうへ行った。

「あんた、あのレジーの言葉を信じるかね？」二人がジープで走り去ったあと、ミスタ・

コントレーラスが腹立たしげに言った。「ブラッドは盗みを働くような子じゃないぞ。わしゃ、あの子を信じとる」

「わたしも。ブラッドはずる賢いタイプじゃないもの。でも、レジーのところの不良二人だったらやりかねないわね」

「なんだと？　あの二人を疑っとるのか？　なんで実の父親のものを盗まなきゃならん？」

「クールに見せるため。お金を稼ぐため。父親を傷つけるため。そのすべてのため――もし二人がやったのならね。ブラッドが盗んだとは思わないけど、ざっと見てまわったほうがいいわね。レジーの話だと、USBメモリ二個分のサイズですって。ただ、すごく薄くて、フィルムみたいな感じだそうよ」

犬たちをミスタ・コントレーラスのところに置いて、わたしは事務所へ出かけた。最優先すべきはシルヴィア・ジグラーの居所を突き止めることだが、レジーのことも知りたくてたまらなかったので、まず彼について調べてみた。イリノイ大学で航空工学の学位を取得。ドローンとコンピュータ分野のコンサルタントとして事業を始めるつもりだったが、結局〈メターゴン・エレクトロニクス〉に入社。双子が五歳になったころだった。妻のメラニーは郊外の中学でカウンセラーをしている。問題児の指導をするときは、実の息子たちがいい練習台になるに違いない。

金融データベースを調べてみたが、レジーが他の追随を許さぬすぐれたハードウェアを作りだしたことを示唆するものは、どこにも見あたらなかった。彼の情報管理が徹底しているという意味かもしれない。もしくは、大言壮語にもかかわらず、〈スカイロケット〉は失敗作だったのかもしれない。

ドローンのチャットルームにレジーの名前が出てきた。彼が作成したナビゲーションプログラムはオープンソースとして公開され、多くのドローン愛好家に利用されている。しかし、これらのページにも、SNSにも、他に類を見ないハードウェアについて語っている者はいなかった。

関連性が見つかるかもしれないと思い、レジーに関してわかったことをすべてひとつのフォルダに入れておいた。また、連邦検事たちが〈クロンダイク〉のことを嗅ぎまわっているようだというフリーマン・カーターのコメントについても調べておきたかった。

まず、ロースクール時代の旧友で、現在イリノイ州北部区域の連邦検事をしているジョナサン・マイケルズから始めることにした。ロックダウン以降の近況を伝えあったあとで、ジョナサンが言った。「あのさ、ヴィク、誰かが捜査対象になってても、ぼくには肯定も否定もできないことぐらい、きみだって知ってるだろ」

「コーキーから妙な提案があったの。ロジャーズ・パークにあるシナゴーグの所有権を狙ってるみたい——少なくとも建物の所有権を。カリュメット湖の泥土から生まれたレンガの保存に関心があるそうよ」

「レンガに夢中の人間は驚くほど多いものだ。だが、シナゴーグの名前を聞かせてもらってもよさそうだな。情報を入手しておくのはけっして悪いことじゃない」

ジョナサンはシナゴーグに関する詳細をメモしたが、パンデミックがひき起こした好ましからざる多数の金融活動をめぐる通報が次々と入っていると言った。「悪質ではあるが、違法とは言いきれない。このところ、ぼくを含めて誰の頭にも靄がかかってるからね。神の家によだれを垂らしたぐらいのことで、コーキー・ラナガンをレヴンワースの連邦刑務所に放りこむ気にはなれないな」

「あなたたったら〈クロンダイク〉の保険に入る?」

「おいおい、ヴィク。こっちは給料で暮らす公務員の身だぞ。〈クロンダイク〉が扱ってるような保険に入るなんて、ぼくみたいな者にはとうてい無理だ」

「無理じゃないと仮定してみて。あなたが保険金請求をしたときに、〈クロンダイク〉はまだ無事に残ってると思う?」

「きみは法廷で活躍すべき人だ、ヴィク。間違いなく、公判弁護士になれる頭脳を持っている」

「街の噂だと、タッド・デューダを優遇するよう、何者かが請負業者たちに圧力をかけてるみたい。デューダは〈クサリヘビ〉がかつて経営していたセメント工場〈トンマーゾ〉をひきついだ男よ。〈クサリヘビ〉って、フロリダにひっこんでもまだ、裏で糸をひいてるのかしら」

「ほんと? だとしたら、いい知らせだ。アウトフィット事件の裁判のとき、うちは〈クサリヘビ〉に手を出すことができなかった。やつがいまも陰で動いてるなら、突破口をつかめるかもしれない。ただ、そんな話は初耳だけどな。〈トンマーゾ・セメント〉の昔のライバルから出た話じゃないかね。信頼できる筋のものではなくて」

「じゃ、〈クロンダイク〉の件はどうなの?」わたしは食い下がった。

「どうでしょうかね」電話を切ったときのジョナサンの口調は慇懃無礼そのものだった。

〈クロンダイク〉の帳簿にアクセスしようとしたが、うまくいかなかった。〈クロンダイク〉は大規模開発事業にかかる証券引受け業者として名が通っているが、そのいっぽうで保険ブローカーでもある。建設工事の証券引受け業務でも、保険ブローカー業務は大規模工事にかぎられていて、通常資金調達を目的とする事案に関わることが多いようだ。しかし、保険ブローカーとしての〈クロンダイク〉には、事業を展開しているすべての州——

この場合は五十州すべて——の保険監督官に報告書を提出する義務がある。ただ、非上場会社なので、証券取引委員会への提出は必要ない。不運なことに、〈クロンダイク〉のファイアウォールは強力すぎて、わが低レベルのハッキングスキルでは歯が立たなかった。ひとつだけわかったのは、コーキーというニックネームは大学時代の仲間がつけたもので、〝ボトルのコルク栓〟から来ていることだった——ほかの者が酔いつぶれても、ほろ酔い状態で会話を続けられる男だったそうだ。

コーキーのことはいったん脇へどけて、シルヴィア・ジグラーについて調べることにした。死亡証明書は出ていない。台所の火事でひどい火傷を負ったのなら、病院か介護ホームにいるはずだ。成人した子供たちがいるなら、その誰かの家に身を寄せている可能性もある。

SNSは使っていないようで、居所を突き止めるのに苦労したが、かつてソーシャルワーカーをしていたことがわかった。すでに退職しているが、やめたのが最近のことなので、ネットに経歴が残っていた。イリノイ大学のジェーン・アダムズ・カレッジ・オブ・ソーシャルワークで学位を取得。卒業者名簿を調べたところ、シルヴィア・ジグラーという名前はなかった。しかし、シルヴィアでチェックしてみた。学位を取得したときの彼女はシルヴィア・エレクという名前だった。

シルヴィアは難民再定住組織でソーシャルワーカーの仕事をしていた。退職したとき、同僚がパーティを開いてくれて、それが組織の会報に出ていた。彼女の経歴も添えてあり、おかげで、一九五六年のハンガリー動乱のあとでシルヴィア・エレクが合衆国に渡った経緯がはっきりした。

第二次大戦中、ハンガリーがナチスの占領下に置かれていた時代に、シルヴィアの両親はハンガリー・レジスタンス組織に入って戦った。シルヴィアは正義を求める両親の情熱を受け継いでいる。高校生のとき、ハンガリーの共産主義政権に抗議する蜂起に加わった。若い学生ながらもリーダーシップを発揮した彼女は、ソ連が動乱を鎮圧した時点で政府につけ狙われることとなった。着のみ着のままでハンガリーを脱出して合衆国に渡ってきた。アメリカ社会の底辺に生きる人々を、生涯にわたって守りつづけている。

シルヴィア・エレクは一九六八年にアメリカに帰化した。一九四〇年、ハンガリーのペーチ生まれ。わたしは椅子にもたれた。ナギー。あの身元不明少女はハンガリー人の祖母を呼んでいたのだ。

早朝にわたしに電話してきて、ユルチャを見つけてと頼んだ女性は身元不明少女の祖母だったのだ。V・I、あなたは傲慢かもしれないけど、正しかった。ユルチャ。ポーランドでは、家族をつねに愛称で呼ぶ。ポーランド人のわが祖母はわたしを〝ヴィクーシャ〟と呼んでいた。ハンガリーでもたぶん同じだろう。英語のJがハンガリー語ではYの発音になるから、ユルチャはたぶんジュリアだ。身元不明少女にようやく名前がついた。

若き革命家の女性が産業エリアの真ん中に立つあの荒れ果てた屋敷の住人になったというのは、なんとなく違和感がある。でも、氏名がわかったおかげで、個人的な事柄をさらに詳しく知るのは簡単だった。

シルヴィアはソーシャルワークの学位をとってほどなく、オーガスタス・ジグラー・ジュニアと結婚した。ジグラーは難民再定住組織で何かの役職についていたから、たぶん、その関係で出会ったのだろう。夫妻のあいだには子供が二人生まれた。オーガスタス三世（一九八一年生まれ）と、エマ（一九八六年生まれ）。どちらが身元不明少女の親なのかは簡単にわかった。オーガスタスには子供がいない。エマのほうは娘が一人。生まれたのは二〇〇七年。長々と続く公文書に目を通してわかったかぎりでは、エマは一度も結婚していない。ジュリアが七歳のときに亡くなった。死因を見つけることはできず、誰がジュリアをひきとったのか、もしくは養育費を負担したのかもわからなかった。

シルヴィアの夫は二〇〇一年に亡くなっている。難民を再定住させる仕事を終えて、夜ごとグース島の自宅に向けて一人で暗い夜道に車を走らせる彼女の姿を想像した。子供たちはすでに大きくなり、独立していただろう。屋敷にはシルヴィアが一人きり。水上のサイコロ賭博と、ネズミと、トンマーゾのセメント工場だけが友達だ。

なぜあんな孤立した場所で暮らしつづけたのか？　一日じゅう、困窮した人々の相手をしたあとで一人の時間が持てて、ほっとしていたのかもしれない。ひょっとすると、サイコロ賭博だってやっていたかも。危険を恐れない大胆な女性なら、シカゴ・アヴェニュー橋の下にたむろする男たちとのギャンブルを楽しんでいたかもしれない。

屋敷の輪郭を思い浮かべた。ユルチャ、ジュリア、地下室に監禁されてたのはあなただったの？　それとも、あなたのおばあさん？　おばあさんを逃がそうとしてドアに火をつけ、あなた自身が火傷してしまったの？　あなたがナギーを傷つけようとするなんて、ありえないわよね。

シルヴィアの息子のオーガスタス三世は、妻のレイシーとグレンヴューで暮らしている。ミシガン湖の北西に広がる郊外のひとつだ。オーガスタスは自営の請負業者。建設業界で請負業者と言えば、大規模工事の下請けから近所の住宅のキッチン増築まで、なんでもありだ。クレイグズリストのようなサイトに出ているレビューはあまり芳しくない。〝頼んだ仕事は最後までやるが、手抜きが多い〟と書いてある。

タッド・デューダと同じく、オーガスタスもお金の問題を抱えていた。妻はノース・ショアにある病院のひとつ、聖ヘレナ病院で働いているが、自宅は二重抵当に入っているし、二人とも十枚以上のクレジットカードを使って借金をしているようだ。ときおり、口座のどれかに預金をする。大金のこともある。どう見ても、ギャンブルの問題を抱えているとしか思えない。

オーガスタスはXのアクティブユーザーで、彼が受注するはずの仕事をマイノリティーの業者たちに奪われると言って憤慨している。

妻のレイシーはフェイスブックのアカウントを持っていて、パンデミックの真っ最中に隣人たちとマスクなしのパーティを楽しむ彼女とガス（投稿するときの夫の呼び名）の姿が出ていた。〝マスクをかけた悪党はお断り〟――去年の独立記念日のパーティに集まったマスクなしの人々の写真の下に、レイシーはこう書いている。

また、夫の母親との暮らしの様子も少し投稿され、屋敷の写真や、木々が伸び放題の庭に立つシルヴィアの写真が出ていた。〝薄気味悪い屋敷、薄気味悪い老女、そして、あの子ときたら、口答えする子供をぶつ必要がある理由を示すための歩く広告みたいなもの。もちろん、あの子の遺伝子プールを考えたら、なんだってありだけど〟

写真を拡大して、シルヴィア・ジグラーの顔を見てみた。力強さが感じられるが、同時に警戒の色も浮かんでいる。息子の妻に本心を見せることはないのだろう。

二月、レイシーはこう書いている。〝夫の母親が腰の骨を折った。高齢者にとっては命とりになりかねないけど、聖ヘレナで申し分のない処置をしてくれた――そうだわ、わたしのボスがこれを読んでるといいけど！　リハビリのために〈アークエンジェル〉へ移る予定。コロナに感謝――わたしからの感染を防ぐため、わたし自身が夫の母の世話をすることはできない。マイナス面もある。あの子を預からなきゃ！〟

レイシーの勤務先は聖ヘレナ病院ノースフィールド分院の総務部で、ノースフィールドにある〈アークエンジェル〉の敷地と道路を隔てて向かいあっている。

営利目的のホームの介護水準をマックスが危惧していたことを思いだし、イリノイ州長期ケア・オンブズマン事務所で作成された〈アークエンジェル〉関連のファイルに目を通してみた。〈アークエンジェル〉で長期ケアを受けている人々の家族から、驚くほど多くの苦情が寄せられている。ネグレクト、長期ケアユニットの不潔さ、風呂やシャワーの回数の少なさ、記憶ケアユニットにおける拘束具の過剰な使用。

〝拘束しないと〟――あのとき、電話の女性に向かって怒りの声が轟いた。シルヴィア・ジグラー。きっとそうだ。

オンブズマンは苦情の対応にあたるが、訴訟には関わらない。〈レクシス・ネクシス〉にログインして、〈アークエンジェル〉を相手どって起こされた訴訟をチェックしてみた。開示から却下までさまざまな段階のものが数十件あった。公判弁護士がつねに直面する問題として、劣悪なケアを訴えようとしても、その施設のオーナーが誰なのかわからないことが挙げられる。オンブズマンに寄せられる苦情にも同じ問題がつきまとっているようだ。訴状や苦情に施設のオーナーの氏名が入っていないと、裁判官は原告に不利な裁定を下す傾向がある。ところが、介護ホームがオーナーのまわりに入念な煙幕を張りめぐらしているため、赤いカーテンの陰に本当は誰が隠れているのかを一般人が探りあてるのはまず無理だ。

この問題は〈アークエンジェル〉にかぎったことではない。営利目的の介護ホームに対する苦情のすべてについて、同じことが言える。訴訟や改革に失敗した無数のケースの報告書をざっと読んでいった。ホームが入念な煙幕を張りめぐらしてオーナーを隠しているせいで、失敗を余儀なくされるのだ。

読めば読むほど気分が落ちこんだ。人々が人生の最後に来て、わずかに残された尊厳と慰めまでも奪われてしまうなんて、わたしたちはいったいどういう国に生まれてきたのだろう？

25　孝行息子

シルヴィア・ジグラーの息子とその妻を訪ねるときが来た。妻は夫の母親に好意を抱いていないようだが、オーガスタス三世のほうはもっと温かな気持ちを、もしくは、少なくとも責任感を持っているかもしれない。

ところが、事務所を出る前にブラッドがやってきた。汗ばんでいて暑そうだが、意気揚々としていた。はるか遠くの自宅まで自転車で出かけ、母親と対決し、自転車で戻ってきたのだ。

「あなたが正しかった、ヴィク。いちばんいいのは正直に話すことだ。だから、母さんに打ち明けたんだ――母さんが何してるのか知りたくて、あとをつけて屋敷まで行ったことを」

「偉かったね。お母さんの反応はどうだった？」

「すごくうろたえてたけど、いちばん気にしてたのは、ぼくが何を見たかったってことだった。

ぼく——ぼく、そこで馬鹿なことしてしまった。母さんさんがあの——あの——男と一緒にいるのを見たなんて、やっぱり言えなかったから、あたりを見る暇もないうちに川に突き落とされたって答えたんだ」ブラッドは肩を落とした。「ぼく、ほんとに弱虫だよね」

「ううん、そんなことないわ。きみがあとをつけたのはお母さんで、どこかの知らない人じゃないんだもの」わたしもこの子ぐらいの年に、母がボイストレーニングの先生と怪しい仲ではないかと疑ったことがあった。二人が抱きあう光景を見たことはなかったが、もしあっても、母に告げようとは夢にも思わなかっただろう。もちろん、外部の人に話せるわけはない。その光景を心のどこか奥のほうに埋めてしまったことだろう。

「しばらくミスタ・コントレーラスのところに泊めてもらう？」

ブラッドはうなずいた。「母さんにはちゃんと言ってきたよ。それから、父さんにも。家族から離れてバカンスしたいんだって言ってきた。父さんや、ソニーおばさんや、そしてたぶん母さんもいて、それが幸せだってことはわかるけど、ときどき耐えきれなくなるんだ」

わたしは同情をこめてうなずいた。「わたしはいまから北の郊外へ出かけなきゃいけないけど、途中でミスタ・コントレーラスのアパートメントに寄って降ろしてあげる」とブラッドに言った。ブラッドはマスタングの後部に自転車を積みこみ、ストラップで固定した。

ミスタ・コントレーラスにブラッドを預けてから、〈シャール・ハショマイム〉会堂のほうへまわった。防犯カメラのうち二台のトランスミッションがなくなっていた。二台とも正面扉の上に設置したもので、誰でも簡単に見つけられる。何者かがトランスミッションを抜いていった。困ったものだ。シナゴーグを荒らした連中が二度目の襲撃を企んでいるのかもしれない。ただ、そうは言っても、会堂の正面部分は汚れ落としを終えてきれいなままだし、コーキーがほしがっているローズ色のレンガは四月の日差しを受けてきらめいている。軒下とモルタルの壁の穴に隠してあるカメラをひそかにチェックした。そちらは無事だった。

そこからエデンズ高速へ向かった。グレンヴューにあるオーガスタス・ジグラーと妻のレイシーの家を訪ねるためだった。遅い午後になっていた。ふつうだったら、帰宅する通勤者でエデンズ高速は渋滞中だろうが、コロナが終息せず、街の活動再開も遅々として進まないため、車はなめらかに流れていた。

もちろん、ジグラー夫妻が家にいて、玄関に出てきて、わたしと話してくれるかどうかは賭けだったが、〈アークエンジェル〉の施設にいるシルヴィア・ジグラーに連絡をとるのは、息子が母親の介護にどこまで関与しているかを探ってからにしたかった。

ジグラー夫妻が暮らしているのは、木々のない小さな区画が並ぶ通りに建つ平屋だった。緑色のフォードの小型トラックが車道に止めてあり、車体に〝〈サンタッシュ〉：あなたの家族のためにより良き世界を建設〟というキャッチフレーズが書かれていた。これは興味深い。ネットで見たジグラーのプロフィールには、個人経営の請負業者と書いてあったのに。

玄関までの短い私道を歩く途中、小型トラックの前に大型バイクが置かれ、その横にキア・ソウルが止まっているのを目にした。なるほど、オーガスタスとレイシーは借金取りから逃げようと決めたときのために、いつでも出ていけるよう準備しているわけだ。

呼鈴を押した。一分後、玄関ドアがわずかに開いた。黄褐色の髪を垂らした三十代の女性が顔をのぞかせた。

「看板が見えなかった？　このあたりは押し売り禁止よ」

「幸い、わたしは個人的な用件で伺いました。V・I・ウォーショースキーという者です。先日、救助をおこない――」

女性はドアをぴしゃっと閉めた。誰に彼女が非難できるだろう。見たこともない人間が家の前に立ち、長い話を始めようとしているのだから。

わたしは最大限の音量で話を始めるためにマスクをはずした。「V・I・ウォーショースキーといいます。十日ほど前に、ミシガン湖のほとりの岩場に身を隠していた少女を救助しました。救急車で搬送された病院から少女が逃げてしまったので、その子を見つけようとしているところです。ある人から、少女はオーガスタス・ジグラーの姪だという話を聞きました。こちらがそのオーガスタス・ジグラーさんのお宅で、姪御さんが無事であればいいのですが」

隣家の車道に止まった車から女性が降り、興味津々の顔でこちらを見ていた。犬の散歩中だった男性も歩道で足を止めて見物している。

玄関ドアがふたたび開き、わたしはマスクをつけなおした。男性が戸口に立った。戸外の仕事で日に焼け、髪は日光で漂白されている。わたしは男性を凝視し、次に小型トラックのほうを見た。今日の午前中、わたしがジグラーの屋敷へ出かけたとき、この男とトラックをデューダのセメント工場の中庭で見かけた。

「レイシーが急にドアを閉めてしまってすまなかった」男性が言っていた。「最近は詐欺師が多いからな、用心に越したことはない。あんたが姪を助けてくれた人なら、礼を言わせてもらう。家に連れて帰らなきゃならんので、どうか姪の居場所を教えてもらいたい」

「すみません、ミスタ・ジグラー。わたしのほうは、あなたに教えていただきたいと思って伺ったのですが」

男性は悲しげな笑顔を作った。「ガスと呼んでくれ。あの子は何年も前から素行不良でね、深刻なトラブルに見舞われるのも時間の問題だと思っていた。あんたがその場に居合わせて姪を救ってくれたことには本当に感謝している。だが、姪が病院から逃げだしたと聞いても驚きはしない。逃げだすときの走りをあの子がまじめな練習に変えていれば、陸上のスター選手になれただろうに」

冗談のつもりで言ったのだろうが、わたしはどうしても笑顔になれなかった。

「姪御さんと最後に会われたのはいつでした？」

ガスはあとずさって玄関ホールにひっこんだ。「なかに入ってレイシーと話してくれ。細かいことはおれよりレイシーのほうがよく覚えている」

レイシーがガスの右手のドアから出てきた。髪をひとつにまとめ、薄く透けるピンクのスカーフを結んでいた。

「わたしと話したいのなら、そのマスクをとってもらわないと。ウイルスを怖がってるような顔をして訪ねてくる人たちがいるけど、ほんとの目的はわたしをスパイすることなのよ」

「わたしはスパイじゃありません」わたしはマスクをはずした。ワクチンを信用しても大丈夫だろう。喧嘩腰で会話を始めるのは気が進まない。喧嘩をしたいなら、あとでゆっくり時間をとればいい。狭い玄関ホールを離れて部屋に入り、花模様のアームチェアにすわった。夫と妻があとに続き、カウチにすわった。身体をぴったり寄せて手を握りあった。家具は安物だったが、本物らしきアート作品が何点かあった。壁にかかった油絵はモネのようだし、隅に置いてある現代彫刻はルイーズ・ネヴェルソンかもしれない。

わたしがそちらを見ているのに気づいて、ガスが身をこわばらせたが、レイシーはこう言った。「夫の母親のもので、うちで預かってるの。ジュリアとは関係ないわ」

わたしはうなずいた。はいはい、そうよね。「姪御さんの失踪が心配でなりません。姪御さんが逃げだした病院がわたしを雇って行方を捜しています。まっすぐここに来たのではないかと、期待していたのですが。祖母にあたる人は体調を崩していますし」

二人の前のガラスのテーブルに名刺を二枚出した。

「探偵？」レイシーが言った。「それでもスパイじゃないって言うの？」

「姪御さんを捜している探偵です。わたしが見つけたあと、姪御さんはどのテレビ局のニュースにも出ていました。あなたたちがベス・イスラエルへ迎えに行ったんじゃないんですか？」

「あれがジュリア？」ガスが言った。「ニュースは見たが、ひどい姿だったから、まさかあの子だとは思わなかった」

レイシーがうなずき、彼の手を握りしめた。「あの子が七つのときに母親が亡くなったの。わたし、ガスのお母さんが大好きよ。すばらしい人ですもの。でも、あの人が規律というものに関心を向けたことは一度もなかったわ。ソーシャルワーカーなんだから、自堕落な暮らしが子供たちに与えるダメージを見てきたはずでしょ。ところが、エマは、ガスの妹は、ジュリアと同じく素行不良だった。エマはブラジルから来た男の子と遊びまわり、妊娠五カ月になったとき、男の子は国に強制送還されてしまった。たぶん、エマもその子を追ってブラジルへ行くだろうと思ったのに、こちらの期待どおりにはいかなくて――あら、ごめんなさい、ハニー、口がすべっちゃった」

今度はオーガスタスが彼女の手を握りしめた。「大変だったからな。エマは自分の死期が近いのを悟ったとき、おふくろをジュリアの法定後見人にした。おれたちは反対した。おふくろはすでに七十二になっていた。子供の面倒を見られる立場じゃない。だが、おふくろとエマ以上に頑固な人間はどこにもいない。まあ、それでよかったのかもな。レイシーもおれもフルタイムで働いてるから。コロナになる前は、家で子供の世話をするなんて無理だった。ジュリアみたいな子の場合はとくに」

「聞いただけでも大変そうね」わたしは言った。「ジュリアはあなたのお母さんと暮らしてたわけですね。何があったんです？　まさか、お母さんが亡くなったなんてことは……？」

オーガスタスはいったん黙った。「ころんで腰の骨を折ったんだ。一緒に住んでるのはジュリアだけだが、すぐ九一一に電話しなきゃいけないのに、あの子がぐずぐずしてたものだから、骨折したとこが炎症を起こしてしまった」

レイシーがうなずいた。すごい勢いだったため、髪に結んだスカーフの両端がワタオウサギの耳のように揺れた。「義母は手術しなきゃいけなくて、いまは延長介護を受けながら、ふたたび自力で歩けるようにがんばってるところ。わたしたちは義母を説得して、屋敷を売って介護ホームに入ってもらいたかったけど、ガスが言うように頑固な人なの。ジュリアの手助けがあるかぎり介護ホームなんか必要ないって意見だった。でも、転倒してどうなったか見てみなさいよ！　介護ホームから当分出られそうにないわ。あの人の高齢者医療保険（メディケア）が期限切れになってるから、ホームの費用は自己負担なのよ！　川の上にあるあの役立たずの屋敷を売れば、山のような問題が解決するのに！」

「そちらへ越して同居する気はないんですか？　大きなお屋敷だったら――」わたしは広さを示すように両手を広げた。

「向こうが承知するわけないわ」レイシーは言った。「ガスのことを悪く言ってて――」

「探偵さんはわが一族のトラブルなんか聞きたくないさ」ガスが警告の言葉をはさんだ。「とにかく、あの家は崩れかけてる。とりこわすのがいちばんだ。もしくは、修復する金を持ってる人間に売るか」

「市場の様子を見るために探りを入れるようなことは、お母さんが回復なさるまですべきじゃないと思いますけど」わたしは言った。彼と〈トライコーン＆ベック〉のあいだに取引があるのかどうか、母親の屋敷のリビングでアシュリー・ブレスラウといちゃついていたのは彼なのかどうかを尋ねたかったが、如才なく質問する方法が浮かんでこなかった。

「そのためにはぜひとも、おふくろを説得してサインを——」ガスは急に黙りこんだ。わたしが探偵であることを思いだし、一族のトラブルを聞かせてはまずいと気づいたのだろう。「とにかく、かいつまんで言えば、われわれがジュリアの唯一の身内だ。三カ月近くあの子を預かったが、毎日喧嘩ばかりだった」

「そうなの」レイシーが言った。「わざとこっちを怒らせようとするティーンエイジャーに向かってわめき散らすぐらい、自分の無力さを痛感させられることはないわ」

「姪御さん、学校には行ってます？」わたしは尋ねた。

「まあね」レイシーが言った。「もちろん、いまはまだリモート授業だけど、学校の勉強にあの子の注意を向けさせるのは無理だわ。こんなふうに言うのよ——あたしが高校を出るころには、アマゾンで箱詰めをする以外の仕事はもう残されてないわ。そんな仕事ならいますぐでもできるのに、どうして勉強しなきゃいけないの、って」

「お母さんは現在、介護ホームに？」わたしはガスに訊いた。「ジュリアが面会に行ったら、入れてもらえます？」

「コロナのあいだは無理だ。それに、ホームの人の話だと、骨折して以来、おふくろの認知機能は衰えるいっぽうらしい。だが、とにかく、ジュリアを見つけるのが先だ。あんた、本当に居所を知らないのか？」ガスは子犬のように悲しげな表情でわたしを見た。

「本当に知りません」

「湖のそばであの子を見つけたとき、何か預からなかったか？　あの子を見つける手がかりになりそうなものを」

わたしはガスに視線を据えた。「病院のスタッフに始まってシカゴの警官に至るまで、姪御さんがわたしに何か預けてないかと言って、誰もが文字どおりわたしのお尻を追っかけてますけど、残念ながら、答えはつねにノー。わたしが何を持ってると思ったんです？」

ガスは両手を大きく広げた。「手紙、ＵＳＢメモリ、お気に入りのおもちゃ。赤の他人にとってはなんの意味もないが、あの子を知ってた人間が見たらハッと気づくことがありそうな品なら、どんなものでも」

「紙切れ一枚すら預かってません、ミスタ・ジグラー。姪御さんの学校友達か学校のカウンセラーの名前をご存じなら、わたしがそちらへ話を聞きに行って、姪御さん捜しに協力してもらえないか頼んでみます」

「あの子に友達がいるとしても、名前なんか知らないわ」レイシーが言った。「いいこと、わたしたちだって学校へ出向いたのよ。でも、学校はなんの力にもなれなかった。わたしは驚かなかったけどね。ジュリアは友達を作ったり、カウンセラーに話をしたりする子じゃないから」

「ブラジルにいる父親を見つけようとしたことはありません？」

二人は驚きの表情を浮かべた。これまで考えたこともなかったようだ。「どうすれば見つかるのか、おれにはわからないがね。あの男は、ブラックリストに出ているどこかのグループと関わりがあったために強制送還されたわけだから、この国には戻ってこられない」ガスはさらにつけくわえた。「とにかく、いまの時代、アメリカ人はブラジルへ旅行できるのか？　向こうでウイルスの感染爆発が起きてると聞いたぞ」

「わたしが姪御さんを発見したとき、両脚に火傷を負っていました。どういうわけで火傷をしたのか、何か心当たりはありません？」

ガスとレイシーの声と視線に痛ましさがあふれた。なんと恐ろしい知らせ。ひどい火傷だったら、なおさら姪の居所を突き止めなくては。

「何者かが病院にやってきて姪御さんと話をしました」わたしは言った。「その人物が来たあとすぐに、姪御さんは逃げだしたのです。その人物の正体を知る者は病院には誰もいません。あなたが差し向けたのですか？」

「まさか」レイシーが言った。「ガスが言ったように、ニュースに出たのがジュリアだってこともこっちは知らなかったのよ。ねえ、ガス、誰だと思う？　あなたのお母さんの友達かしら」

ガスは首を横にふった。またしても子犬のように悲しげな表情。「ジュリアの知りあいだと、あんたは考えてるのか？　病院から逃げだすよう、そいつがジュリアに知恵をつけに行ったとか？」

「わたしは何も考えてません。どんな会話があったのか、誰も知りませんし」わたしは立ち上がった。「お母さんが早く回復されるといいですね。面会もできないところに入れられて辛い思いをしてらっしゃるでしょうし、あなたもきっと辛いだろうと思います。しかも、認知機能が衰えつつあるのなら、百倍も辛いに違いありません。夜間に廊下をうろついていたというだけで高齢者をベッドに拘束するような施設ではないといいのですが」

「義母は〈アークエンジェル〉で行き届いた介護を受けてるわ」レイシーがこわばった口調で言った。「でも、メディケイドが期限切れのせいで、行き届いた介護のお金を負担しなきゃいけないんだから、わたしたちにとっては悪夢よ」

「よくわかります。家のローンとか、トラック代とか、その他さまざまなものの支払いに追われる身としては、介護ホームの料金なんか払いたくないでしょうね」

わたしはドアのところで足を止めた。「あなたのトラックに〈サンタッシュ〉のキャッチフレーズがついてるのを見ました。自営の請負業者さんだと思ってましたけど」

ジグラーは顔をゆがめた。「前はそうだった。だが、不景気だからな。大手の傘下に入ったほうが楽なんだ。中国のやつらにウイルスを持ち帰らせることができれば、おれも自営業に戻れるかもしれん」

「わたしはサウス・シカゴで育った人間で、そのころは〈トンマーゾ・セメント〉の現在の経営者を知っていました。タッド・デューダという男です。あなたはたぶん、ご存じないでしょうね」

「ほう、デューダの知りあいか」沈黙ののちにジグラーが言った。「あんたがうちに来て話をしてるのを、デューダは知ってるのか？」

「この三十年、デューダには一度も会っていません。とにかく、デューダの仲間とつるんだことはありません。もっとも、向こうはわたしのいとこのブーム＝ブームとつきあいがありましたけど」

「アイスホッケー界のスター選手だな。じゃ、あんたとブーム＝ブーム・ウォーショースキーはいとこってわけか。なんと、なんと」

ジグラーが片手を差しだしたが、わたしは握手に応じることなく、どうにか彼の横を通り抜けた。

26　トラブルを覚悟

シルヴィア・ジグラーは〈アークエンジェル〉の介護ホームに入っている。ガスとレイシーの家から目と鼻の先だ。コロナの時代なので、シルヴィアにじかに会うのはたぶん無理だろうが、施設長と個人的に話ができれば、ある程度の容態はつかめるだろうし、彼女に弁護士がついていることを〈アークエンジェル〉にわからせることもできる。

ガスとレイシーが姪のジュリアを嫌い、ガスの母親を馬鹿にしているのを知って、わたしは暗い気分になった。また、二人に会った結果、山ほど疑問が湧いてきた。たとえば、ガスとタッド・デューダの関係について。デューダは借金を抱えている。おそらくギャンブルのせいだろう。

ガスの経済状態も危なっかしくて、彼もまたギャンブル好きのように見える。シルヴィア・ジグラーのクレジットカードの利用明細書、何年ものあいだ彼女が異議を申し立ててきた多額の請求。息子がやったことに違いない。タッドとガスはギャンブルを通じて知りあったのかもしれない――シカゴ・アヴェニュー橋の下でやっているサイコロ賭博。〈クサリヘビ〉ことヴァル・トンマーゾはデューダを何度も窮地から救ってきた。つまり、今回の件にも一枚嚙んでいるかもしれない。となると、外部の者――例えばこのわたし――の身の危険が高まる。わたしが死ぬ前に舌を切りとったりする者がいないように願いたい。これは口数が多すぎる者にマフィアが与えるお気に入りの刑罰で、口数の多さは幼稚園時代からわたしの欠点のひとつだった。

そう考えたとたん、喉が締めつけられた。それほど物騒ではないことに考えを向けるとしよう。ガスと母親。ガスは母親が亡くなった妹のほうを可愛がっていたと思い、腹を立てていた。彼にはまた、母親にサインさせたいものが何かあるらしい。グース島の屋敷に関係のある何かだろう。

ゆうべアシュリーと会っているのをブラッドが目にしたという相手が、ガスだったらいいのにと思った。アシュリーが働いている不動産会社が、ガスに仕事を出している請負業者〈サンタッシュ〉と共同で事業展開をしているなら、〈サンタッシュ〉が造成する住宅地の室内装飾を担当したアシュリーがガスに出会った可能性もあるわけだ。

ジグラー家の屋敷は、いや、少なくとも屋敷が建っている土地は、日ごとに価値が高まっている。川の東岸が高級住宅で埋まってしまった現在、開発業者たちは西岸に目をつけているはずだ。チェックしてみる価値がありそうだ。しかし、母親が屋敷を離れることを頑として拒んできたため、ガスとレイシーは頭に来ていた違いない。母親が転倒して腰の骨を折ったときは、天の恵みだと思ったことだろう。介護ホームに放りこんでしまえば、もう母親に邪魔されずにすむ――なんでもガスの思いどおりにできる。

わたしは孫娘をこのシナリオに組みこもうとした。ガスが、またはコーニー警部補が、またはベス・イスラエルに来た謎の男が、この子が持っている何かを追い求めている。でも、それは何なのか？ コーニーのことも気になる。警部補という階級の者がリトヴァク家やジグラー家の小さな問題にのめりこんでいるのはなぜなのか？

すでにハーレム・アヴェニューまで来ていた。〈アークエンジェル〉の敷地の東端に近いところだ。シルヴィア・ジグラーを守らなくてはという気になってきた。彼女の様子をたしかめたかったが、その前にまず、施設のセキュリティを調べることにした。

車で敷地の外を一周すると、地図アプリの衛星写真で見たものが確認できた。高さ八フィートのフェンスが敷地を囲んでいる。なかに通じる道路は四本で、四辺のそれぞれに一本ずつついている。入居者を守るため、すべての道路にゲートと監視カメラが設置してある。わたしは入口のひとつから少し先の路上に駐車して、車や配送トラックが出入りする様子を観察した。入居者はどうやら、パスカードを持っていて、それをスワイプしているようだ。訪問者はインターホンで用件を告げる。ゲートの警備はそう厳重ではなさそうだ。猛スピードで通り抜けようとすれば、不可能ではないだろう。

敷地に入っていく車を観察していたら、ゲートの内側に設置されたカメラが光るのが見えた。カメラの角度からすると、ナンバープレートに加えて、ドライバーと助手席の人間の両方も撮影できるようだ。知っておくのはいいことだ。

ゴルフ場のほうに、入居者以外の利用客のための専用入口があった。カメラが光ってゴルフ場に入っていくSUVを撮影した瞬間、わたしはインターホンをよけて入りこみ、小道をたどってホールのひとつまで行き、そこから敷地の中心部へ進んだ。

ゴルフ場とタウンハウスは西端にあり、記憶ケアユニットは東端にある。ウェルネス・センターの前を通ると、戸外のテーブルに人々が二、三人ずつかたまってすわり、何か飲みながら楽しそうにしゃべっていた。ここに入居すればこうして生き生きと暮らせることを宣伝しているかのようだ。窓からなかをのぞいたところ、そこはエクササイズ・ルームで、物理療法や作業療法の場へ人々を案内する掲示が出ていた。

小道はウェルネス・センターから介護ホームと記憶ケアユニットへ続いていた。わたしは介護ホームへ続くほうの道を選んだ。そちらには〝ウェルネス・パビリオンへの道〟という名前がついていた。その先にあったのは淡い黄土色のレンガを土台にしたガラスの建物で、やけに明るい雰囲気だった。レンガ敷きのベランダの奥に車椅子の人々が並び、電線に止まった鳩の群れのようにまっすぐ前方を見ていた。四月の戸外は肌寒いので、毛布にくるまれていた。ヘルパーが二人、名ばかりの見守りにあたっているが、二人とも携帯電話をいじっていた。

ガラスの正面ドアのほうへ行くと、すべるように開いたが、その奥にある第二のドアは閉じたままだった。ドアの表示板に〝呼鈴を押して担当者とお話しください。ただし、家族との面会は許可されません〟と書いてあった。〝建物に入るときは、かならず新型コロナの感染対策に従ってください〟との指示も出ていた。マスク着用、入口で体温測定、食料・飲料の持込み禁止。

呼鈴を押した。最初は応答がなかった。待つあいだに、胸までがっくり首を垂らした女性の車椅子を押して、ベランダのほうからヘルパーがやってきた。マグネットキーをスワイプして奥のドアをあけた。あとに続きたい誘惑にかられたが、わたしは今日、ガス、レイシー、リトヴァク家の者、消防隊員たちと会っている。忌むべきウイルスに覆われていることは充分に考えられる。介護ホーム全体に感染を広げる元凶にはなりたくない。しかも、奥のドアの両側には監視カメラが設置されている。

ようやく、頭上のラウドスピーカーから声がして、用件は何かと尋ねられた。

「シルヴィア・ジグラーの様子を見にきました」わたしは大声で答えた。

入所者に関する情報は提供できない、とラウドスピーカーの声が言った。

「わたしは弁護士で、ミズ・ジグラーの孫娘と関わりを持つ者です。孫娘の個人情報をラウドスピーカーに向かってわめくつもりはありません」

前より長い沈黙ののちに女性が現れた。マスクのほかに防護眼鏡をかけ、紙製のキャップをかぶっている。バッジに書かれた名前はR・サッチャー。わたしが誰なのかを質問しようとしたが、別の入居者が車椅子で運びこまれたり、別の誰かが出ていったりしていた。彼女はわたしを連れてベランダに出ると、車椅子の入居者たちが並んでいるのとは反対のほうへ行った。二人のあいだに六フィートの距離を空けて立った。つまり、マスクやその他の装備のせいで、どなりあわなくてはならないわけだ。

二人を隔てる安全ゾーンに身を乗りだして、わたしは名刺を差しだした。イリノイ州弁護士会の会員であることを示す名刺を。それは事実だが、探偵だとは書かれていない。

「ミズ・ジグラーが孫娘の法定後見人であることはご存じですね?」わたしは言った。

「祖母が元気なのかどうか、孫娘がひどく心配していますが、未成年者のため、こちらに問いあわせる資格がありません。ただ、家族の会話を孫娘がたまたま耳にしたところ、ミズ・ジグラーの身体を拘束する必要があるかどうかという議論がなされていたそうです。

孫娘はショックを受けました。祖母は腰を骨折したあとのリハビリのため、こちらに入ったのですから。わたしはミズ・ジグラーの様子を見てくると約束しました」

「子供があなたに依頼を？」R・サッチャーは疑いの口調だった。「それに、弁護士に依頼をおこなう場合の年齢制限に関する法律はありません」わたしは言い繕った。「腰の骨折後はなるべく身体を動かす必要のある人物に対して、身体拘束が推奨されるとは思えませんが」

防護眼鏡の奥でサッチャーの目が細められた。「シルヴィアの介護に関して質問する権限があるのは息子さんだけです」

「ええ、ガスですね。いましがた、ガスとレイシーに会ってきました。わたしが責任を負っている相手は孫娘です。ミズ・ジグラーはその子を〝ユルチャ〟と呼んでいます。聞き覚えはありません？」

「わたしが患者さんとじかにやりとりすることはありません」サッチャーは言った。「ですから、シルヴィアがお孫さんの話をするのも聞いたことはありません。でも、たとえシルヴィアの息子さんと担当医が許可したとしても、とにかく、未成年者の面会は問題外です。たとえシルヴィアがここにいたとしても」

「退院できたんですか？　喜ばしい知らせだわ」

サッチャーは首を横にふった。「記憶ケアユニットへ移されました」

わたしのなかで何かが崩れた。「でも——これまで自立した暮らしを続けてきて、孫娘の世話をして、請求書の支払いだって自分で——」

R・サッチャーの視線がわたしを通りすぎて車椅子の人々に向いた。みんな、食い入るようにこちらを見ている——ろくな楽しみもないこの場所で、わたしたちは生で見られる娯楽というわけだ。R・サッチャーが少し向きを変えたので、わたしも彼女の言葉を聞きとるために見物人から離れるしかなかった。

「高齢者は急激に弱ることがあります」サッチャーは言った。「シルヴィアはホームのスタッフを罵倒し、幻覚に襲われるようになりました。わたしどもも身体拘束を決断するしか選択の余地がなかったのです。ほかにも何か質問がおありでしたら、ミズ——ええと——」わたしの名刺に目をやり、名字を読むのに苦労した。

わたしは首を横にふったが、そのあとで大事な質問を思いだした。「あります。ミズ・ジグラーが運びこまれたとき、火傷を負っていませんでしたか？」

「火傷？　どうしてシルヴィアが火傷なんかするんです？」

「火を逃れようとして骨折したのではないかと思ったものですから」

R・サッチャーは防護眼鏡の奥からわたしを凝視した。長すぎる沈黙のあとで言った。

「HIPAA、すなわち、医療保険相互運用性及び説明責任に関する法律の規定により、患者さんの身体状況に関する詳細をお伝えすることは禁じられています。いずれにしろ、当ホームは医療ケアを提供するところではありません。シルヴィアが火傷を負っていたなら、聖ヘレナ病院で腰の骨折を処置したさいにそちらの治療もしたはずです」

わたしはその点について議論しようとした。皮膚のトラブルなどは介護ホームのスタッフが対処しているはずだ。でも、次の瞬間、無駄だと気がついた。こちらが何を言おうと、サッチャーははぐらかすだけだ。あまりしつこくすると、R・サッチャーに記憶ケアユニットへ連れていかれるかもしれない。

時間をとってもらったことに礼を言い、ほとんど走るようにしてサッチャーから逃げだした。シルヴィアの状況に鬱屈した悲しみを感じ、シルヴィアの身を案じる気持ちが欠けている様子のR・サッチャーに抑えきれない怒りを覚えた。車椅子に乗せられて並んでいる人々の前を急いで通りすぎようとしたとき、一人の男性にジャケットの袖をひっぱられた。何か言われたが、マスク越しなので聞きとれなかった。早く立ち去らなくてはと思いながらも、仕方なくしゃがみこんだ。

「シルヴィアの友達かね?」男性が言った。

「会ったことはないんです」わたしは答えた。「それでも、友達と言っていいと思います。

シルヴィアのことをご存じなんですか？」

男性は痰がからんだ声で笑った。「ここで顔を合わせれば、まあ、知りあいということになるのかな。シルヴィアにはおかしなところなどなかったぞ。ただ、本人は早く家に帰りたがっているのに、施設の者が帰そうとしなかった。おかしいのは連中のほうだ」いまも立ったままのR・サッチャーのほうを、男性は頭でぐいっと示した。「なんでシルヴィアがベッドに拘束されてもうひとつの建物へ移されたのか、わしにはわからんが、ここの連中の言うことを信じてはいかん」

サッチャーがやってきた。「ドクター・アゼルノフ、ずいぶん長いあいだ外においでしたね。それから、そちらのミズ・ワーチャーシー、患者さんたちの近くにすわるのはおやめください」

「このギャルとわしは長いつきあいだ」ドクター・アゼルノフはしれっとして言った。「見た瞬間にわかった。歯列矯正のブレース交換のため、母親がよくうちに連れてきたものだった。可愛い女の子の歯は忘れんもんだ。わしが教えたとおりに歯磨きを続けていれば、わしの年になったときも、歯はちゃんと残っておるだろう」

「はい、先生、ありがとうございます。これからもがんばって磨きます」わたしは立ち上がった。

「それから、あんたのお母さん。きれいな人だったな。覚えておるぞ。だが、名前が思いだせん」

「ガブリエラです。ガブリエラ・セスティエリ。ええ、きれいな人でした。わたしのブレースがはずれた少しあとに亡くなりましたが、母を覚えてくださって感激です」

すべての規則と感染防止対策を無視して、わたしは彼の手を握りしめた。見知らぬ人の優しさは大切にしないと。波立った心が静まっていった。ふつうの歩調で歩きはじめ、記憶ケアユニットへの道をたどった。

わたしがブレースをつけたことは一度もなかった。両親の経済状態ではとても手が出なかった。

27

シカゴの公園のアリアドネ

わたしが記憶ケアユニットの設計を頼まれたなら、交通量の多い交差道路の近くに建てるようなことはしないだろう。また、金網フェンスは心和む緑の木々の陰に隠すだろう。とは言うものの、〈アークエンジェル〉の殺風景な設計のおかげで、ケアユニットの周囲の敷地をフェンス越しにのぞくことができた。〈アークエンジェル〉のためにひとこと言っておくと、人工芝の細長いスペースが造ってあって、入居者はそこを歩くことができる。パティオに車椅子の人が何人か出ていた。あたりをせかせか歩きまわる人もいれば、大きな人形を抱いて、しじゅう頭をなでたり甘い声で話しかけたりする女性や、動物のぬいぐるみを腕に抱えた男性もいたが、ほとんどの人はただ歩きまわるだけだった。

男性の一人が、わたしが立っているところに来た。「レイチェル？　レイチェル？」

「ごめんなさい。わたし、レイチェルじゃないのよ」無力感のなかでわたしは答えた。

〈アークエンジェル〉の栗色のユニホームを着たヘルパーがパティオにいるのが見えた。

「あの女の人が教えてくれるわ。レイチェルがどこにいるか訊いてみてね。あの人なら知ってると思う」

男性はわたしの腕が指すほうを向き、足をひきずりながらヘルパーに向かって歩きだしたが、途中で注意がそれて、派手なピンクのプラスチック製ベンチのほうへ行った。男性がわたしと話すのを見ていたヘルパーが、わたしのことを調べようとしてフェンスのほうにやってきた。

「面会の人?」ヘルパーは訛りのひどい声で尋ね、そのあとでわたしの顔を見て、恐怖のあえぎを漏らした。

わたしはは一瞬当惑したが、彼女のバッジの名前を読んだ。ジセラ。ジセラ・ケリガ。シルヴィアに無断で電話を使われた人だ。

「あなたに会いに来たんじゃないのよ」わたしは言った。「シルヴィアに会えないかと思って」

わたしの英語が理解できなくて、彼女は首をふった。わたしのスペイン語は単純な文章を作ることもできないレベルだ。いったい何事かと主任らしき人近づいてくるあいだに、わたしは翻訳アプリを開いた。〝わたしはシルヴィア・ジグラーを捜しています。あなたのお嬢さんがわたしと話をしたことは誰も知りません〟

主任がフェンスまでやってきて、どういう用件かとわたしに尋ねた。ジセラにきつい調子のスペイン語で二言三言何か言うと、ジセラはあわててパティオにひきかえし、車椅子の患者たちのところに戻った。

「申しわけありません」わたしは心の奥のゴミ溜めから微笑をひきずりだした。「昔お世話になった歯医者さんがこちらのホームに入っているので様子を見に来て、帰る途中で記憶ケアユニットのところを通りかかったんです。誰にとっても恐怖だと思いません？　愛する人が、もしくは自分自身が閉鎖された施設に入らなきゃいけないなんて」

「ここは動物を見物できる動物園ではありません」

「おっしゃるとおりです」わたしは言った。心からそう思った。「失礼なことをしてしまいました」

小道に戻ったが、主任に呼び止められた。歯医者の名前を教えてほしいと言われた。

「アゼルノフ先生です」わたしは言った。「先生がこちらに移らなきゃいけなくなったときは、かならず知らせてくださいね。連絡が途絶えないようにしたいので。母のいいお友達だったんです」

彼女にわたしの名前を訊かれたが、わたしはそのまま歩きつづけた。R・サッチャーに教えてもらえばいい。職場の階級制度。管理者の名前はR・サッチャー、ヘルパーの名前はジセラ。

彼女の視界の外まで行ってから、いま来た道をひきかえした。記憶ケアユニットの周辺を歩いておきたかったのだ。外側のフェンスはゲートが二カ所に設けてあった。ひとつは庭と敷地の中心部を通る小道に面している。もうひとつは大きめの業務用ゲートで、大通りにつながる道がその前を通っている。どちらのゲートもICカードをスワイプすれば、もしくは呼鈴を押せば、フェンスのなかに入れる。

記憶ケアユニットに入ると、建物のドアもやはりカードか呼鈴で開くようになっていた。しかし、業務用ゲートのほうはロックされていないようだ。しばらく見ていると、品物を届けに来た人や、ゴミを運びだす人は簡単にドアをあけて出入りしていた。人々がうろつきまわる建物のドアをロックしないのは安全上のリスクのように思えるが、出入りするバンや車を見ているうちに、みんなの時間の節約になっていることがわかってきた。

ユニットのレイアウトがだいたい把握できたので、急いでひきあげることにし、大通りへ続く道をジョギングして外の世界に出た。たどり着いた大通りは、〈アークエンジェル〉の敷地をはさんで、わたしの車を止めた場所の反対側にあったが、野外に出ることができ、日常的なことをする人々を目にできてホッとした。

市内と郊外を結ぶPACEバスの停留所を通りすぎた。ジセラ・ケリガと話をして、翻訳アプリの助けがあればシルヴィアのことを彼女に尋ねられるかどうか試してみたかった。ケリガのシフトが何時に終わるかはわからない。三時ごろかと見当をつけていたが、いまはもう四時を過ぎていた。もしかしたら、ダブルシフトで働かざるをえず、小さな子たちの世話は娘のジャスミンにまかせているのかもしれない。

車をとってきてバス停まで戻った。十分ほど待ったとき、ベス・ブラックシンから電話があった。

「九一一の無線を傍受してて、すごいネタを拾ったわ、ウォーショースキー。ウォレン公園に女性の死体。ジョギング中の人間から通報があったみたい」

「わたし、まだ生きてるけど」

「冗談とおふざけの時間じゃないのよ、ウォーショースキー。九一一に通報した人間は、この時代に誰もがしていることをした。つまり、インスタグラムに投稿したの。湖で身元不明少女を見つけたとき、あなた、あの子に赤いジャケットをかけてあげたでしょ？　死んだ女性がそっくりなのを着てるの。ねえ、いまどこ？」

わたしは思わず息を吸った。「まさか」

「どういう意味よ？　〝まさか〟って。警察が現場に到着して公園を立入禁止にする前に、その女性を見に来てちょうだい。もし例の身元不明少女だったら、まさにウルトラ級のスクープよ。あなたの助けが必要なの」

いやだ。身元不明少女の死に顔なんて見たくない。あの子の人生が凝縮されてウルトラ級のスクープになるなんていや。少女が病院から姿を消して以来、わたしはこうなるのを恐れてきたが、恐れるのとそれが現実になるのとは大違いだ。

「もしもし、聞いてる、ウォーショースキー？　警察が来るのは時間の問題よ」

「どこ？」かすれた声でひとこと言うのがやっとだった。

「言ったでしょ。ウォレン公園。ええと、公園の南東の角よ。アルビオン・アヴェニューから入ってすぐのところ」

両手が震えていたが、どうにか車を出すことができた。しっかりしなさい、V・I。パニック発作を起こす許可を誰がくれたの？　アクセルを踏みこみ、信号待ちをしている車のあいだを縫い、赤信号の交差点を通り抜け、猛スピードでエデンズ高速に入り、荒っぽい無謀運転を続けた。警察に道路脇へ誘導されても仕方のない状況が十回以上あったが、人をはねることも、停止を命じられることもなく、アルビオン・アヴェニューとディメン・アヴェニューの角にたどり着いた。

ベスにメールした。公園の入口から二、三百ヤードのところに来るよう、ベスから指示があった。近くのアパートメントの敷地に駐車スペースを見つけ、ベスが立っている場所まで走った。鬱蒼とした茂みのそばだった。ベスは電話中で、「次のミレニアムじゃなくて、いますぐ！」と撮影スタッフに命じていた。彼女の映像はわたしの電話で撮るけど、うちのニュース編集室ってどうしてグズなのよ？」

わたしはベスの電話をつかんで脇へ投げた。「わたしの映像なんか撮らないで、ブラックシン」

遺体は茂みの下にほぼ隠れる形で横たわっていた。ジャケットがなければ、もうしばらく誰にも気づかれなかったかもしれないが、赤い色が強烈に目立っていた。わたしは膝を突いて垂れ下がった枝を分けた。遺体は胎児のように身体を丸め、こちらに背中を向けていた。ここに這いこみ、そのあとで死んだのだろうか？

「もう大丈夫よ、ユルチャ」ささやきかけた。「わたしを信じて頼ってくれればよかったのに。ナギーにこんな姿を見せずにすんだのが不幸中の幸いかもしれない」

彼女の頸動脈に指をあててみた。脈はなかった。手をひっこめた瞬間、頭部が不気味に傾いた。首の骨が折れている。茂みに這いこんで凍死したのではない。殺されたのだ。遺体は自然死に見えるような姿勢にされているが、腕が折れ、上腕骨と尺骨がありえない角度で交差している。わたしのジャケットは後身頃が切り裂かれ、肩から中途半端にひきずりおろされている。

警察がやってくるのが聞こえた。サイレン。道をあけるよう人々に命じる拡声器の声。わたしは彼女の身体を動かさなくても顔が見えるように、膝を突いたまま向こう側にまわった。

息をのみ、地面にかかとをつけてしゃがんだ。身元不明少女ではなかった。ようやく携帯電話をとりだし、ライトをつけた。わたしのジャケットであることは間違いない。大きな黒いボタン。斜子織り。しかし、大きなセーラー襟の上の顔は身元不明少女ではなかった。少女と同じ病室にいた子だ。名前が思いだせない。〝シュトラウス〟という言葉が頭に浮かんだが、しっくりこなかった。

抑えがたい衝動に駆られて彼女の折れた腕からジャケットをひき抜いた。この服がモルグへ運ばれたら、わたしの一部も死んで金属製のストレッチャーに横たえられることになりそうな、原始的な恐怖に駆られていた。

少女の手足はぐらぐらしていて、まるでマネキンのようだった。マネガール。あのときの駄洒落が、少女の耳ざわりな笑い声が、わたしの口にあふれる胆汁と共によみがえった。

シャツはめくれ上がり、ジーンズはファスナーが開いていた。生々しい手術の傷跡が見えた。青ざめた肌にステープラーの縫合の跡が黒く浮かび、傷口から滲みでた膿にアリがたかっている。

ジャケットを手にして茂みから抜けだしたそのとき、反対側に警官たちが到着した。ベスから情報をひきだそうとする警官たちに、彼女はプレスカードを提示していた。わたしは小走りで茂みから離れると、立ち上がり、ゆっくり歩きだした。あわてて動いたら注意を惹いてしまう。警察はいずれわたしを見つけだすだろうが、いまはちょうど〈グローバル・モーバル〉のバンが何台もの警察車両のそばで止まったところだった。女性カメラマンが飛び下りた。

わたしはテレビ局と警察が何を言うか、何をするかを見届けようとはしなかった。容易に想像がつくし、現場から離れたかった。誰にも呼び止められずにわたしの車に戻ると、どこかの男がフロントウィンドーに意地悪なメモを残そうとしているところだった。

男に謝罪して車に乗りこむあいだに、意地悪なメモが意地悪なつぶやきに変わった。メモが言わんとすることは明らかだった――〝なんてことするんだ。レッカー車がこっちに向かってるのに〟。運転席のシートにもたれて目を閉じ、つぶやきは聞き流した。

「何か言うことはないのか？」男がわめいた。

「あるわ」わたしは苦労して身を起こした。「おっしゃるとおりよ。非常識でした。本年度のもっとも許しがたい行為ね。心の底からお詫びします。ところで、そこをどいてくれたら、わたしはここを出ていくから、あなたは駐車スペースをゲットできるわよ」

「レッカー車が来るまで足止めされれば、あんたも懲りるだろうよ」男はブツブツ言ったが、ようやくどいたので、わたしはマスタングをバックさせてデイメン・アヴェニューに出た。自分の腕があの少女の腕のように感じられた。骨が折れ、筋肉にも腱にもつながっていないような感覚だった。腕をどうにか動かして二、三ブロックだけ走ったが、そのあと、道路脇に車を止めた。

ベスにメールを送った。〝例の身元不明少女じゃなかったわ。病院で同室だった子よ〟。車の流れがわたしの横を過ぎていった。わたしは泡のなかに浮かんでいた。ミツバチの群れがまわりでざわめいているのに、一匹だけ琥珀のなかに閉じこめられている。ショック状態――わたしの心の冷静な部分はそれを知っていたが、知ったところで、ふたたび腕を動かす役には立たなかった。

〈ナクソス島のアリアドネ〉――病室が同じだった子の名前をシュトラウスだと思った原因はこれだったのだ。アリアドネなんとか。調査メモを見れば確認できるが、そのためには、わが〝マネガールの腕〟を動かさなくてはならない。

わたしの電話が鳴っていた。ベスだ。彼女も怒っていた。「あなたのためを思って、警察が来る前に呼んであげたのに、逃げてしまうなんて……。茂みの下に倒れてたのが例の身元不明少女でないことがどうしてわかったんだと警官に訊かれたとき、わたし、どう答えればよかったのよ？　そうだ、ジャケットはどうなった？　あなた、あれをどうしたの？」

「どれもいい質問だわ、ベス。わたし、どん底まで落ちこんでるの。警察に突きだしてくれてもいいわよ。それであなたの気分が晴れるのなら」

「同じ病室にいた子だってことがどうしてわかったのか、それだけ教えて」

「身元不明少女が消えた日に、わたし、その子と話をしたの」わたしの言葉はのろのろとしか出てこなかった。冷たいボトルから絞りだされるケチャップのように。「その子の名前はアリアドネ……だった……腹部の手術を受けていた。たぶん、一週間ぐらい前に……いつ退院したかは知らない。住所も知らない……どうやってあの茂みの下に行き着いたんだろう……その時点ではもう死んでたのに。いえ、とにかく、瀕死状態だった……両腕が折れていた」

「すごいわ、ヴィク、ありがとう。あなたと話したときに、その子、どんなことを言ってた？」

「またあとでね、ブラックシン。へとへとに疲れてるから」

「ジャケット。どうしてジャケットを持ち去ったの？」

わたしは通話を終了し、電源を切った。シートにもたれて、何を考えるともなく考えた。ジャケット。ジャケットのことはベスが警察に話すに違いない。もしくは、九一一に通報した人物に警察が質問するだろう。ジャケットの行方を捜すだろう。

わたしがいまいるのは〈シャール・ハショマイム〉からわずか二、三ブロックのところだった。ドンナ・イローナに会いに行くついでに、ときたまシナゴーグの向かいのクリーニング店を利用している。店の本当のオーナーが誰なのかは知らない。午前中はたいてい、ラーナ・ジャーディンという女性が店番をしていて、今日はまだ店にいた。

ジャーディンは赤いジャケットを平らに置き、ダメージの具合を調べて首を横にふった。

「この泥ねえ。やってみるけど、たいてい、しみが残るわよ。それから、こうして切り裂かれたとこは――繕ってみるけど、複数の糸をひきそろえて織ってある生地だから、修理代がかなり高くなる――糸を一本ずつ別々にかがらなきゃいけないんでね」

わたしは悲しい思いで生地に指を触れた。

「どうする？」ジャーディンはとがった声で言った。「そろそろ店を閉める時間だ。うちに預けてく？　それとも、持ち帰る？」

修理を頼んでも無駄だと思われた。バッグに入れ、向きを変えて帰ろうとしたが、そこで立ち止まった。「わたしが探偵で、通りの向かいのシナゴーグに目を光らせてることは知ってるでしょ？」

ジャーディンは警戒しつつうなずいた。

「正面扉の上に設置したカメラがなくなってるの。もしかして――」

「わたしは盗んでないよ！」

「でも、誰かが盗んだときにそれを見てたんじゃない？」断定的に言った。何か知っているはずだという確信があった。「その人物の外見を教えてくれない？」

ジャーディンは恐怖と嫌悪の中間といった表情でわたしを見た。「とっくに店を閉めてなきゃいけない時間だ。帰ってよ！」

わたしはよろよろと店を出た。ひどく疲れていた。脚に〝疲労〟という焼き印が押されていた。今日すでにこの通りに来ていたことを思いだし、自分でもびっくりした。ガス・ジグラーと妻のレイシーに話を聞きにいく途中で寄ったのだ。少しふらつきながら店を出た。

悲しくなった。ジャケットのことを考えると、照れくささの混じった悲しみに包まれた。セールで買ったのだが、それでも高かった。ピーターがマラガへ発つ前に会ったとき、わたしはこれを着ていき、ピーターは大きな黒いボタンをはずすのを楽しんだ。いえ、もうやめよう。

シルヴィア・ジグラーの運命を知って胸を痛め、彼女の孫娘が殺されたと思いこんで衝撃を受けた。でも、同じ病室にいた少女のことには思いが及ばなかった。アリアドネ。ブランチャード。名字はそれだ。ナクソスではない。

身元不明少女はアリアドネのジーンズと、ザ・リンダ・リンダズのTシャツを盗んでいった。ジャケットは置いていった。理由は——推測するしかない。目立ってはいけなかったから？　とにかく、わたしが病室のロッカーをのぞいたとき、ジャケットはなかったから、アリアドネがとりだして自分のベッドに隠していたに違いない。身元不明少女のものだから、ジーンズを盗まれたかわりに自分がもらうのが当然だと思ったのだろう。

そして、そのあとに何が？　アリアドネは退院し、ウォレン公園で死体となって発見された。わたしは通りを渡って、ミスタ・パリエンテと仲間がよくすわっているシナゴーグの前の縁石に腰を下ろした。アリアドネの自宅住所がわからないかと思って、電話の電源を入れた。かわりに目にしたのは、ベス・ブラックシンからの複数のメールだった。〝わたしが帰ろうとしたとき、コーニーというシカゴ市警の警部補が到着した。あなたを捜してる。ジャケットが消えたことを知ってて、あなたが犯行現場を荒らしたと言っている〟

そして、ミスタ・コントレーラスから留守電メッセージが入っていた。〝電話をくれ、嬢ちゃん。あの悪徳警官があんたを捜しに来ておった〟

28　コーニー、第三ラウンド

とっさに考えたのは、マスタングに飛び乗って最速で街から逃げだすことだった。しかしながら、わたしはGPSジャマーにお金を注ぎこんでいない。コーニーがわたしを見つけようと思ったら、シカゴ市警で監視用ドローンにアクセスするだけで、こちらの車の位置を簡単に突き止められる。犯行現場から逃げだした。証拠品を持ち去った。シカゴ市警の管轄区域から逃げだした――これだけそろえば、州検事は眉ひとつ動かさずに逮捕状を出すだろう。

パトカーを目にする前に、その音を耳にした。道をあけるようドライバーたちに警告しながら、ラント・アヴェニューを猛スピードでやってくる。ジャケットを隠す場所はないかと必死に見まわすと、シナゴーグの扉の郵便受けが目に入った。パトカーと覆面SUVがシナゴーグの近くで急停止する何分の一秒か前に、郵便受けにジャケットを押しこんだ。SUVは道路に後部を突きだして止まり、車の流れを妨害した。その傲慢さはコーニーのものだ。

部下の悪徳警官たち——ティルマンと、わたしがまだ名前を聞いていないもう一人の警官——がパトカーから降りてきた。

「ウォーショースキー、手を上げて膝を突け」コーニーがわめいた。

悪徳警官たちが拳銃に手をかけていた。クリーニング店のとなりの戸口のところで、ホームレスの女性が好奇心をむきだしにして見ていた。逮捕劇はいつだって刺激的だ。白人女が膝を突けと命令されれば、刺激は三倍になる。

ラーナ・ジャーディンがクリーニング店の戸締りの途中で手を止めた。電動キックボードの男が停止して動画を撮りはじめたが、わたしがいる側の通行人たちは大急ぎで通りすぎていった。

わたしは両手を上げたが、立ったままでいた。コーニーがつかつかとやってくると、わたしのブレザーの襟をつかんで揺すぶった。「ジャケットをどこへやった？」

「どんなジャケット？」わたしは訊いた。

コーニーが右手をひいて殴りかかろうとした。わたしが身体の力を抜くと、彼はわたしの全体重を左手で受けることになった。悪態をつき、わたしを突き倒し、テーザー銃をとりだした。わたしはどうにか横へころがり、あとずさって逃げた。

「ウォーショースキー！」ピッツェッロ部長刑事だった。わたしはコーニーに注意を奪われていたため、悪徳警官二人のうしろで彼女のパトカーが止まったことに気づいていなかった。彼女が教育中の新米巡査ルディ・ハワードも何歩かうしろにいた。

「警部補にテーザー銃を使う口実を与えてはだめ。ジャケットをどうしたのか話して」

「なんのことだかわからない」わたしは言った。「ここにいるコーニーがこのブレザーに脂汚れをつけたから、クリーニングに持っていかないと」

「冗談言ってる場合じゃないわ、ウォーショースキー」ピッツェッロが言った。「おもしろくもない冗談だし、あなたになんの切り札もないときは、情けないだけよ。ウォレン公園の被害者。通報してきた人物は被害者が赤いジャケットを着ていたと言っている。〈グローバル〉のニュース局の女性リポーターの話だと、あなた、現場にいたそうね。遺体を調べていたとか。警察が現場に到着したときには、ジャケットは消えていた。あなたの姿も」

「部長刑事さん、〈グローバル〉のニュース局のベス・ブラックシンが女性の遺体の情報をつかんで、わたしに電話をくれたのよ。彼女、九一一の無線を傍受してて、その遺体が一週間ほど前から行方不明の身元不明少女に違いないと思ったから。でも、その少女ではなかった。わたしはブラックシンにそう告げて立ち去った。ジャケットのことは何も知らない。こういう過酷な時代だから、みんな食べていくのに必死でしょ。きっと、警察が到着する前に誰かが持ち去ったんだわ」

「なんで現場から立ち去った？」コーニーがどなった。「いくらおまえみたいな女でも、警察に話をするまで犯行現場を離れちゃいかんことぐらい知ってるはずだ」

わたしはコーニーの首の一点に目をやった。下から空手チョップをお見舞いすれば気絶させてやれる。「この街はどこもかしこも犯行現場だらけよ。シナゴーグもそのひとつだわ。破壊行為の被害にあった。建物を襲撃した犯人を見つけるためにわたしが扉の上に設置した防犯カメラを誰かが盗んでいった。わたしはいまこの瞬間、犯行現場にいるのよ。神の家を警備する人員をシカゴ市警が用意してくれてるとわかって、わたしもうれしい。ティルマンと相棒をシナゴーグの警備にあててくれるのなら、わたしはウォレン公園に戻ってあなたのジャケット捜しを手伝うことにするわ」

コーニーはふたたびわたしを殴ろうとしたが、スケートボードに乗った子供が電話をとりだしたのを見て思いとどまった。

「こいつの車を調べろ」ティルマンに言った。「ここに来る前に自宅や事務所に寄る時間は、こいつにはなかった。ジャケットは車に置いてあるはずだ」

令状を提示するよう、わたしのほうで主張すべきだったが、今夜はホーマン・スクエアの留置場ではなく自分のベッドで眠りたかった。警官たちはパトカーのボンネットにわたしのハンドバッグの中身をぶちまけると、車のキーを拾い上げてマスタングのロックを解除し、エンジンルームはもちろんのこと、トランクのなかまで徹底的に調べた。ピッツェッロが部下の新米巡査にそれを手伝うよう命じた。

警官たちが車のなかの品々を路上にぶちまけた瞬間、わたしは犬用のビーチタオルをこまめに洗うべきだったと反省した。ゴミもきちんと捨てなくては。タオルのあいだから、使用済みのマスク二枚、空っぽになった水のペットボトル、コーヒーバーのレシートが落ちた。ピッキングツールはグローブボックスに入れてある。少なくとも法廷への召喚状を渡されることを覚悟したが、ツールを見つけたのは新米巡査だった。コーニーはわたしの車のトランクに頭を突っこんでいるところだった。ピッツェッロがツールをとりあげてベストのポケットに入れた。ジャケットが見つからないので、地面に横になって車の下を調べるよう、コーニーが新米巡査に命じた。

「どこに隠した？」わたしに向かってわめいた。

「持ってもいないものを隠せるわけないでしょ」わたしは言った。

「あなた、あの遺体は身元不明少女ではないって言ったわね」ピッツェッロが話に割りこんだ。「じゃ、誰なの？」

「身元不明少女と同じ病室にいた子であることは間違いないわ。かわいそうに、少女が姿を消す前日に腹部の手術を受けた子なの。いったいどうやってあの茂みの下まで行ったのかしら。わたしが病院で会ったときは、切開したばかりで歩くのも辛そうだったのに」

「被害者はどこかよそで殺されて、あの現場に運ばれたようよ」ピッツェッロが言った。

「たぶん、少なくとも死後八時間。監察医が現場で推測できたのはそこまでだった」

「民間人に流すべき情報ではない」コーニーがピッツェッロに怒りをぶつけた。

「ご心配なく」わたしはピッツェッロに恩返しをするため、コーニーの怒りをそらさなくてはと思った。「ニック・ヴィシュニコフとは古いつきあいなの。解剖がすめば、彼が話してくれるでしょう。警部補さんとしては、ジャケットを調べれば被害者が殺された状況がはっきりすると思ってるわけ？」ヴィシュニコフはクック郡の主任監察医をしている。

「警察の仕事にあんたが首を突っこむ必要はないと、おれは思ってる」

「シナゴーグの件はどう？」わたしは訊いた。「警察の仕事？　それとも、わたしが破壊行為に目を光らせててもかまわない？」

　コーニーが片手を突きだしてわたしの左耳を思いきりねじったため、わたしの目から火花が散った。息を吸いこんだが、悲鳴は上げなかった。コーニーが顔を近々と寄せてきたので、マスクなしの鼻の黒いブツブツが数えられるほどだった。コーニーはようやくわたしから手を離し、荒々しい足どりで彼のＳＵＶに戻っていった。悪徳警官二人もあとに続いたが、わたしが名前を知らないほうの警官が一瞬足を止めて「足元に気をつけろ」と言い捨てていった。

「いまの警官の言うとおりよ」コーニーが車で走り去ると、ピッツェッロが言った。「コーニーを挑発しないよう、わたしが何度も言ってるのに、あなたったらコーニーの怒りを沸騰させてばかり」

「あっちが勝手に沸騰してるのよ。ジャケットがどうしたっていうの？――たしかにわたしのものだったけど、身元不明少女が一年前の迷宮入り事件（コールドケース）みたいに寒（コールド）そうだったから、ジャケットをかけてあげたの」

「同じ病室にいた子が――名前はわかってる？　アリアドネ・ブランチャード？――ひき逃げされて死んだのなら、ひいた車の塗料か金属の痕跡がたぶんジャケットから見つかると思う。うちのラボで検査すれば、車種と型式まで突き止められるわ」

「そうよね、ピッツェッロ。シカゴ市警は仕事量がものすごーく少ないから、〈ＣＳＩ：科学捜査班〉的な働き方は大歓迎で、ＪＦＫの暗殺犯につながる手がかりを捜すような感じで、ひき逃げ事件をひとつひとつ捜査してるのよね。そして、コーニーは正義への熱情ゆえに、ホーマン・スクエアにあるあのドブネズミの穴から這いだしてわたしに襲いかかるってわけね。あいつ、ほんとは何を捜してるの？」

ピッツェッロがハワード巡査にちらっと目をやると、巡査のほうは、警察の仕事のかわりにリグレー球場のトイレ掃除の仕事につけばよかったという顔をしていた。まだまだ未熟すぎて、ボスのそういう視線が〝場をはずせ〟という合図であることに気づいていないようなので、ピッツェッロは通りの縁へわたしを手招きした。

「わたしにはわからない。フィンチレーにもわからない。その品がなんであれ、死んだ女性がそれを身につけてることに、コーニーたちは期待をかけていた。茂みの下で死体発見という通報が九一一に入ったからって、その管区のパトカーがそろって現場に急行するなんて、ふつうはありえない。たいてい、酔っぱらいが眠りこけてるだけだもの。あのジャケットと、例の身元不明少女だという噂によって、大統領訪問時の警備だってできそうな数の警官が出動したわけよ。わたしは出遅れてしまい、フィンチレー警部補に言われてあわてて飛んできたの。ひとつには、あなたの軽率さが招く結果からあなたを守ってあげるために」

ピッツェッロは言葉を切った。わたしは感謝していると彼女に言った。心からの言葉だった。

「フィンチレーは主として、あの連中が何を捜しているのかを知りたがってる。持ち運びできる小さな品で、ジーンズのポケットに楽に入りそうなもの。連中ときたら、死んでしまった哀れなアリアドネの身体を、むかつくやり方で調べたのよ」

わたしのジャケットがシナゴーグの扉の向こうから熱を放射しているのを感じたが、そちらへは目を向けないようにした。どうにもわけがわからなくて首を横にふった。ジャケットは切り裂かれていた。布地もボタンを支えている裏布も薄すぎるため、何かを隠すことはできない。

「身元不明少女が呑みこんだのかも」わたしの意見を言ってみた。

ピッツェッロはいやな顔をした。「だったら、本人に回収してもらいたいものね」

わたしは笑った。「ところで、ここだけの話だけど、身元不明少女の身元が九十九パーセント確定したわ」

川岸の屋敷を尋ねたこと、地下の監禁部屋を発見したこと、現在の所有者の家系図のことをピッツェッロに話した。「シルヴィアが祖母で、ユルチャがあの少女。二人は一緒に暮らすことを望んでるけど、あいだに立って邪魔してるのがシルヴィアの息子のガス」

「ソーシャルワークがあなたの特技のひとつだったっけ、ウォーショースキー?」ピッツェッロが言った。「その不幸な家族をもとどおりにくっつけようっていうの?」

「ピッツェッロ、わたしの前でころころ態度を変えるのはやめて。コーニーや病院に来た謎の男が何を捜してるのかは知らないけど、身元不明少女、すなわちユルチャがその品を持っていると二人は見ている。少女はおじ夫婦と暮らしていた。家出したとおじ夫婦は言っている。さていっぽう、ジグラー家の屋敷の地下に誰かが監禁されていた。逃げだすために屋敷に火をつけた。そして、身元不明少女のほうは、わたしが見つけたとき両脚に火傷を負っていた。そこから推測して、おじ夫婦が少女を監禁していたものと思われる」

わたしはしばし躊躇した。「わたしの情報源の一人は〈クサリヘビ〉が関わってるかもしれないという意見よ」

「そして、あなたは〈クサリヘビ〉が身元不明少女とコーニーに関係ありと見ているわけ？」ピッツェッロはバシッと何かを叩くまねをした――わたしは彼女の耳のなかでブンブン飛びまわっているハエだ。「ジャケットをどこに置いたか思いだしたら、そして、身元不明少女が持ってるどんな品をコーニーと部下が必死に捜してるのかがわかったら、電話してちょうだい。ルディ！」

新米巡査は背筋を伸ばした。

「ほかのシカゴ市民たちに奉仕し、保護する時間よ」

車に戻ろうとして、ピッツェッロは足を止めた。「忘れるところだった――これ、あなたのでしょ。ほんとは禁制品なんだけど」ピッキングツールを投げてよこした。

29 思いきって決行

警官たちがぶちまけたわたしの所持品を拾い集めた。小瓶に入った除菌用のハンドジェルがフロントタイヤの下にころがりこんでいた。それを指のあいだにすりこみ、手の甲とてのひらにさらにプッシュし、それを二回くりかえしたが、まだまだ汚染されている気分だった。

コーニーの唾を浴びたマスクをはずして、通りの角のゴミ箱に捨てた。自分の顔と、コーニーにねじられてジンジンしている左耳に、ジェルをさらにすりこんだ。ワクチン接種は受けているが、コーニーの暴力でわたしの抗体が消えてしまったような気がして、ウイルスに感染しそうで怖い。

わたしの電話がピッと鳴っていた。留守電メッセージがいくつも入っていた。ミスタ・コントレーラスはわたしが逮捕されていないことを確認したがり、マリ・ライアスンはなぜわたしのことを〈グローバル〉のニュースで聞かなくてはならないのかを知りたがり、ベス・ブラックシンはアリアドネに関する情報をさらに求め、本物の依頼人たちは頼んだ仕事をする気がわたしにあるかどうかを知りたがっていた。そして、ガス・ジグラーはわたしの〈アークエンジェル〉訪問について話をしたがっていた。今日という日は過去十年間のどこかでスタートしたきり、近々終わりそうな気配をまったく見せていない。

わたしと警官たちとの遭遇を見守っていたホームレスの女性が、いまもまだこちらに目を向けていた。わたしが汚れたタオルをひとまとめにして車のトランクに放りこむと、しわがれた声で話しかけてきて、全部必要なのかと訊いた。

「ううん」わたしは汚れの少なそうなタオルを二枚選んで彼女に渡した。「清潔じゃないけど、遠慮なく使って」

「清潔じゃないっての？　アハハ。わたしも清潔じゃないけど、十三の歳からずっと、イエスさまに見守られてるんだ。あのおまわりたち、あんたのことでずいぶん頭に来てたね。手錠かけてひっぱってくんじゃないかと思ったよ」

「同感」わたしは言った。汗とビールの混じった強烈な臭いが女性から立ちのぼった。わたしは彼女にタオルを渡すなりあとずさった。

「連中、何をあんな必死になってんだい？」

「わたしは私立探偵なの。自分たちじゃ解決の糸口も見つけられない事件をわたしに解決されるのが、警察はおもしろくないんでしょうね」

「フフン、おまわりってのは恥かかされるのが嫌いだからね。とくに、あんたに殴りかかったあのでかいやつ」

「おっしゃるとおりよ。わたし、誰があそこのシナゴーグに卑猥な落書きをしたのか知りたいと思ってるの。そういうことをしてる人を見たことはない？」

「あんた、無料で探偵仕事かい？」

「たまにね」

「じゃ、あんたは馬鹿だ。あたしだったら、無料でこの通りを見張るようなことはしない」

わたしはバッグのなかを探って財布をとりだし、十ドル札を二枚見つけた。

「あたしは荷物があるからここを離れられない。荷物を隠すためのしゃれた車もない。通りの先にあるあのフライドチキンの店まで行ってきてよ。夕食のチキンにサイドメニューもいろいろつけて。それから、料理を流しこむのにレミーも」

わたしはため息をついた。彼女が何か役に立つことを目撃したのかどうか疑問に思ったが、所持品拾いを終えてからハンドジェルをもう一度手にすりこんだ。チキンを買いに行くのに清潔なマスクが必要だったが、角のドラッグストアの入口近くに無料のマスクが積んであった。感謝のしるしに、レミーマルタンはここで買った。

チキンを買う列に並んで待つあいだに、ミスタ・コントレーラスに電話をした。コーニーにどんな目にあわされたかを話すと、案の定、老人はわたしにかわって憤慨し、それがわたしを元気づけてくれた。

「もうじき帰るわ——三十分ぐらいしたら。ブラッドは行儀よくしてる?」

「ああ。あれはいい子だ。ミッチとペピーを散歩に連れてってくれたから、犬のことも、あの子のことも心配しなくていいぞ」

チキンを買ってわがホームレスの友人のところに戻ると、シナゴーグを傷つけた犯人たちのことは彼女もあまり知らないことがはっきりした。「バイクでやってきた。五人。いや、たぶん六人だ」全員白人だったと思うが、百パーセントの確信はないと言った。

「ただ、バイクに乗った白人連中とつるむ黒人がどこにいる?」

「たしかにそうね」わたしもそう思う。

二人で話していたら、男性が彼女のところに来た。チキンにありつこうとし、もちろん、レミーも少し恵んでもらおうとした。それらをねだるあいだに、彼女のことをオリーヴと呼んだ。おかげで、名前だけはわかった。あとはオリーヴにまかせることにした。タフな女性のようだから、路上暮らしの男ぐらい軽くあしらえるだろう。わたしが受けた印象よりもはるかにタフだ。

〈シャール・ハショマイム〉に隠したジャケットをとりもどしたかったが、シナゴーグを傷つけた連中にはたいして注意を払わなかったホームレス女性が、いまはわたしをじっと見ていた。扉の郵便受けにわたしがジャケットを押しこむのを見ていれば、その話を出してきたはずだ。ピッキングツールを使う姿を見られるのは避けたかった。一杯の酒とひきかえにわたしを警察に売りかねない。明日、ミスタ・パリエンテが朝の礼拝に来る前に出直してこなくては。

家に向かう車のなかからマリに電話した。わたしに無視されて傷ついたと訴えるマリの冗談半分の言葉を、わたしはそっけなくさえぎった。

「いろいろあってね。ほかの誰も知らない特ダネを喜んで提供したいとこだけど、一時間ほど休ませて。いえ、できれば二時間」ダッシュボードの時計を見た。現在六時半。「九時にグース島の南端と向かいあった岬で待ちあわせましょう。そこに荒廃した屋敷があるの。ジグラーというかつての新興成金が建てたものよ。警察が立入禁止のテープを張りめぐらしてると思うけど、見張りの警官はいないはずよ」

これを聞いてマリが矢継ぎ早に質問しようとしたが、わたしはそれをさえぎった。「誰かがその屋敷を秘密裏に売買しようとしてるって噂を聞いたことはない？　不動産をすでに購入したような顔をして、市の委員会のほうへ建設計画を出してるかもしれない」

「グース島に、もしくは島と向かいあった土地に住宅を建てる場合は、その二割を求めやすい価格帯にすることが義務づけられている」マリは言った。「それが最初の合意事項で、これまでは誰が地元の市会議員に働きかけても、二割という数字を変えさせることはできなかった。その条件のせいで手をひいた投資家が何人かいるが、あのエリアはいまや人気沸騰中だ。コンドミニアムやロフトを建てるのにもってこいだ」

「じゃ、ジグラー家の屋敷を中心に開発を進められるとなったら、業者はよだれを垂らすと思わない？　あの屋敷は求めやすい価格帯云々というガイドラインが導入される以前に建ったものだから、二割という条件に従う必要がないかもしれない。あなたの鼻で何か嗅ぎつけられないか、やってみて」

わたしは電話を切った。前を走る車の周囲で光がちらちらしはじめた。誰かを車ではねる前にベッドにたどり着かなくては。

家に着くと、今日一日のことをミスタ・コントレーラスに報告し、ミスタ・コントレーラスとブラッドから二人の一日の出来事を詳しく聞かされたあとで、わたしの部屋の盗聴器をとりはずした。今日はコーニーのそばで過ごした時間が長すぎた。家にまで入りこまれるなんてまっぴら。

脱いだ服をすべてポリ袋に放りこみ、袋をポーチに出した。あとで洗濯室に持っていくつもりだが、いまはとにかく、コーニーが手を触れたものは室内のどこにも置いておきたくなかった。時間をかけてシャワーを浴び、髪から、皮膚から、心から、あの男の存在を洗い流した――ほぼ。

一時間半だけ仮眠をとった。目をさましたとき、ガスからさらに三回電話があったことを知った。コーニーがわたしをとらえようと必死になるあまり、電話と車を追跡している可能性もあるので、両方とも置いていくことにした。二十ドル札の束を家の鍵と一緒にポケットに突っこみ、手袋とピッキングツールと強力な懐中電灯をウェストポーチに入れた。タクシーでエレクトロニクス製品のアウトレットまで行き、使い捨て携帯を何台か現金で買ってから、別のタクシーを止めてグース島へ向かった。ポケットに残ったのはわずか七ドル。帰りはマリに車で送ってもらうしかない。

ジグラーの屋敷と庭は暗かった。懐中電灯でゲートを照らした。立入禁止のテープがゲートの取っ手から垂れていた。

「マリ?」低い声で呼びかけた。

「よう、ウォーショースキー」

都会の闇は真っ暗闇ではない。対岸のバスターミナルやコンドミニアムが放つ光のなかに、屋敷の輪郭と、木々のぼうっとした枝と、敷石の上を用心深くやってくるマリの姿が浮かび上がった。玄関ドアをあけようとがんばったそうだが、施錠してあり、警察のテープで封印されていたという。

「今度はきみが犯罪者になる番だ」マリは言った。「ゲートの立入禁止テープはおれが切断した」

「玄関ドアには例の警官がマイクかカメラを仕掛けてるかもしれない」わたしは声をひそめてマリに言った。「ジグラーの書斎の窓はどんな感じか見てみましょう」

この前、正面の窓から部屋をのぞいたときに踏台にした木箱を見つけだし、それを抱えて屋敷の南側へまわった。鬱蒼たる藪のせいで、音を立てずに進むのは無理だった。マリが蔓植物に足をとられてころびそうになった。わたしたちはそのあと、ころんで怪我をするより懐中電灯を使ったほうが安全だと判断した。

わたしがピッキングツールで窓の掛け金をはずそうとするあいだ、マリが懐中電灯で照らしてくれた。箱の上に立っても、掛け金はわたしの頭より高いところにある。屋敷に侵入したホームレスが一人もいなかったのは、そのせいかもしれない。

窓の掛け金がはずれたところで、マリがわたしを押しこんだ。わたしは台所へまわって彼のために勝手口をあけた。マリは監禁に使われていた地下室を見たいと言った。そんな時間の余裕はないと思ったが、マリは《エッジ》誌の依頼で執筆中の記事に添える写真を撮りたがっていた。

地下から戻ってきた彼に、わたしはガス・ジグラーと妻のレイシーとの会話内容や、〈アークエンジェル〉の施設を偵察したときのことを話した。ジセラ・ケリガのことは内緒にしておいた。彼女のプライバシーを尊重するとマリは約束するかもしれないが、《エッジ》の記事をさらに興味深いものにするためなら、そんな約束は反故にしてしまうだろう。

対岸にあるデューダの工場の中庭でガス・ジグラーの姿を見かけたことと、二人がギャンブル仲間ではないかというわたしの推測も、マリに話した。

「きみときたら、藁で家を造ろうとする子豚みたいなもんだな」マリは言った。「きみの推測が間違ってるとは言わないが、堅固な土台があったほうがいいと思う」

わたしはしぶしぶ同意した。

屋敷のなかで何を捜せばいいのか、自分でもよくわかっていなかったが、アシュリーが働いている不動産会社とシルヴィア・ジグラーをつなぐものが何か見つからないかと期待していた。ガスと〈クサリヘビ〉の結びつきを証明するものがあればさらにいい。でも、それは不可能な仕事だ。地下室の混沌たる状態、一世紀半にわたって溜めこまれてきた新聞、雑誌、衣類、道具類のことを考えれば、熟練の捜索チームが必要だ。

ジグラーのデスクを調べてみた。シルヴィアのパソコンは消えていたが、印刷したドキュメントが残っていれば、屋敷を売却するよう誰かが彼女に圧力をかけていたことがわかるかもしれない。マリは上の階を調べに行くことにした。上へ行って二十分ぐらいたったころ、華麗な装飾を施した屋敷中央の階段をダダッと下りてきた。

「ウォーショースキー、逃げないと。急いで。三人、いや、四人かな。庭にいる。窓からのぞいたら見えたんだ」

わたしは懐中電灯を消し、窓の横の壁にぴったり貼りついて外をのぞいた。茂みのなかに動くものが見え、やがて狩猟用の迷彩服に身を包んで暗視ゴーグルまでつけた人影が四つ現れた。警察ドラマでよく見るような感じで一人が仲間に合図を送った。二人が玄関ドアへ、あとの二人が裏手へ向かった。

「ジグラーの書斎の窓から脱けだすための時間は十五秒」わたしは言った。正面と裏手のドアをこっそりあける音が聞こえた。

わたしたちが書斎の窓を押しひらくと、ギーッとやけに大きな音がした。窓枠に一秒ほどまたがって手を突く場所を捜してから、両脚を窓の外に垂らし、そして飛び下りた。

わたしたちが庭に駆けこんだのは、追手の連中より数秒早かった。連中もわたしたちを追って窓から飛び下り、ブーツを地面に激しくぶつけた。マリとわたしは凍りつき、古いバラの茂みのなかを突進しながらトゲと蔓に悪態をつく男たちの声に耳を澄ました。一人が懐中電灯をつけろとどなった——暗視ゴーグルだと藪の奥は見通せない。

「二手に分かれよう」マリがわたしの耳元でささやいた。「おれはごまかしが利く。ジャーナリストで、記事のリサーチ中だと言えばいい。つかまるんじゃないぞ」

わたしたちは藪のなかを突進する追手の足音を聞きながら、行動に出るタイミングを計った。マリが屋敷の正面へ向かった。わたしは足音を忍ばせて庭の東端をめざした。フェンスの下をくぐり抜けた。立ち上がった。すると、迷彩服の人影がぬっとあらわれ、こちらにライフルを向けた。

わたしは両手で男の足首をつかむと、思いきりひっぱってなぎ倒した。耳のすぐそばでライフルの銃声が響いた。耳がジンジンしたが、起き上がり、庭と川を隔てるセメントの細道を走った。背後で光が上下に揺れるのを見てふりむくと、男がライフルを構えたところだった。わたしは波型鉄板に覆われた土手から川に飛びこんだ。

30　橋からの眺め

マスクのせいで窒息しそうだった。飛びこむ瞬間に大きく息を吸ったため、水圧に押されてマスクが喉に貼りついたのだ。やみくもに手足をばたつかせ、口のなかのマスクをひっぱりだし、耳にかかった紐をはずした。悪臭ふんぷんたる水を口いっぱい飲みこみ、むせてしまった。あなたは水生動物、あなたはアザラシ、カリュメット川でこうやって泳いだでしょ、仰向けに浮いて、腕で水を掻きなさい。

波型鉄板にぶつかったので、それをつかんで上を見た。追手がライフルでまっすぐこちらを狙っていた。わたしは水に潜った。空気が足りなくて、長く潜っているのは無理だった。川上で浮かび上がると、土手の上に追手の連中の姿が見えた。わたしがいるのは川幅のいちばん広いところ、川がYの字に分かれる手前のところだった。仰向けに浮かんで、水浸しの服のまま力いっぱい水を蹴り、東側の岸をめざした。

弾丸が頭のそばの水にめりこんだ。身体を反転させてふたたび潜り、東側の岸へ向かっているよう祈りながら水中を進んだ。もうじきよ。この程度の距離ならミシガン湖で十回ぐらい泳いだじゃない。スウェットシャツの重みで沈みそうだったが、脱ぐことはできなかった。息継ぎのために浮かび上がると、前方にマーシュグラスの茂みが見えた。

ふたたび身体を反転させた。のろのろと。これじゃアザラシではなく、ガラパゴスゾウガメだ。重いヒレを動かして泥のなかに着地した。

人々が土手から身を乗りだしていた。みんなの唇が動いているのが見えたが、頭のすぐ近くを飛んでいった弾丸のせいで、いまも耳がジンジンしていた。誰もが何か言ったり、こちらを指さしたり、電話をとりだしたりしている。わたしは警察にも救急車にも来てほしくなかった。やっとの思いで立ち上がった。ぬるぬるした泥のせいで靴が重かった。

カモの巣をいくつか踏み荒らしてしまったようで、何羽かが憤慨した様子で輪を描いていた。「ごめんね、きみたち。わたしに早く出てってほしいでしょうけど、わたしだって出ていきたいのよ」

両手を上に伸ばして、土手を覆う波型鉄板の上端をつかんだ。身体を持ち上げるだけの体力がなかった。青く明滅する光がわたしの目をとらえた。パトカーがシカゴ・アヴェニュー橋を渡っているところだった。コーニーが追ってきたのなら――しゃがんでジャンプすると、鉄板の上端にみぞおちの部分がひっかかった。誰かがわたしの手首をつかみ、ひっぱりあげてくれた。

寒いし、弾丸のせいで耳がワーンとなっているし、ひどい臭いだった。救助してくれた人々からあとずさった。みんなが何か叫んでいた。たぶん、誰もが心配してくれているのだろう。

「聞こえないのよ」わたしは言った。「でも、ありがとう。向こうに車を置いてきたから」シカゴ・アヴェニュー橋のほうを指さして嘘をついた。

救助してくれた人々がパトカーのほうを身ぶりで示した。わたしはもう一度礼を言ってから、泥だらけの重い靴でその場を離れた。川沿いの道は、コンドミニアムと川にはさまれた歩行者専用道路だ。幅が狭いので車は通れないし、広い通りに出るための通路は百ヤードおきぐらいにしかついていない。つまり、警察は通りに車を止めて徒歩でこちらに来るしかないわけだ。おかげで、警察が駆けつけてくる前に、数分の余裕をもって逃げだすことができた。よろよろと歩いていくと、通路のひとつに行きあたった。柱の陰に身を隠して三台のパトカーが通路の向こうを走りすぎるのを見届け、それから、通路を抜けて通りに出た。

これがふつうのパトカーで、窮地に陥った市民を助けに来たのなら、そちらに背を向けて走り去る——いえ、よたよた逃げていく——のは愚かと言うべきだろう。でも、わたしを銃で狙った追手がコーニーと関係しているなら、ここにとどまるほうが愚かというものだ。

通りに出ると、そこは橋からわずか二ブロックのところだったが、着ているものがずっしりと重いため、機敏に歩くことはできなかった。一ブロック歩いてシカゴ・アヴェニューへ。シカゴ・アヴェニューの西側から橋へ。シカゴ・アヴェニューはここから橋桁に支えられて上昇し、川を渡ることになる。急な上り坂になって橋につながるのだ。最初の橋桁まで行ったところで、わたしは欄干の陰にうずくまって川沿いの道を見下ろした。

親切な人々がわたしを川からひっぱりあげてくれた場所に、すでに警官たちが来ていた。数十人の市民が川沿いの道や橋を指さし、理解できないと言いたげに手をふりまわしている――あの女、なんで助けが来るまで待たなかったんだ？ 犯行現場から逃げてきたと警察に思われかねないぞ。それとも、ただのホームレスかもな。

ミスタ・コントレーラスが死ぬほど心配しているのはわかっていたが、ウェストポーチが水中ではずれてしまい、買ったばかりの使い捨て携帯もポーチと一緒になくなった。配車アプリで車を呼ぶことができない。たとえ運転手がわたしを乗せてくれるとしても。マリが無事だといいけど。川の東岸をうろつく警官をマリが目にして、わたしが無事だと推測してくれればいいけど。そしたら、マリがミスタ・コントレーラスに連絡してくれるだろう。朝になったら歩いて帰るつもりだが、今夜はもう無理。

身を隠せる場所はないかと橋のまわりを見渡した。古い橋守小屋があった。苔にびっしり覆われ、窓はひどく汚れている。

橋の歩道部分は橋桁と鉄製の欄干のあいだに押しこまれていた。欄干をしっかり握って橋を渡りはじめた。足元で古い鉄製の橋板が揺れ、またしても川に転落しそうな気がした。

夜遅く犬を散歩させている男性がわたしとすれ違い、さも迷惑そうに顔を背けた。今夜のこの通りで、わたしはとびきり惨めな落伍者に見えていることだろう。橋桁に寄りかかってすわっているホームレスの男性よりさらにひどい。バウンドしながら橋を渡る車が、男性の頭に危険なほど近いところを通っていくように見えたが、彼の思いは酒のボトルに向いていて、危険には気づいていない様子だった。

橋守小屋は何十年も前から使われなくなっている。市には小屋の維持管理をする気がない。少なくとも、観光客が訪れることのない小屋については。橋守小屋は一般的に三階建てだ。最上階が橋と同じ高さで、一階が水面と同じ高さにある。

小屋を調べてみたが、最上階から入る方法が見つからなかった。新しいドアがとりつけられ、頑丈な錠とかんぬきがついていた。ウェストポーチをなくしたときにピッキングツールもなくしてしまった。どっちみち、手の感覚がなくなっているので、繊細なピッキング作業はできそうにない。高いところに窓があり、かつては、橋守がそこからY字形に分かれた川を見渡していたのだろうが、わたしが手を伸ばしても窓には届かなかった。

金属製の外階段が一階まで続いていたが、南京錠付きの高いゲートが部外者の侵入を阻んでいた。さっき出会ったホームレスみたいに、わたしも歩道にすわりこみ、肺炎やコレラと一緒に夜明けを迎えたりすることのないよう願いながら、朝の光が射してくるのを待てばいいのかもしれない。

ブーム＝ブームの軽蔑に満ちた笑い声が聞こえた。〝腰抜けになるつもりか、ヴィク？〟わたしたちはカリュメット湖を見下ろす高いコンクリートの堤防の上に立っていた。大洋航路の貨物船が近づきつつあり、目の前を通りすぎる前に飛びこめるかどうかで張りあっているところだった。ブーム＝ブームが飛びこんだ。わたしも続いた。〝腰抜けじゃないもん、ブーム＝ブーム〟

欄干から身を乗りだして、下の水面に目を向けた。川面に突きでた丸太の束にも目を向けた。もともとは波型鉄板に覆われた土手に船が激突するのを防ぐために設置されたものだが、いまでは崩れかけている。外階段へ行くためのゲートは橋から突きでたコンクリート板にボルトで固定されていた。ぐしょ濡れのスウェットシャツを脱いだ。薄いTシャツ一枚になっても、身体がこれ以上冷えることはないだろう。腕を動かすのが楽になった。

ほんの少し。橋守小屋の三階の窓枠に指をかけ、幅の狭い欄干に膝を突いてから、三階部分の土台に片足をのせた。

聴力が戻ってきた。橋を渡る何台もの車がわたしに向かってクラクションを鳴らしていた。お願い、警察なんか呼ばないで。

反対の足も土台にのせた。左足を橋守小屋の土台の縁に置いた。下を見てはだめ。水のことも、わたしを串刺しにしようと待ち構えている丸太の束のことも考えてはだめ。痙攣しそうな指で窓枠にしがみつく。右足を土台の縁に置く。小屋のへりをまわる。外階段にたどり着く。

ほらね、ブーム＝ブーム。腰抜けじゃないわよ。階段の踊り場にいた別のホームレスを驚かせてしまった。男はわたしに向かって割れたボトルをふりまわした。この場所を奪うつもりなら目玉をえぐりだしてやる、とわめいた。わたしは男に敬礼してその場を離れた。

下に目をやると、橋守小屋の外壁が橋に食いこんでいるように見える場所に、半分ほど開いた窓が見えた。崩れかけたコンクリートに指をかける場所を見つけ、右足を階段に置き、左足でコンクリート壁を探って爪先をかける場所を見つけ、震える腕を下ろした。それを一度、二度とくりかえして、窓枠に右膝をのせた。膝腱が痙攣。川沿いの道に犬を連れたカップル。痛くても悲鳴を上げてはだめ。窓を囲む石壁は分厚かった。左脚をひっぱり上げ、窓枠を押し上げた。小屋の床にぶざまな格好でころがり落ちた。

そこは小屋の一階部分で、光がまったく入らない場所だった。わたしの懐中電灯は川底に沈んだウェストポーチのなかだ。ジーンズのポケットに入っているのは家の鍵と七ドルだけ。あたりの様子を見ることができない。

わたしが落ちたのは板の上だった。感触からすると、柔らかな板のようだ。湿気で板が腐っているといけないので、闇のなかを歩く勇気はなかった。靴とソックスを脱いで、痙攣を起こした爪先をマッサージし、膝腱もマッサージした。慎重に立ち上がって窓を下ろした。しっかりした板を見つけて横になり、疲れ果てていたので、冷たく濡れた衣類や、自分の悪臭や、硬い床にもかかわらず、眠りこんでいた。


（下巻へ続く）

訳者略歴　同志社大学文学部英文科卒，英米文学翻訳家　訳書『ペインフル・ピアノ』パレツキー，『ポケットにライ麦を〔新訳版〕』『オリエント急行の殺人』クリスティー，『アガサ・クリスティー失踪事件』デ・グラモン（以上早川書房刊）他多数

HM=Hayakawa Mystery
SF=Science Fiction
JA=Japanese Author
NV=Novel
NF=Nonfiction
FT=Fantasy

コールド・リバー
〔上〕

〈HM⑩④-32〉

二〇二四年二月十日　印刷
二〇二四年二月十五日　発行
（定価はカバーに表示してあります）

著　者　サラ・パレツキー
訳　者　山本（やまもと）やよい
発行者　早川　浩
発行所　株式会社　早川書房

郵便番号　一〇一 - 〇〇四六
東京都千代田区神田多町二ノ二
電話　〇三 - 三二五二 - 三一一一
振替　〇〇一六〇 - 三 - 四七七九九
https://www.hayakawa-online.co.jp

乱丁・落丁本は小社制作部宛お送り下さい。
送料小社負担にてお取りかえいたします。

印刷・三松堂株式会社　製本・株式会社フォーネット社
Printed and bound in Japan
ISBN978-4-15-075382-5 C0197

本書は活字が大きく読みやすい〈トールサイズ〉です。